红楼四大家

蔡元培 王国维 鲁迅 胡适◎著

人民东方出版传媒
東方出版社

目　录

蔡元培点评红楼梦

王国维点评红楼梦

鲁迅点评红楼梦

胡适点评红楼梦

附　录

蔡元培

点评红楼梦

石头记索隐

（1917 年 9 月）

蔡元培

第六版自序对于胡适之先生《红楼梦考证》之商榷

余之为此索隐也，实为《郎潜二笔》[①] 中徐柳泉之说所引起。柳泉谓："宝钗影高澹人[②]，妙玉影姜西溟[③]。"余观《石头记》中，写宝钗之阴柔、妙玉之孤高，与高、姜二人之品性相合。而澹人之贿金豆，以金锁影之；其假为落马坠积潴[④]中，以薛蟠之似泥母猪影之。西溟之热中科第，以走魔入火影之；其瘐死狱中[⑤]，以被劫影之。又以妙字玉字影姜字英字，以雪字影高字。知其所寄托之人物，可用三法推求：一、品性相类者；二、

---

① 《郎潜二笔》：清末陈康祺撰。又名《郎潜纪闻》，全书四十二卷，主要记录清代政治、经济、文苑、典制、社会习俗等方面的史事。

② 高澹人（1645—1704）：名士奇，号江村，清代著名学者，著有史学著作《左传纪事本末》53 卷、《清吟堂集》等。

③ 姜西溟（1628—1699）：字西溟，号湛园，又号苇间。为清代贴学的代表人物，与笪重光、汪士鉴、何焯并称为康熙四家。

④ 潴：水停聚的地方。

⑤ 瘐死：古代指囚犯因受刑、冻饿、生病而死在监狱里。

轶事有征者；三、姓名相关者。于是以湘云之豪放而推为其年[①]，以惜春之冷僻而推为荪友[②]，用第一法也。以宝玉曾逢魔魇而推为允礽[③]，以凤姐哭向金陵而推为余国柱[④]，用第二法也。以探春之名，与探花有关，而推为健庵[⑤]；以宝琴之名，与孔子学琴于师襄之故事有关，而推为辟疆[⑥]；用第三法也。然每举一人，率兼用三法或两法，有可推证，始质言之。其他若元春之疑为徐元文[⑦]，宝蟾之疑为翁宝林[⑧]，则以近于孤证，姑不列入。自以为审慎之至，与随意附会者不同。近读胡适之先生之《红楼梦考证》，列拙著于"附会的红学"之中，谓之"走错了道路"，谓之"大笨伯"、"笨谜"，谓之"很牵强的附会"，我殊不敢承认。或者我亦不免有敝帚千金之俗见。然胡先生之言，实有不能强我以承认者。今贡其疑于下：

（一）胡先生谓："向来研究这部书的人，都走错了道路，……不去搜求那些可以考定《红楼梦》的著者、时代、版本等等的材料，却去收罗许多不相干的零碎史事来附会《红楼梦》里的情节。"又谓"我们只须根据可靠的版本与可靠的材料，考

---

① 其年：陈维崧（1625—1682），字其年，号迦陵。清代词人、骈文作家。江苏宜兴人。曾参与修纂《明史》。

② 荪友：严绳孙（1623—1706），字荪友，号秋水，自号藕荡渔人。明末清初无锡人。著有《秋水集》，画有《老树寒鸦图》、《江村草堂图》等。

③ 允礽：爱新觉罗·允礽（1674—1725），清朝宗室，康熙帝时的废太子。

④ 余国柱：字两石，清朝一代名臣，正一品衔。湖北大冶人。康熙年间官至武英殿大学士，吏部尚书。

⑤ 健庵：徐乾学（1631—1694），字原一，号健庵。清代大臣、学者、藏书家。著有《憺园文集》。

⑥ 辟疆：冒襄（1611—1693），字辟疆，号巢民。江苏如皋人。明末清初的文学家。著有《光世前征录》、《影梅庵忆语》等。

⑦ 徐元文：字公肃，号立斋。江苏昆山人。徐乾学之弟。

⑧ 翁宝林：翁叔元（1633—1701），字宝林，号静乡。江苏常熟人。著有《梵园诗集》、《铁庵年谱》。

定这书的著者究竟是谁，著者的事迹家世，著书的时代，这书曾有何种不同的本子，这些本子的来历如何，这些问题，乃是《红楼梦》考证的正当范围。”案考定著者、时代、版本之材料，固当搜求。从前王静庵[①]先生作《红楼梦》评论，曾云：“作者之姓名（遍考各书，未见曹雪芹何名）与作书之年月，其为读此书者所当知，似更比主人公之姓名为尤要。顾无一人为之考证者，此则大不可解者也。”又云：“苟知美术之大有造于人生，而《红楼梦》自足为我国美术上之唯一大著述，则其作者之姓名，与其著书之年月，固为唯一考证之题目。”今胡先生对于前八十回著作者曹雪芹之家世及生平，与后四十回著作者高兰墅之略历，业于短时期间，搜集许多材料，诚有功于《石头记》，而可以稍释王静庵先生之遗憾矣。惟吾人与文学书最密切之接触，本不在作者之生平，而在其著作。著作之内容，即胡先生所谓“情节”者，决非无考证之价值。例如我国古代文学中之《楚辞》，其作者为屈原、宋玉、景差等。其时代，在楚怀王、襄王时，即西历纪元前三世纪顷，久为昔人所考定。然而“善鸟香草，以配忠贞；恶禽臭物，以比谗佞；灵修美人，以媲于君；宓妃佚女，以譬贤臣；虬龙鸾凤，以托君子；飘风云霓，以为小人。”如王逸[②]所举者，固无非内容也。其在外国文学，如 Shakespeare[③] 之著作，或谓出 Bacon[④] 手笔，遂生“作者究竟是谁”之问题。至

---

① 王静庵：王国维（1877—1927）中国历史学家、语言文字学家。字伯隅、静庵，号观堂。浙江海宁人。

② 王逸：东汉著名文学家。《楚辞章句》作者。字叔师，南郡宜城（今湖北襄阳）人。

③ Shakespeare：莎士比亚（1564—1616），英国文艺复兴时期伟大的剧作家、诗人，欧洲文艺复兴时期人文主义文学的集大成者。

④ Bacon：培根，英国文艺复兴时期最重要的散作家、哲学家。

如 Goethe 之著 *Faust*[①] 则其所根据之神话与剧本，及其六十年间著作之经过，均为文学史所详载。而其内容，则第一部之 Gretchen[②] 或谓影 Elsässirin Friederike（Bielschowsky 之说）；或谓影 Frankfurter Gretchen（Kuno Fischer 之说）[③]。第二部之 Walpurgisnacht[④] 一节，为地质学理论。Heleua[⑤] 一节，为文化交通问题。Euphorion 为英国诗人 Byron[⑥] 之影子（各家略同）。皆情节上之考证也。俄之托尔斯泰[⑦]，其生平，其著作之次第，皆无甚疑问。近日张邦铭、郑阳和两先生所译英人 Sarolea[⑧] 之《托尔斯泰传》，有云："凡其著作，无不含自传之性质、各书之主人翁，如伊尔屯尼夫、鄂仑玲、聂乞鲁多夫、赖文、毕索可夫等，皆其一已之化身。各书中所叙他人之事，莫不与其身有直接之关系。……《家庭乐》叙其少年时情场中之一事，并表其情爱与婚姻之意见。书中主人翁既求婚后，乃将少年狂放时之恶行，缕书不讳，授所爱以自忏。此事，托尔斯泰于《家庭乐》出版三年后，向索利亚柏斯求婚时，实尝亲自为之。即《战争与和平》一书，亦可作托尔斯泰之家乘观。其中老乐斯脱夫，即托尔斯泰之祖。小乐斯脱夫，即其父。索利亚，即其养母达善娜，尝两次拒其父之婚者。拿特沙药斯脱夫，即其姨达善娜柏斯。毕索可夫与

---

① Goethe 之著 *Faust*：歌德所著《浮士德》，是一部长达一万二千一百一十一行的诗剧。

② Gretchen：格雷特切。Elsässirin Friederike：埃沙昔林 · 弗里德力克。Bielschowsky：比尔绍斯基。

③ Frankfurtur Grentchen：佛兰克福特 · 格雷特切。Kuno Fischer：孔诺 · 费希尔。

④ Walpurgisnacht：沃珀吉斯那奇。

⑤ Heleua：海拉。

⑥ Euphorion：尤弗然。Byron：拜伦。

⑦ 托尔斯泰：俄国作家、思想家，著有《战争与和平》、《安娜 · 卡列尼娜》、《复活》等。

⑧ Sarolea：萨洛莱。

赖文，皆托尔斯泰用以自状。赖文之兄死，即托尔斯泰兄的米特利之死。《复活》书中聂乞鲁多夫之奇特行动，论者谓依心理未必能有者，其实即的米特利生平留于其弟心中之一纪念。的米特利娶一娼，与聂乞鲁多夫同也。”亦情节上之考证也。然则考证情节，岂能概目为附会而排斥之？

（二）胡先生谓拙著《索隐》所阐证之人名，多是“笨谜”。又谓“假使一部《红楼梦》，真是一串这么样的笨谜，那就真不值得猜了”。案拙著阐证本事，本兼用三法，具如前述。所谓姓名关系者，仅三法中之一耳。即使不确，亦未能抹杀全书。况胡先生所谥为笨谜者，正是中国文人习惯，在彼辈方以为必如是而后值得猜也。《世说新书》[①] 称曹娥碑后有“黄绢幼妇、外孙齑臼”八字，即以当绝妙好辞四字。古绝句：“藁砧今何在？山上复有山。何当大刀头，破镜飞上天。”以藁砧当夫，大刀头当还。《南史》记梁武帝时童谣有“鹿子开城门，城门鹿子开”等句，谓鹿子开者，反语为来子哭，后太子果薨。自胡先生观之，非皆笨谜乎？《品花宝鉴》以侯石公影袁子才[②]，侯与袁为猴与猿之转借，公与了同为代名词，石与才则自“天下才有一石，子建独占八斗”[③] 之语来。《儿女英雄传》[④]，自言十三妹为玉字之分析，非经说破，已不易猜。又以纪献唐影年羹尧[⑤]，纪与年，唐与尧，

---

① 《世说新书》：即《世说新语》，是一部主要记述魏晋人物清谈轶事的笔记小说。南朝刘宋宗室临川王刘义庆组织编写，梁代刘峻作注。

② 《品花宝鉴》：长篇小说。清陈森作。主要描写同性恋的变态心理和纨绔子弟的腐朽生活。袁枚，字子才，清文学家。

③ 天下才有一石：出自宋无名氏《释常谈》：“谢灵运尝云：天下才有一石，曹子建独占八斗，我得一斗，天下共分一斗。”

④ 《儿女英雄传》：清代满族文学家文康著，又名《金玉缘》。书中主人公何玉凤为报父仇，改名十三妹。

⑤ 年羹尧：字亮功，号双峰，清朝康熙和雍正年间重要将领。

虽尚简单，而献与羹则自“犬曰羹献[①]”之文来。自胡先生观之，非皆笨谜乎？即如《儒林外史》[②]之庄绍光即程绵庄，马纯上即冯粹中，牛布衣即朱草衣，均为胡先生所承认。（见胡先生所著《吴敬梓传及附录》）。然则金和跋中之所指目，殆皆可信。其中如因范蠡[③]曾号陶朱公，而以范易陶；因萬字俗写作万，而以万代方；亦非笨谜乎？然而安徽第一大文豪[④]且用之，安见汉军第一大文豪[⑤]必不出此乎？

（三）胡先生谓拙著中刘姥姥所得之八两及二十两有了下落，而第四十二回王夫人所送之一百两没有下落，谓之“这种完全任意的去取，实在没有道理”。案《石头记》凡百二十回，而余之《索隐》，尚不过数十则；有下落者记之，未有者姑阙之，此正余之审慎也。若必欲事事证明而后可，则《石头记》自言著作者有石头、空空道人、孔梅溪、曹雪芹等，而胡先生所考证者惟有曹雪芹。《石头记》中有许多大事，而胡先生所考证者惟有南巡一事，将亦有任意去取，没有道理之诮与？

（四）胡先生以曹雪芹生平，大端考定，遂断定《石头记》是“曹雪芹的自叙传”，“是一部将真事隐去的自叙的书”。“曹雪芹即是《红楼梦》开端时那个深自忏悔的我，即是书里甄贾（真假）两个宝玉的底本”。案书中既云真事隐去，并非仅隐去真姓名，则不得以书中所叙之事为真。又使宝玉为作者自身影

---

① 犬曰羹献：语见《礼记·曲礼下》。

② 《儒林外史》：清代小说家吴敬梓创作的章回体长篇小说。小说假托明代，实际反映的是康乾时期科举制度下读书人的功名和生活。

③ 范蠡：字少伯，春秋时期楚国宛地三户邑（今河南淅川县）人。春秋末著名的政治家、谋士和实业家，后人尊称“商圣”。

④ 安徽第一大文豪：指吴敬梓。吴为安徽全椒人。

⑤ 汉军第一大文豪：当指曹雪芹。曹家是汉军旗人。

子，则何必有甄、贾两个宝玉（鄙意甄、贾二字，实因古人有正统、伪朝……习见而起。贾雨村举正、邪两赋而来之人物，有陈后主、唐明皇、宋徽宗等，故疑甄宝玉影宏光，而贾宝玉影允礽也）。若以赵嬷嬷有甄家接驾四次之说，而曹寅[1]适亦接驾四次，为甄家即曹家之确证，则赵嬷嬷又说贾府只预备接驾一次，明在甄家四次以外，安得谓贾府亦即曹家乎？胡先生因贾政为员外郎，适与员外郎曹頫[2]相应，遂谓贾政即影曹頫。然《石头记》第三十七回有贾政任学差之说；第七十一回有贾政回京复命，因是学差，故不敢先到家中云云。曹頫固未闻曾放学差也。且使贾府果为曹家影子，而此书又为雪芹自写其家庭之状况，则措词当有分寸。今观第十七回，焦大之谩骂，第六十六回，柳湘莲道："你们东府里，除了那两个石头狮子干净罢了。"似太不留余地。且许三礼[3]奏参徐乾学，有曰："伊弟拜相之后，与亲家高士奇更加招摇，以致有'去了余秦桧（余国柱），来了徐严嵩。乾学似庞涓，是他大长兄'之谣。又有'五方宝物归东海，万国金珠贡澹人'之对"云云。今观《石头记》第五十五回有"刚刚倒了一个巡海夜叉，又添了三个镇山太岁"之说。第四回，有"贾不假，白玉为堂金作马；阿房宫，三百里，住不下金陵一个史；东海少了白玉床，龙王来请金陵王；丰年好大雪，珍珠如土金如铁"之护官符。显然为当时一谣一对之影子，与曹家无涉？故鄙意《石头记》原本，必为康熙朝政治小说，为亲见高、徐、余、

---

① 曹寅（1658—1712）：字子清，号荔轩，又号楝亭。曹雪芹的祖父。曾任通政使、江宁织造、巡视两淮盐漕监察御史。康熙六次下江南，有四次由其接驾并住曹家。善诗词，著有《楝亭诗抄》、《词抄》等。

② 曹頫：曹寅之子。

③ 许三礼：字典三，号西山，河南安阳人，清初政治人物。

姜[①]诸人者所草。后经曹雪芹增删，或亦许插入曹家故事。要未可以全书属之曹氏也。

民国十一年一月三十日　蔡元培

石头记索隐

《石头记》者，清康熙朝政治小说也。作者持民族主义甚挚。书中本事，在吊明之亡，揭清之失。而尤于汉族名士仕清者，寓痛惜之意。当时既虑触文网，又欲别开生面，特于本事以上，加以数层障幂，使读者有横看成岭侧成峰[②]之状况。最表面一层，谈家政而斥风怀，尊妇德而薄文艺。其写宝钗也，几为完人；而写黛玉、妙玉，则乖痴不近人情。是学究所喜也，故有王雪香评本。进一层，则纯乎言情之作，为文士所喜。故普通评本，多着眼于此点。再进一层，则言情之中，善用曲笔。如宝玉中觉，在秦氏房中，布种种疑阵。宝钗金锁为笼络宝玉之作用，而终未道破。又于书中主要人物，设种种影子以畅写之，如晴雯、小红等均为黛玉影子，袭人为宝钗影子，是也。此等曲笔，惟太平闲人评本，能尽揭之。太平闲人评本之缺点，在误以前人读《西游记》之眼光读此书，乃以大学中庸明明德等为作者本意所在，遂有种种可笑之附会，如以吃饭为诚意之类。而于阐证本事一方面，遂不免未达一词矣。阐证本事，以《郎潜纪闻》所述徐柳泉之说为最合。所谓"宝钗影高澹人，妙玉影姜西溟"是也。近人《乘光舍笔记》，谓"书中女人皆指汉人，男人皆指满人，以宝

---

① 高、徐、余、姜：指高士奇、徐乾学、余国柱、姜宸英（西溟）。

② 横看成岭侧成峰：出自宋代苏轼《题西林壁》："横看成岭侧成峰，远近高低各不同；不识庐山真面目，只缘身在此山中。"

玉曾云男人是泥做的，女人是水做的也”，尤与鄙见相合。佐之札记，专以阐证本事，于所不知，则阙之。

书中红字多影朱字，朱者，明也，汉也。宝玉有爱红之癖，言以满人而爱汉族文化也，好吃人口上胭脂，言拾汉人唾余也。清制：满人不得为状元，防其同化于汉。《东华录》[①]：“顺治十八年六月，谕吏部：世祖遗诏云，纪纲法度，渐习汉俗，于醇朴旧制，日有更张。”又云：“康熙十五年十月，议政王大臣等议准礼部奏，朝廷定鼎以来，虽文武并用，然八旗子弟，尤以武备为急，恐专心习文，以致武备废弛，见今已将每佐领下子弟一名，准在监肄业，亦自足用。除见在生员举人进士录用外，嗣后请将旗下子弟考试生员举人进士，暂令停止。从之。”是知当时清帝虽躬修文学，且创开博学鸿词科，实专以笼络汉人，初不愿满人渐染汉俗。其后雍、乾诸朝亦时时申诫之。故第十九回：“袭人劝宝玉道：‘再不许吃人嘴上擦的胭脂了，与那爱红的毛病儿。’”又“黛玉见宝玉腮上血渍，询知为淘漉胭脂膏子所溅，谓为带出幌子，吹到舅舅耳里，使大家不干净惹气。”皆此意。宝玉在大观园中，所居曰怡红院，即爱红之义。所谓曹雪芹于悼红轩中增删本书，则吊明之义也。本书有《红楼梦曲》，以此。书中序事托为石头所记，故名《石头记》。其实因金陵亦曰石头城而名之。余国柱（即书中之王熙凤）被参，以其在江宁置产营利，与协理宁国府，历劫返金陵等同意也。又曰《情僧录》及《风月宝鉴》者，或就表面命名，或以情字影清字；又以古人有清风明月语，以风月影明清，亦未可知也。

《石头记》叙事，自明亡始。第一回所云“这一日三月十五

① 《东华录》：又称《六朝东华录》，共三十二卷，编年体清代史料长编，由蒋良骐编撰。

日，葫芦庙起火，烧了一夜。甄氏烧成瓦砾场”，即指甲申三月间[①]明愍帝[②]殉国、北京失守之事也。士隐注解《好了歌》，备述沧海桑田之变态。亡国之痛，昭然若揭。而士隐所随之道人，跛足麻履鹑衣[③]，或即影愍帝自缢时之状。甄士本影政事；甄士隐随跛足道人而去，言明之政事，随愍帝之死而消灭也。

甄士隐即真事隐，贾雨村即假语存，尽人皆知。然作者深信正统之说，而斥清室为伪统。所谓贾府，即伪朝也。其人名如贾代化、贾代善，谓伪朝之所谓化、伪朝之所谓善也。贾政者，伪朝之吏部也。贾敷、贾敬，伪朝之教育也（《书》曰：敬敷五教[④]）。贾赦，伪朝之刑部也，故其妻氏邢（音同刑）；子妇氏尤（罪尤）。贾琏为户部，户部在六部位居次，故称琏二爷，其所掌则财政也。李纨为礼部（李礼同音），康熙朝礼制已仍汉旧，故李纨虽曾嫁贾珠，而已为寡妇，其所居曰稻香村，稻与道同音；其初名以杏花村，又有杏帘在望之名，影孔子之杏坛[⑤]也。（《金瓶梅》[⑥] 以孟玉楼影当时之礼部，氏之以孟，又取玉楼人醉杏花风诗句为名，即《红楼梦》所本也。）

---

① 甲申三月间：指1644（甲申）年3月19日，李自成率军攻破北京城，明思宗在景山自缢死。

② 明愍帝：明思宗朱由检，年号崇祯。清谥为“庄烈愍皇帝”。

③ 麻履鹑衣：麻履，麻鞋；鹑衣，鹑鸟尾秃，像古时敝衣短结，故以鹑衣形容破旧的衣服。此处谓衣着破烂。

④ 五教：五常之教，即父义、母慈、兄友、弟恭、子孝。《书·舜典》：“汝作司徒，敬敷五教，在宽。”

⑤ 杏坛：相传为孔子讲学处。《庄子·渔父》：“孔子游乎缁帷之林，休坐乎杏坛之上。”

⑥ 《金瓶梅》：明代长篇世情小说。作者兰陵笑笑生。通过对西门庆及其家庭罪恶生活的描述，揭露了明代中叶社会的黑暗和腐败。孟玉楼为小说中西门庆之妾。

作者于汉人之服从清室，而安富尊荣者，如洪承畴[①]、范文程[②]之类，以娇杏代表之。娇杏即侥幸。书中叙新太爷到任，即影满洲定鼎。观雨村中秋口号云："天上一轮才捧出，人间万姓仰头看。"知为代表满洲也。于有意接近，而反受种种之侮辱，如钱谦益[③]之流，则以贾瑞代表之。瑞字天祥，言其为假文天祥[④]也（文小字宋瑞）。头上浇粪，手中落镜，言其身败名裂而至死不悟也（徐巨源编一剧，演李太虚及龚芝麓降李自成后，闻清兵入，急逃而南。至杭州，为追兵所蹑，匿于岳坟铁铸秦桧夫人跨下，值夫人方月事，追兵过而出，两人头皆血污，与本书浇粪同意）。叙姽婳将军林四娘，似以代表起义师而死者；叙尤三姐，似以代表不屈于清而死者；叙柳湘莲，似以代表遗老之隐于二氏者。

书中女子，多指汉人；男子多指满人。不独女子是水作的骨肉，男人是泥作的骨肉，与汉字满字有关也。我国古代哲学，以阴阳二字说明一切对待之事物。《易》坤卦象传曰："地道也，妻道也，臣道也。"是以夫妻、君臣分配于阴阳也。《石头记》即用其义。第三十一回："湘云说：'比如天是阳，地就是阴；比如一棵树叶儿，那边向上朝阳的就是阳，这边背阴复下的就是阴；走兽飞禽，雄为阳，雌为阴。'翠缕道：'怎么东西都有阴阳，咱们人倒没有阴阳呢？'又道：'知道了，姑娘是阳，我就是

① 洪承畴（1593—1665）：字彦演，号亨九。崇祯时官至兵部尚书，后降清，成为清朝首位汉人大学士，为满汉的合流打下了基础。

② 范文程（1597—1666）：字宪斗，辽东沈阳卫（今辽宁沈阳）人。万历年间开始为后金政权效力，隶属满洲镶黄旗。

③ 钱谦益（1582—1664）：字受之，号牧斋。清初诗坛的盟主之一。

④ 文天祥（1236—1283）：南宋末期吉州庐陵（今江西吉安）人。民族英雄。初名云孙，字天祥。

阴。’又道：‘人家说，主子为阳，奴才为阴。我连这个大道理也不懂得。’”是男为阳，主子亦为阳；女为阴，奴才亦为阴。本书明明揭出。清制：对于君主，汉（满）人自称奴才，汉人自称臣。臣与奴才，并无二义。(《说文解字》：臣字象屈服之形，是古义亦然。）以民族之对待言之，征服者为主，被征服者为奴。本书以男女影满汉，以此。

贾宝玉，言伪朝之帝系也。宝玉者，传国玺之义也。即指“胤礽[1]”。《东华录》：康熙四十八年三月，以复立皇太子告祭天坛文曰：“建立嫡子胤礽为皇太子。”又曰：“朕诸子中，胤礽居贵。”是胤礽生而有为皇太子之资格，故曰啣玉而生。胤礽之被废也，其罪状本不甚证实。康熙四十七年九月，谕曰：“胤礽肆恶虐众，暴戾淫乱，难出诸口。”又曰：“胤礽同伊属下人等，恣行乖戾，无所不至，令朕赧于启齿。又遣使邀截外藩入贡之人，将进御马匹，任意攘取，以致蒙古俱不心服。”又曰：“知胤礽赋性奢侈，着伊乳母之夫凌普为内务府总管，俾伊便于取用。”又曰：“朕历览史书，时深儆戒，从不令外间妇女，出入宫掖，亦从不令姣好少年，随侍左右。今皇太子所行若此，朕实不胜愤懑。”《石头记》三十三回，叙宝玉被打，一为忠顺亲王府长史索取小旦琪官事，二为金钏儿投井，贾环谓是宝玉拉着太太的丫头金钏儿，强奸不遂，打了一顿，那金钏儿便赌气投井死了。琪官事与姣好少年等语相关。忠顺王疑影外藩。长史曾揭出琪官赠红汗巾事，疑影攘取马匹事，相传名马有出汗如血者故也。“曰暴戾淫乱，难出诸口”，曰“赧于启齿”，曰“从不令外间妇女

① 胤礽：即允礽。

出入宫掖，今皇太子所行若此”。是当时罪状中颇有冓之言[①]，即金钏儿之事所影也。

胤礽之罪状又有曰：“近观胤礽行事，与人大有不同。昼多沉睡，夜半方食。饮酒数十巨觥不醉。每对越神明，则惊惧不能成礼。遇阴雨雷电，则畏沮不知所措。居处失常，语言颠倒，竟类狂易之疾，似有鬼物凭之者。”又曰：“今忽为鬼魅所凭，蔽其本性，忽起忽坐，言动失常。时见鬼魅，不安寝处，屡迁其居，啖饭七八碗，尚不知饱；饮酒二三十觥，亦不见醉。匪特此也，细加询问，更有种种骇异之事。”又曰：“胤礽居撷芳殿，其地险黯不洁，居者辄多病亡。胤礽时常往来其间，致中鬼魅，不自知觉。以此观之，种种举动，皆有鬼物使然，大是异事。”十一月谕曰：“前灼见胤礽行事颠倒，以为鬼物所凭。”又曰：“今胤礽之疾，渐已清爽。召见两次，询问前事，胤礽竟有全然不知者，深自愧悔。”又言：“‘我幸心内略明，犹惧父皇闻知治罪。未至用刀刺人；如或不然，必有杀人之事矣。’观彼虽稍清楚，其语仍略带疯狂。朕竭力调治，果蒙天佑，狂疾顿除。”又曰：“十月十七日，查出魇魅废皇太子之物。服侍废皇太子之人奏称：是日，废皇太子忽似疯颠，备作异状，几至自尽。诸宫侍抱持环守。过此片刻，遂复明白。废皇太子亦自惊异，问诸宫侍：‘我顷者作何举动？’朕从前将其诸恶，皆信为实。以今观之，实被魇魅而然，无疑也。”四十八年二月谕曰：“皇太子胤礽，前染疯疾，朕为国家而拘禁之。后详查被人镇魇之处，将镇魇物俱令掘出，其事乃明。今调理痊愈，始行释放。今譬有人，因染疯狂，

① 中冓之言：中冓即内室，指闺门以内。《诗·鄘风·墙有茨》：“中冓之言，不可道也。”中冓之言，指内室的诟言秽行。

持刀砍人，安可不行拘执？若已痊愈，又安可不行释放？”四月谕曰：“大阿哥镇魇皇太子及诸阿哥之事，甚属明白。”又曰：“见今镇魇之事，发觉者如此；或和尚道士等，更有镇魇之处，亦未可定。日后发觉，始知之耳。”显亲王衍潢等遵旨会议：喇嘛巴汉格隆等咒魇皇太子情实，应将巴汉格隆、明佳噶卜楚、马星噶卜楚、鄂克卓特巴俱凌迟处死。皇长子护卫啬楞雅突，明知大逆之事，乃敢同行；又雅突将皇长子复行咒魇。再此案内又有察苏齐引诱宗室格隆陶州胡土克图行咒魇之事。

案《石头记》第三十三回：“贾政斥宝玉道：‘好端端的，你垂头丧气，嗐些什么？方才雨村来要见你，叫你半天才出来。既出来了，全无一点慷慨挥洒谈吐，仍是葳葳蕤蕤，我看你脸上一团思欲愁闷气色，这会又咳声叹气。’”九十五回：“失玉以后，宝玉一日呆似一日，也不发烧，也不疼痛，只是吃不像吃，睡不像睡，甚至说话都无头绪。”与胤礽罪状中之居处失常、语言颠倒、及言动失常、不安寝处等语相应。第二十五回：“宝玉烫了脸，有宝玉寄名的干娘马道婆向贾母道：‘那经典佛法上说的利害，大凡王公卿相人家的子弟，只一生长下来，暗里便有许多促狭鬼跟着他。’”与胤礽罪状中鬼物凭之、时见鬼魅等语相应。又叙宝玉被魇，有云：“拿刀弄仗，寻死觅活。”叙王熙凤被魇，有云：“手持一把明晃晃钢刀，砍进园来，见鸡杀鸡，见狗杀狗，见人就要杀人。周瑞媳妇忙带着几个有力量的胆壮的婆娘，上去抱住，夺下刀来，抬回房去。”与胤礽所谓未至用刀杀人，及服侍之人称是日废皇太子忽患疯颠，几至自尽，诸宫侍抱持环守相应。

八十一回，“宝玉道：‘我记得病的时候儿，好好的站着，倒像背地里有人把我拦头一棍，疼得眼睛前头漆黑，看见满屋子里，都是些青面獠牙、拿刀举棒的恶鬼。躺在炕上，觉得在脑袋上加了几个脑箍似的。以后便疼得任什么不知道了。’凤姐道，‘我也全记不得。但觉自己身子不由自主，倒像有些鬼怪拉拉扯扯，要我杀人才好。有什么拿什么。自记原觉很乏，只是不能住手。’”亦与胤礽案所谓备作异状、全然不知、持刀斫人等语相应。又说“马道婆破案，为潘三保事，送到锦衣府去，问出许多官员大户人家太太姑娘们的隐情事来。把他家内一抄，抄出几篇小账，上面记着某家验过，应找银若干。”与胤礽以外，复有皇长子及宗室等案，及所谓和尚道士等更有魇魅等事，亦未可定等语相应。行魇魅者巴汉格隆等，皆喇嘛，故以马道婆代表之。马与嘛同音也。八十一回又称：“马道婆身边搜出匣子，里面有象牙刻的一男一女、不穿衣服、光着身子的两个魔王”，亦与相传喇嘛教中之欢喜佛相等。马道婆之代表喇嘛也无疑。《东华录》：康熙四十七年九月谕云：“胤礽幼时，朕亲教以读书，继令大学士张英教之，又令熊赐履教以性理诸书，又令老成翰林官随从云云。”《石头记》常言“贾政逼宝玉读书”。第八回：“秦钟因去岁业师回南，在家温习旧课。其父秦邦业知贾家塾中司塾的乃贾代儒（伪朝之儒也），现今之老儒。”第九回：“贾政对李贵道：‘你去请学里太爷的安，就道我说的，什么诗经古文，一概不用虚应故事，只是先把四书一齐讲明背熟，是最要紧的。’”第八十一回：“贾政道：‘前儿倒有人和我提起一位先生来，学问人品都是极好的。也是南边人。’又道：‘如今儒大太爷虽学问也只中平，但还弹压得住这些小孩子们。’”八十二回称：“贾代儒为老学究。”又“宝玉讲后生可畏一章，讲到不要弄到，说到这里，向代儒一瞧，代儒说：‘讲书是没有什么避忌的。’宝玉才说：‘不要弄到老大无成。’”均与性理诸书、老成翰林等相应。又熊赐履湖北人，张英安徽人。所谓南边人，殆指张、熊等。

胤礽以康熙十四年十二月被立为皇太子，四十七年九月被废；四十八年三月复立，五十一年十一月复废。自第一次被废以至复立，为时不久，而又悉归咎于魇魅。故《石头记》中仅以三十三回之笞责及二十五回之魇魔形容之。二十五回中，言“宝玉虽被迷污，经和尚摩弄一回，依旧灵了。”即虽废旋复之义。至九十四回之失玉，乃叙其终废也。至和尚还玉事等，殆无关本事。

胤礽之被废，由于兄弟之倾轧。《东华录》所载主动者为胤禔、胤祀二人。《石头记》九十四回，于失玉以前，先叙海棠既萎而复开：“贾母道：‘花儿应在三月里开的，如今是十一月。’”三月及十一月，与复立、复废之月相应。又“黛玉说花开之因道：‘当初田家有荆树一棵，三个弟兄，因分了家，那棵树便枯了。后来感动了他弟兄们，仍旧归在一处，那颗树也就发了。’”既说兄弟，又说三个，与胤礽、胤禔、胤祀三人相应。

《石头记》叙巧姐事，似亦指胤礽。巧与礽字形相似也。九十二回评女传，巧姐慕贤良，即熊赐履等教胤礽以性理诸书也。一百十八回，记微嫌舅兄欺弱女，贾环、贾芸欲卖巧姐于藩王，即指胤礽为胤禔、胤祀所卖事。宝玉被打，由贾环诉说金钏儿事；宝玉被魇，由贾环之母赵姨娘主使；巧姐被卖，亦由贾环主谋。与胤禔之陷胤礽相应。其事又有亲舅舅王仁与闻之。《红楼梦曲》中亦云：“休似俺那爱银钱忘骨肉的狠舅奸兄。”与胤礽案中有所谓舅舅佟国维者相应。《东华录》：“康熙四十八年正月，上曰：‘胤祀乃胤禔之党，胤禔曾奏言请立胤祀为太子，伊当辅之。’又曰：‘此事必舅舅佟国维、大学士马齐以当举胤祀默示于众。’二月，谕舅舅佟国维曰：‘尔曾奏，皇上凡事断无错误之处，此事关系重大，日后易于措处则已；倘日后难于措处，似属未便，等语。’又曰：‘因有舅舅所奏之言，及群下小人就中肆行捏造言词，所以大臣侍卫官员等，俱终日忧虑，若无生路者。中心宽畅者，惟大阿哥、八阿哥耳。’又曰：‘舅舅前启奏时，外间匪类，不知其故，因盛赞尔云：如此方谓之国舅大臣，不惧死亡，敢行陈奏。今尔之情形毕露，人将谓尔为何如人耶？’”《石头记》一百十八回：“王仁拍手道：‘这倒是一种好事，又有银子。只怕你们不能；若是你们敢办，我是亲舅舅，做得主的。’”第一百十九回：“事败后，吓得王仁等抱头鼠窜的出来。”与《东华录》之佟国维相应。康熙四十八年四月谕曰：“胤礽之党羽，俱系贼心恶棍，平日斗鸡走狗，学习拳勇，不顾罪戾，惟务诱取银钱。”故《石头记》亦有爱银钱的奸兄语。

林黛玉影朱竹垞[①]也。绛珠影其氏也；居潇湘馆影其竹垞之号也。竹垞生于秀水，故绛珠草长于灵河岸上。“竹垞客游南北，必橐载十三经、二十一史以自随。已而游京师，孙退谷过其寓，见插架书，谓人曰：‘吾见客长安者，务攀援驰逐；车尘蓬勃间，不废著述者，惟秀水朱十一人而已。’”（见陈廷敬所作墓志）《石头记》第十六回：“黛玉带了许多书籍来。”四十回：“刘姥姥到潇湘馆，因见窗下案上设着笔砚，又见书架上磊着满满书。刘姥姥道：‘这必定是那一位哥儿的书房了。’贾母笑指黛玉道：‘这是我这外孙女儿的屋子。’刘姥姥留神打量了林黛玉一番，方笑道：‘这那里像个小姐的绣房，竟比那上等的书房还好’。”以此。竹垞尝与陈其年合刻所著曰《朱陈村词》，流传入禁中。故黛玉与史湘云凹晶馆联句。竹垞入直南书房，旋被劾，镌一级

① 朱竹垞（1629—1709）：清代诗人、词人、学者、藏书家。字锡鬯，号竹垞，明末清初浙江嘉兴人。有《日下旧闻》四十二卷、《明诗综》一百卷等。

罢，寻复原官。其被劾之故，全谢山[1]谓因携仆钞《永乐大典》[2]。竹垞所作《咏古》二首云："汉皇将将屈群雄，心许淮阴国士风。不分后来输绛灌，名高一十八元功。""海内词章有定称，南来庾信北徐陵。谁知著作修文殿，佛论翻归祖孝征。"诗意似为人所赏。《石头记》中凤姐掉包事，疑即指此。七十回，宝钗、探春、湘云、宝琴均替宝玉临字，而于黛玉一方面，但云"紫鹃送一卷小楷"。疑影携仆写书事。

薛宝钗，高江村[3]也（徐柳泉已言之）。薛者雪也。林和靖[4]咏梅有曰："雪满山中高士卧，月明林下美人来。"用薛字以影江村之姓名也（高士奇）。

《啸亭杂录》[5] 曰："高江村家贫，鬻字为活。纳兰太傅爱其才，荐入内廷。仁庙亦爱之，遇巡狩出猎，皆命江村从。故江村诗曰：'身随翡翠丛中列，队入鹅黄带里行。'盖纪实也。江村性趫巧[6]，遇事先意承旨，皆惬圣怀。一日，上出猎，马蹶，意殊不怿。江村闻之，故以潴泥污其衣，入侍，上怪问之，江村曰：'适落马坠积潴中，未及浣也。'上大笑曰：'汝辈南人，懦弱乃尔。适朕马屡蹶，竟未坠。'意乃释然。又尝从登金山，上欲题额，濡毫久之。江村拟'江天一览'四字于掌中，趋前磨墨，微露其迹。上如所拟书之。其迎合类如此。"

《檐曝杂记》曰："江村初入都，自肩袱被，进彰仪门。后

---

① 全谢山：全祖望（1705—1755），清代学者、文学家。字绍衣，号谢山。鄞州（今浙江宁波）人。

② 《永乐大典》：中国百科全书式的文献集，编撰于明永乐年间，初名《文献大成》。

③ 高江村：即高士奇。

④ 林和靖：林逋（967—1028），字君复，钱塘人。隐居于西湖孤山，终身不仕。

⑤ 《啸亭杂录》：清礼亲王昭梿著，题汲修主人作。记述清初至嘉庆时政事及社会经济情况。

⑥ 趫巧：机巧，乖巧。

为明相国家司阍者课子①。一日，相国急欲作书数函，仓卒无人，司阍以江村对。即呼入，援笔立就。相国大喜，遂属掌书记。后入翰林，直南书房，皆明公力也。江村才本绝人，既居势要，家日富，则结近侍，探上起居，报一事酬以金豆一颗。每入直，金豆满荷囊；日暮，率倾囊而出。以是宫廷事，皆得闻。或觇知上方阅某书，即抽某书翻阅，偶天语垂问，辄能对大意，以是圣祖益爱赏之。"郑方坤《本朝诗抄小传》曰："江村年十九，之京师，以诸生就京闱试，不利，落魄羁穷，卖文自给。新岁，为人书春帖子，往往自作联句，用写其幽忧牢落之怀。偶为圣祖所见，大加击节，立召见。"案《石头记》，写薛宝钗处处周到，得人欢心，自薛姨妈、贾母、王夫人、湘云、岫烟、以至袭人辈，无不赞叹；并黛玉亦受其笼络。即所谓性趫巧善迎合之影子也。宝钗以金锁配宝玉，谓之金玉良缘；其嫂曰夏金桂；其婢曰黄金莺；莺儿为宝玉结络，以金线配黑珠儿线，皆以金豆探起居之影子也。宝钗最博雅，二十二回，点鲁智深醉闹五台山，为宝玉诵寄生草曲词，宝玉赞他无书不知。第三十回，"宝玉道：'姐姐通今博古，色色都知道。'"七十六回："湘云用棔字。黛玉说：'亏你想得出。'湘云道：'幸而昨日看《历朝文选》，见了这个字。我不知何树，因要查一查。宝姐姐说不用查，这就是如今俗叫做朝开夜合的。我信不及，到底查了一查，果然不错。看来宝姐姐知道的竟多。'"即其翻书备对之影子也。第一回，称"穷儒贾雨村一身一口，在家乡无益，因进京求取功名。自前年来此，又淹蹇住了，暂寄庙中安生，每日卖文作字为生。"即江村袱被进都、鬻字为活之影子也。"贾雨村高吟一联，曰：'玉在

① 司阍者课子：司阍者，守门人；课子，为其子作教席。

椟中求善价，钗于奁内待时飞。’恰值士隐走来听见，笑道：‘雨村兄真抱负不凡也。’”即联句被赏之影子也。四十七回：“薛蟠遭湘莲苦打，遍身内外滚的似泥母猪一般。”又说：“那里爬的上马去。”即江村自称落马堕积潴中之影子也。

江村所作《塞北小抄》曰：“二十二年，六月十二日，扈跸出东直门云云。偶患暑气，上命以冰水饮益元散二碗，方解。甲申，上曰：‘尔南人，为何亦饮冰水？’士奇曰：‘天气炎热，非冰莫解。’上曰：‘朕闻南人殊不畏暑。’士奇曰：‘南人从来畏暑，故有吴牛见月而喘之语。’上大笑。”案《石头记》第七回：“宝钗对周瑞家的说：‘我这是从胎里带来的一股热毒。’又说：‘癞头和尚所说的方，叫做冷香丸。’”第三十回：“宝玉道：‘姐姐怎么不看戏去？’宝钗道：‘我怕热。看了两出，热得很。要走，客又不散；我不得不推身上不好，就来了。’宝玉笑道：‘怪不得他们拿姐姐比杨贵妃，原也体胖怯热。’”与《塞北小抄》语相应。（庄子：“早受命而夕饮冰，我其内热与[①]！”所谓胎里带来热毒，亦兼热中之讽。）

《汉名臣传》云：“康熙廿七年，法司逮问贪黩劾罢之巡抚张汧。因汧未被劾时，曾遣人赍报赴京。诘其行贿何人？初以分馈甚众，不能悉数抵塞；既而指出士奇。奉谕置勿问。士奇疏请归田，得旨，以原官解任。廿八年，从上南巡。至杭州，驾幸士奇之西溪山庄，赐御书竹窗扁额。九月，左都御史郭琇疏劾之，曰：‘有植党营私，招摇撞骗，如原任少詹事高士奇、左都御史王鸿绪等，表里为奸。’又曰：‘高士奇出身微贱，其始也徒步来京，觅馆为生。皇上因其字学颇工，不拘资格，擢补翰林，令人

① 早受命而夕饮冰，我其内热与：语见《庄子·人间世》。

南书房供奉。’又曰：‘士奇日思结纳，谄附大臣，揽事招权，以图分肥。凡大小臣工无不知有士奇之名。’又曰：‘久之羽翼既多，遂自立门户，结王鸿绪为死党，科臣何楷为义兄弟，翰林陈元龙为叔侄，鸿绪胞兄王顼龄为子女姻亲。俱寄以腹心，在外招揽。凡督抚藩臬道府厅县，以及在内之大小卿员，皆王鸿绪、何楷等为之居停哄骗。而夤缘[1]照管者，馈至成千累万。即不属党护者，亦有常例，名曰平安钱。盖士奇供奉日久，势焰日张，人皆谓之门路真，而士奇遂亦自忘乎其为撞骗，亦居之不疑，曰：‘我之门路真。’又曰：‘光棍俞子易，在京肆横有年，惟恐事发，潜遁直隶天津山东洛口地方。有虎坊桥瓦屋六十余间，价值八千金，馈送士奇，求托照拂。此外顺成门斜街并各处房屋，总令心腹出名置买，何楷代为收租，打磨场。士奇之亲家陈元龙伙计陈季方，开张缎号，寄顿贿银，资本约至四十余万。又于本乡平湖县，置田产千顷，大兴土木，修整花园；杭州西湖，广置园宅。苏、松、淮、扬，王鸿绪与之合伙生理，又不下百余万。’又曰：‘圣驾南巡时，上谕严诫馈送，定以军法治罪，谁敢不遵。惟士奇与王鸿绪，愍不畏死，即淮、扬等处，王鸿绪招揽府厅各官，约馈黄金，潜遗士奇。淮、扬如此，则他处又不知如何索诈矣，’云云。得旨：‘高士奇、王鸿绪、陈元龙俱着休致回籍，王顼龄、何楷着留任。’”《东华录》：康熙二十八年，吏部议：左副都御史许三礼奏参，原任刑部尚书徐乾学与高士奇招摇纳贿。查徐乾学与高士奇招摇纳贿之处，并无实据。许三礼又奏参乾学，有云：‘乾学伊弟拜相之后，与亲家高士奇，更加招摇，以致有五方宝物归东海，万国金珠贡澹人之对’，云云。案《石头

---

① 夤缘：凭借关系攀附权贵。

记》第四回："门子递与雨村一张护官符，上面皆是本地大族名宦之家的谚俗口碑，云：贾不假，白玉为堂金作马。阿房宫，三百里，住不下金陵一个史。东海缺少白玉床，龙王来请金陵王。丰年好大雪，珍珠如土金如铁。"即许三礼疏中五方、万国之对之影子也。门子又道："这四家皆连络有亲，一损俱损，一荣俱荣，扶持遮饰，皆有照应的。今告打死人之薛，就是丰年大雪之雪也。不单靠三家，他的世交亲友在京都、在外省，本亦不少。"此即郭琇疏中死党义兄弟叔侄子女姻亲及许疏中亲家等种种关系之影子也。第四回称："薛公子亦金陵人氏，家中有百万之富，现领着内帑钱粮采办杂料，虽是皇商，一应经纪世事，全然不知，不过赖祖父旧日情分，户部挂个虚名，支领钱粮。其余事体，自有伙计老人家等措办。"又云："自薛蟠父亲死后，各省中所有的买卖承局总管伙计人等，便趁时拐骗起来。京都几处生意，渐亦消耗。"又云："薛蟠要亲自入都，销算旧账，再计新支。因此早已检点下行装细软，以及馈送亲友各色土物人情等类。"第十三回："秦可卿死后，薛蟠表弟因见贾珍寻好板，便说我们本店里有一付板，叫作什么樯木。"第四十八回："各铺面伙计，内有算年帐要回家的，内有一个张德辉，自幼在薛蟠当铺内揽总，说起'今年纸札香扇短少，明年必是贵的。明年，先打发大小儿上来当铺照管照管，赴端阳前，我顺路就贩些纸札香扇来卖。'薛蟠心下忖度，不如也打点本钱，和张德辉逛一年来。"第六十六回："薛蟠说：'我同伙计贩了货物，自春天起身，往回里走，一路平安。谁知到了平安州地方，遇见一伙强盗，已将东西劫去。不想柳二弟从那边来，方把贼人赶散，夺回货物，还救了我们的性命。'"第六十七回："管总的张太爷，差人送了两箱子东西来。薛蟠说："特特的给妈妈合妹子带来的东西。'一箱都是绸缎绫锦洋货等家常应用之物，一箱却是些笔墨纸砚各色笺纸香袋香珠扇子扇坠花粉胭脂等物。外有虎丘带来的自行人、酒令儿，水银灌的打筋斗小小子，沙子灯，一出一出的泥人儿的戏，用青纱罩的匣子装着。又有在虎丘山上泥捏的薛蟠小像。薛姨妈将箱子里的东西取出，一分一分的送给贾母并王夫人。宝钗将那些顽意儿一件一件的过了目，除了自己留用之外，一分一分的配合妥当，使莺儿同着一个老婆子跟着送往各处。宝玉到黛玉处，见堆着许多东西，就知道是宝钗送来的，便取笑说道：'那里这些东西，不是妹妹要开杂货铺啊！'"第五十七回："邢岫烟把绵衣服当了。宝钗问：'当在那里？'岫烟道：'叫做什么恒舒了，是鼓楼西大街。'宝钗笑道：'闹在一家去了。伙计们倘或知道了，好说人没过来，衣裳先到了。'岫烟听说，便知是他家的本钱。"第四十五回："黛玉对宝钗道：'你如何比得我，你这里有土地买卖，家里又仍旧有房有地。'"均与郭琇疏中所谓房屋田产园宅缎号资本及馈送等事相应。薛蟠在平安州遇盗，与平安钱相应。

探春影徐健庵也。健庵名乾学，乾卦作三，故曰三姑娘。健庵以进士第三人及第，通称探花，故名探春。健庵之弟元文入阁，而健庵则否，故谓之庶出。然许三礼劾健庵，一则曰"胆恃胞弟徐元文钦点入阁"，再则曰"伊弟拜相之后，与亲家高士奇更加招摇，以致有'去了余秦桧（指余国柱），来了徐严嵩。乾学似庞涓，是他大长兄'之谣。又有'五方宝物归东海（徐氏），万国金珠贡澹人'之对。"是健庵虽不入阁，而其时亦有炙手可热之势。故《石头记》第五十五回："凤姐儿道：'好个三姑娘，我说不错，只可惜他命薄，没托生在太太肚里。'平儿笑道：'他便不是太太养的，难道谁敢小看他，不与别的一样看待么？’”又“凤姐病中，王夫人命探春合同李纨协理，又请了宝钗来。他三人一理，更觉比凤姐当权时倒更谨慎了些。因而里外下人都暗中抱怨，说刚刚倒了一个巡海夜叉，又添了三个镇山太岁。”此即影射去了余秦桧、来了徐严嵩一谣也。

韩慕庐所作《徐健庵行状》，有云：“吴中文社故盛，公为之领袖。”又云，“壬子主试顺天，以独赏为公鉴，往往怜收既落之才；即遗卷中有一佳言迥句，咨嗟吟讽，以失之为恨。”又云：“公故负海内望，而勤于造进，笃于人物。一时庶几之流，奔走辐辏[①]如不及。山林遗逸之老，不远千里，乐从公。后生之才进者，延誉荐引，无虚日。”案《石头记》有秋爽斋偶结海棠社，指此。又二十七回：“探春属宝玉道：‘这几个月我又攒下有十来串钱了，你还拿了去，明儿出门逛去的时候，或是好字画，好轻巧顽意儿，替我带些来。’又道：‘怎么像你上回买的那柳枝儿编的小篮子，真竹子根挖的香盒儿，胶泥垛的风炉儿，这就好了。’”即以表其延揽文士之故事也。

行状又云：“尝请崇节俭，辨等威，因申衣服之禁，使上下有章。”案《石头记》第二十七回：“探春属宝玉带轻巧顽意儿，拣那朴而不俗、直而不拙的。又道：‘我还像上回的鞋，做一双你穿，比那双还加功夫，如何呢？’宝玉道：‘那回穿着，可巧遇见老爷，说何苦来虚耗人力，作践绫罗。’……赵姨娘抱怨的了不得，正经兄弟，鞋蹋拉袜蹋拉的……探春道：‘什么！我是做鞋的人么？环儿难道没有分例的？衣裳是衣裳，鞋袜是鞋袜。’”盖影射此事。

《儋园集》有赐览皇太子书法奏称：“皇太子历年亲写所读

---

① 辐辏：车辐凑集于毂上，喻人或物集聚一处。陆机《辨亡论》：“异人辐辏，猛士如林。”

书本及临摹楷法，共大小八箧有奇。”案《石头记》七十回：“探春每日临一篇楷字与宝玉。”影此。

健庵迭被弹劾，于康熙二十九年回里。许以书局自随，僦居洞庭东山。《石头记》一百回至一百二回，历叙探春远嫁。第五回：“画着两人放风筝，一片大海，一只大船，船中有一女子掩面泣涕之状。诗曰：‘清明涕送江边望，千里东风一梦遥。’”皆指此。(行状曰：“再疏乞骸骨，上允所请。时已仲冬，命且过冬行。二十九年春，抵家。”诗中清明字指此。)

王熙凤，影余国柱也。王即柱字偏旁之省，园字俗写作国，故熙凤之夫曰琏，言二王字相连也（楷书王玉同式）。国柱为户部尚书，故贾琏行二。且贾氏财政，由熙凤管理。国柱曾为江宁巡抚，故熙凤协理宁国府。《汉名臣传》云：“康熙二十八年三月，给事中何金蔺疏言：‘凡解职解任官仍居原任地方，例有明禁。余国柱曾为江宁巡抚，荐陟大学士，不思竭忠图报，黩货无厌，秽迹彰闻。荷恩放归里。乃被黜后，挟辎重往江宁省城，购买第宅，广营生计，呼朋引类，垄断攫金，借势招摇，显违禁例。乞饬部严议。’事下两江总督傅拉搭察讯，以留恋原任地方，购买第宅，并设立钱店典铺复奏。刑部拟杖折赎，诏免罪，赶回籍。寻卒于家。”《石头记》第五回，有金陵十二正副册，正册中有片冰山，上有一只雌凤。其判语有云：“哭向金陵事更哀。”五十四回：“女先儿说书说残唐之时，有一位乡绅，本是金陵人氏，名唤王忠（忘忠），曾做两朝宰辅，如今告老回家，膝下只有一位公子，名唤王熙凤。”第一百一回：“散花寺神签，正面写着王熙凤衣锦荣归。大丫头道：‘奶奶最是通今博古的，难道汉朝的王熙凤求官的一段事，也不晓得？’签文云：‘去国离乡二十年，于今衣锦返家园。蜂采百花成蜜后，为谁辛苦为谁甜？’大丫头道：‘奶奶自幼在这里长大，何曾回南京去了？如今老爷放了外任，或者接家眷来，顺便还家，奶奶可不是衣锦还乡了？’宝钗道：‘据我看，这衣锦还乡四字里头，还有缘故。’”第一百十四回，王熙凤历劫返金陵：“王夫人打发人来说：琏二奶奶没有住嘴，说些胡话，要船要轿的，说到金陵归入册子去。”皆指被黜后仍居江宁也。第一百五回，锦衣军查抄宁国府：“赵堂官说：‘贾赦、贾政并未分家；闻得他侄儿贾琏，现在承总管家，不能不尽行查抄。’”又云：“有一起人回说：‘东跨房查出两箱房地契文，一箱借票，都是违例取利的。’王爷道：‘番役呈禀有禁用之物，并重利欠票。’两家王子问贾政道：‘所抄家资内，有借券，实系盘剥，究是谁行的？’贾琏忙走上跪下禀道‘这一箱文书，既在奴才屋内抄出来，敢说不知道么。’”第一百六回：“贾政问贾琏道：‘那重利盘剥，究竟是谁干的？况且非咱们这样人家所为。’”又“凤姐对平儿说：‘虽说事是外头闹得，我若不贪财，如今也没有我的事。’”皆与何疏相应也。

国柱曾于康熙二十七年为御史郭琇所劾，称其“在内阁票拟①，承顺大学士明珠指麾，轻重任意，与尚书佛伦等结党把持。督抚藩臬缺出，展转援引，总揽贿赂。保送学道及科道内升出差，率皆居功要索”云云。《石头记》中，叙凤姐逢迎贾母、王夫人，无微不至；而营私弋利等事，亦层见叠出。例如二十七回：“且说王凤姐自见金钏儿死后，忽见几家仆人，常来孝敬他些东西，又不时来请安奉承，自己倒生了疑惑，不知何意。这日又见人来孝敬他东西，因晚间无人时，笑问平儿。平儿冷笑道：‘我猜他们女儿都必是太太房里的丫头。如今太太房里有四个大

① 票拟：按明代制度，内阁接到奏章后，用小票写出所拟的批答，再由皇帝朱笔批出，称为票拟。清代沿用此制，但朱批有由司礼太监代写的。

的，一个月一两银子的分例；下剩的都是一个月只几百钱。如今金钏儿死了，必定他们要弄这一两银子的巧宗儿呢！’凤姐听了笑道：‘……也罢了，他们几家的钱，也不能容易化到我跟前。这是他们自寻的，送什么来，我就收什么。横竖我有主意。’凤姐儿安下这个心，所以只管耽延着。等那些人把东西送足了，然后乘空方回王夫人”云云。十六回：“贾琏的乳母赵嬷嬷，替两个儿子求事情道：‘……倒是来和奶奶说，是正经，靠着我们爹，只怕我还饿死了呢。’”又：“凤姐忙向贾蔷道：‘我有两个在行妥当人，你就带他们去办。这倒便宜了你呢。’贾蔷忙陪笑道：‘正要和婶娘讨两个人呢，这可巧了。’贾蓉悄悄的问凤姐道：‘婶娘要什么东西，分付了，开个账儿，给我兄弟带去，按账置办了来。’”二十四回：“贾芸见了贾琏，因打听可有什么事情。贾琏告诉他道：‘前儿倒有一件事情出来，偏生你婶娘再三求了我，给了贾芹了。他许我说，明儿园里还有几处要栽药木的地方，等这个工程出来，一定该你就是了。’”又“贾芸送香料后，凤姐道：‘……怪道你叔叔常提起你来。……’贾芸问道：‘原来叔叔也常提我的？’凤姐见问，便要告诉给他事情管的话；一想，又恐怕被他看轻了，只说得了这点香料儿，便混许他管事了，因又止住，且把派他种花木工程等事，都一字不提。至次日，凤姐上车，见贾芸来，便命人唤住，隔窗子笑道：‘芸儿，你竟有胆子，在我跟前弄鬼。怪道你送东西给我，原来你有事求我！昨日你叔叔才告诉我，说你求他。’贾芸笑道：‘求叔叔的事，婶娘休提，我这里正后悔呢！早知这样，我一起头，就求婶娘，这会子也就完了。谁承望叔叔竟不能的。……’凤姐冷笑道：‘你们要拣远路儿走，叫我也难。早告诉我一声，什么不成了，多大点事儿，耽误到这会子。那园子里还要种树种花，我只想不出个人来。早说不早完了。’贾芸笑道：‘这样，明日婶娘就派我罢。’凤姐半晌道：‘这个我看着不大好，等明年正月里的烟火灯烛，那个大宗儿下来，再派你罢。’贾芸道：‘好婶娘，先把这个派了我罢。果然这件办的好，再派我那件。’凤姐笑道：‘你倒会拉长线儿。罢了，若不是你叔叔说，我不管你的事。……你到午初时候，来领银子，后来就进去种花。’”又十四回：“凤姐到水月庵中，老尼说张金儿退婚事道：‘……我想如今长安节度使云老爷，与府上相契，要求太太与老爷说声，发一封书，求云老爷和那守备说一声，不怕他不依。若是肯行，张家连倾家孝顺，也都情愿。’凤姐笑道：‘这事倒不大，只是太太再不管这样的事。’老尼道：‘太太不管，奶奶可以主张了。’凤姐笑道：‘我也不等银子使，也不做这样的事。’……凤姐道：‘……凭说这么事，我说要行就行。你叫他送二三千两银子来，我就替他出这口气。……我比不得他们扯篷拉纤的图银子，这三千两银子，不过是给打发去说的小厮们作盘缠，使他赚几个辛苦钱，我一个钱也不要。便是三万两，我此刻还拿得出来。’……凤姐便将昨日老尼之事悄悄的说与来旺儿。旺儿心中早已明白，急忙进城，招着主文的相公，假托贾琏所属，修书一封，连夜往长安县来。不过百里之遥，两日功夫，俱已妥协。那节度使名唤云光，久欠贾府之情，这些小事，岂有不允之理，给了回书。”皆与郭琇所劾相应也。

国柱在江宁巡抚任，曾疏请增设机房四十二间，制造宽大缎匹。得旨：“宽大缎匹，非常用之物，何为劳民糜费，斥所奏不行。”案《石头记》第三回，黛玉初到时：“熙凤道：‘刚才带了人到后楼上找缎子找了半日，也没见昨日太太说的那样，想是太太记错了。’王夫人道：‘有没有，什么要紧。’因又说道：‘该随手拿出两个来，给你妹妹裁衣裳的；等晚上想着，再叫人去拿罢。’熙凤道：‘倒是我先料着了，知道妹妹这两日到的，我已预备下了。等太太回去过了目，好送来。’”七十二回：“凤姐道：‘昨儿晚上梦见一个人找我，说娘娘打发他来，要一百匹锦。’”均影此。

国柱于康熙十八年礼科掌印给事中任内，劾浙江水师提督常进功：“年老耳聋，非大声高呼，不闻一语，恐秘密军机，因之泄露，所关匪细。”疏下部察议，罢进功任。案《石头记》第五十四回：“凤姐儿笑道：‘再说一个过正月节的，几个人拿着房子大的炮仗往城外去放，引了上万的人跟着瞧去。有一个性急的人，等不得，便偷着拿香点着，只听见扑嗤的一声，众人哄然一笑，都散了。这抬炮仗的人抱怨卖炮仗的干得不结实，没等放就散了。’湘云道：‘难道本人没听见？’凤姐儿道：‘本人原是个聋子。’……凤姐儿笑道：‘咱们也该聋子放炮仗，散了罢。’”又第二十七回：“凤姐又笑道：‘林之孝两口子都是锥子扎不出一声儿来的。我成日家说他们倒是配就了的一对夫妻：一个天聋，一个地哑。’”即影此。

国柱于顺治九年成进士，然其文辞不多见。其同时诸人著作中，惟陈其年骈文有大冶余国柱一序。案《石头记》中，王熙凤不甚识字。如四十五回：“探春等要请凤姐做监社御史，凤姐笑道：‘我又不会做什么湿的干的。’……探春道：‘你虽不会做，也不要你做。’”五十回：凤姐儿道：‘既这样说，我也说一句在上头。……’李纨将题目讲与他听。凤姐儿想了半日，笑道：‘你们别笑话我，我只有一句粗话。’”七十回：“凤姐因理家常久，每每看帖看账，也颇识得几个字了。”四十二回：“宝钗笑道：‘幸而凤丫头不认得字，不大通，一概是市俗取笑。’”大约因国柱非文学家，故以不识字形容之。

史湘云，陈其年也。其年又号迦陵。史湘云佩金麒麟，当是其字陵字之借音。氏以史者，其年尝以翰林院检讨纂修明史也。名以湘云，又号枕霞旧友，当皆以其狎紫云故。蒋永修所作《陈检讨迦陵先生传》曰："尝嬖歌童云郎，云亡睹物辄悲，若不自胜者。"又蒋景祁所作《迦陵先生外传》曰："先生寓水绘园，欲得紫云侍砚；冒母马太夫人靳之，必得梅花百咏乃可。雪窗一夕走笔，遂成之。"可以见其年与紫云之关系矣。

徐健庵所作《陈检讨维崧墓志铭》："京师自公卿下，无不借其年名，倾慕愿交者。然其年所居在城北市廛，庳陋①，才容膝。蒲帘土铛②，摊书其中而观之。歠菽③啖饭，沉思经籍。有余无问从所来，时时匮乏，困卧而已。……君修髯，美丰仪，风流傲傥。……君门阀清素，为人恂恂④谦抑，襟怀坦率，不知人世有险巇⑤事。"又徐健庵作《湖海楼集序》曰："其年检讨，阳羡贵公子，与余相识，在戊亥之间。尝下榻儋园，流连观剧。每际稠人广坐，伸纸援笔，意气扬扬，旁若无人。"案《石头记》，常写史湘云之爽直。如第五回，《红楼梦曲》（乐中悲）云："幸生来，英豪阔大宽宏量，从未将儿女私情，略萦心上。"二十回："只见史湘云大说大笑。"三十一回："迎春笑道：'我就嫌他爱说话，也没见睡在那里，还是咭咭呱呱的笑一阵、说一阵，也不知那里来的那些诓话。"三十二回："袭人道：'云姑娘，你如今

---

① 庳陋：低下简陋。

② 土铛：小锅。杜甫《闻斛斯六官未归》："荆扉深蔓草，土铛冷疏烟。"

③ 歠菽：歠为饮、啜；菽即大豆，或统称豆类。

④ 恂恂：谦恭谨慎。《论语·乡党》："孔子于乡党，恂恂如也，似不能言者。"

⑤ 险巇：亦作"险戏"。险阻崎岖，常用以形容处世艰难。《楚辞·七谏·怨世》："何周道之平易兮，然芜秽而险戏。"

大了，越发心直口快了。’”四十九回：“史湘云极爱说话的，那里禁得香菱又请教他谈诗，越发高兴了，没昼没夜的高谈阔论起来。”六十二回：“史湘云笑着道：‘这个（拇战）简断爽利，合了我的脾气。我不行这个射复，没得垂头丧气闷人，我只猜拳去了。’”百八回：“宝玉心里想道：我只说史妹妹出了阁，是换了一个人了。……如今听他的话，原是和先一样的。”皆与其年相应。

墓志铭曰：“京师自公卿下，凡人事往来，贺赠宴饯颂述之作，必得其文以为荣。其年辄提笔缀辞，益与酬酢不休。”又曰：“君所作歌，随处散落人间。”传曰：“辛卯壬辰间，吴门、云间、常润大兴文会，四郡名士毕集，觞酌未引，髯索笔赋诗，数十韵立就。或时作记序，用六孰俳体，顷刻千言，巨丽无比。诸名士惊叹以为神。”案《石头记》，极写湘云诗思之敏捷。如第三十七回：“湘云初到，李纨罚他和诗。湘云一心兴头，不待推敲删改，一面只管和他人说着话，心内早已和成。”五十回：“芦雪亭联句，湘云哪里肯让人，且别人也不如他敏捷。”皆是。

墓志铭曰：“遇花间席上，尤喜填词。兴酣以往，常自吹箫而和之。人或指以为狂。其词至多，累至千余阕，古所未有也。”传曰：“所作词尤凌厉光怪，变化若神，富至千八百首。”《石头记》七十回，史湘云偶填柳絮词：“湘云说过，咱们这几社，总没有填词，明日何不起社填词？”与其年好为词相应。

别传曰：“先生尝自中州入都，同秀水朱竹垞合刻一稿，名《朱陈村词》。”《石头记》六十七回“凹晶馆，湘云、黛玉联句。”殆影此。

传曰：“髯贫，无子。先是游商邱，买妾，妾父母闻其世家，游装都雅，意其富，许之。举一子，名狮儿。岁三周，载与俱归。妾父母暨妾始知髯贫，且老诸生耳。未几，狮儿竟夭，髯寻遣妾去。去二年，髯拔起荐辟[1]”，官检讨云。然髯自得官后，贫益甚。储孺人卒于家，生死不相见，益悼痛不自聊赖。壬戌，患头痛，遂不起。”墓志铭曰：“授翰林院检讨后四年，年五十八而病作，积四十余日卒。”《石头记》（乐中悲）曲：“襁褓中父母叹双亡，纵居绮罗丛，谁知娇养！”三十二回：“宝钗道：‘为什么这几次他（湘云）来了，他和我说话儿，见没人在眼前，他就说家里累得很。我再问他几句家常的话，他就连眼圈儿都红了。口里含含糊糊，待说不说的。想其情景，自然从小没了爹娘的苦。我看他也不觉伤起心来。’”三十七回：“史湘云穿得整整齐齐走来，辞说家里打发人来接他。……那史湘云只是眼泪汪汪的，见有他家人在跟前，又不敢十分委屈。……还是宝钗心内明白，他家人若回去告诉了他婶娘，待他家去，又恐怕受气。”所以写其未仕以前之厄运也。《红楼梦曲》又云：“……好一似霁月光风耀玉堂，厮得个才貌仙郎，博得个地久天长。准折幼年时坎坷形状，终久是云散高唐，水涸湘江。”百九回：“史姑娘哭得了不得，说是姑爷得了暴病，大夫都瞧了，说这病只怕不能好，若变了痨病，还可捱过四五年。”百十回：“史湘云想到自己命苦，刚配了一个才貌双全的男人，性情又好，偏偏得了冤孽证候，不过挨日子罢了。”百十八回，“王夫人道：‘就是史姑娘，是他叔叔的主意。头里原好；如今姑爷痨病死了，你史妹妹立志守寡，也就苦了。’”皆所以写其既仕以后之厄运也。其年出于明之世家而入清，故以父母早亡而喻之。

别传曰：“相传先生为善卷山中诵经猿再世，故其性情萧淡，

[1] 荐辟：被推荐授官。

不耐拘检。疾革[1]时，吟‘山鸟山花是故人’句而逝。”《石头记》四十九回：“一时史湘云来了，穿着贾母与他的一件貂鼠脑袋面子、大毛黑灰鼠里子、里外发烧大褂子，头上戴着一顶挖云鹅黄片金里大红猩猩毡昭君套，又围着大貂鼠风领。黛玉先笑道：‘你们瞧瞧，孙行者来了。’……只见他里头穿着一件半新的靠色三镶领袖，秋香色盘金五色绣龙窄褙小袖掩襟银鼠短袄，里面短短的一件水红妆段狐嵌褶子，腰里紧紧束着一条蝴蝶结子长穗五色宫绦，脚下也穿着鹿皮小靴，越显得蜂腰猿背，鹤势螂形。”五十回，暖香坞巧制春灯谜：“湘云想了一想，笑道：‘我编了一支点绛唇，……便念道：溪壑分离，红尘游戏真何趣。名利犹虚，后事总难提。’众人都不解，想了半日，有猜是和尚的，也有猜是道士的，也有猜是偶戏人的。宝玉笑了半日道：‘都不是。我猜着了，必定是耍的猴儿。’湘云笑道；‘正是这个了。’众人道：‘前头都好；末后一句怎样解？’湘云道：‘那一个耍的猴儿不是剁了尾巴去的？’”皆影射山猿再世之传说也。众人猜为和尚、道士，而猜着者又为将做和尚之宝玉，皆影诵经猿。所谓“后事总难提”，所谓“剁了尾巴”，则影其殁后无子云。

墓志铭曰：“口蹇讷，不善持论。”《石头记》二十回：“黛玉笑道：‘偏你咬舌子爱说话，连个二哥哥也叫不上来，只是爱哥哥、爱哥哥的。回来赶围棋儿，又该你闹么爱三了。’宝玉笑道：‘你学会了，明儿连你还咬起来呢。’……湘云笑道：‘我只保佑着，明儿得一个咬舌儿林姊夫，时时刻刻，你可听爱呀厄的去。’”即影此。

妙玉，姜西溟也（从徐柳泉说）。姜为少女，以妙代之。诗

① 革：通“亟”。危急。

曰："美如玉，美如英。"玉字所以影英字也。（第一回名石头为赤霞宫神瑛侍者，神瑛殆即宸英之借音。）

全谢山所作《翰林院编修姜先生宸英墓表》曰："常熟翁尚书者，先生之故人也。是时枋臣方排睢州汤文正公，而尚书为祭酒，受枋臣旨，劾睢州为伪学。枋臣因擢之副詹事，以逼睢州，以睢州故兼詹事也。先生以文头责之，一日而其文遍传京师，尚书恨甚。枋臣有子多才，求学于先生，枋臣颇欲援先生登朝。枋臣有幸仆日安三，势倾京师，欲先生一假借而不可得。枋臣之子乘间言于先生曰：'家君待先生厚，然而率不得大有佽助[1]。某以父子之间，亦不能为力者，何也？盖有人焉，愿先生少施颜色，则事可立谐。'……先生投杯而起曰：'吾以汝为佳儿也，不料其无耻至此！绝不与通。'"又方望溪[2]记姜西溟遗言曰："徐司寇健庵，吾故交也。能进退天下士。平生故人，并退就弟子之列，独吾与为兄弟称。其子某作楼成，饮吾以落之，曰：'家君云，名此必海内第一流，故以属先生。'吾笑曰：'是东乡，可名东楼。'"墓表又云："尝于谢表中用义山[3]点窜尧典、舜典二语，受卷官见而问曰：'是语甚粗，其有出乎？'先生曰：'义山诗未读耶？'"案《石头记》中，极写妙玉之狷傲。第十七回："王夫人道：'这样我们何不接了他（妙玉）来？'林之孝家的回道：'若接他，他说有《李义山诗集》等。侯门公府，必以权势压人，我再不去的。'王夫人道：'他既是宦家小姐，自然要傲些。就下个请帖何妨。'"四十一回："妙玉忙命将成窑的茶杯别收，

---

① 佽助：帮助。

② 方望溪：方苞（1668—1749），字凤九，晚号望溪，安徽桐城人。清代文学家，首创文学流派桐城派。

③ 义山：李商隐，字义山，号玉溪生，唐代著名诗人，因处于牛李党争的夹缝之中，一生很不得志。作品收入《李义山诗集》。

搁在外头去罢。宝玉会意，知为刘姥姥吃了，他嫌肮脏不要了。黛玉因问：‘这也是旧年的雨水?! 妙玉冷笑道：‘你这么个人，竟是大俗人，连水也尝不出来。……’黛玉知他天性怪僻，不好多话，亦不好多坐。……宝玉道：‘那茶杯，……不如就给了那贫婆子罢。……’妙玉点头说道：‘这也罢了。幸而那杯子是我没吃过的；若是我吃过的，我就碰碎了也不能给他。……你只交给他快拿了去罢。’宝玉道：‘自然如此，你那里和他说话去，越发连你都肮脏了。’……宝玉又道：‘等我们出去了，我叫几个小么儿来，河里打几桶水来洗地如何?’妙玉笑道：‘这更好了，只是嘱咐他们抬了水，只搁在山门外头墙根下，别进门来。’”六十三回：“岫烟笑道：‘我找妙玉说话。’宝玉听了诧异，说道：‘他为人孤癖，不合时宜，万人不入他的目，原来他推重姐姐，竟知姐姐不是我们一流俗人。’……宝玉将拜帖取与岫烟看（拜帖写槛外人妙玉恭肃遥叩芳辰）。岫烟笑道：‘他这脾气，竟不能改，竟是生成这等放诞诡僻了。从来没见拜帖上写别号的。……他常说，古人中，自汉、晋、唐、宋以来，皆无好诗。只有两句好，说道，纵有千年铁门槛，终须一个土馒头。所以他自称槛外之人。又常赞文是庄子的好，故又或称为畸人①。他若帖子上是自称畸人的，你就还他个世人。畸人者，他自称是畸零之人；你谦自己乃世上扰扰之人，他便喜了。如今他自称槛外之人，是自谓蹈于铁槛之外了；故你如今只下槛内人，便合了他的心了。’”八十七回：“宝玉悉把黛玉的事（抚琴）述了一遍，因说：‘咱们去看他。’妙玉道：‘从古只有听琴，再没有看琴的。’宝玉笑道：‘我原说我是个俗人。”九十五回：“岫烟求妙玉扶乩。妙玉

---

① 畸人：不合于世俗的异人。

冷笑几声，说道：‘我与姑娘来往，为的是姑娘不是势利场中的人。今日怎么听了哪里的谣言，过来缠我。……’岫烟知他脾气是这么着的。”一百九回：“妙玉来看贾母病。岫烟出去接她，说道：‘……况且咱们这里的腰门常关着，所以这些日子不得见你。’妙玉道：‘……我哪管你们关不关，我要来就来；我不来，你们要我来也不能啊！’岫烟笑道：‘你还是那种脾气。’”又第五回，《红楼梦曲》（世难容）云：“天生成孤僻人皆罕，你道是啖肉食腥膻（西溟不食豕，见下条）。视绮罗俗厌。”皆是。

西溟性虽狷傲，而热中于科第。方望溪曰：“西溟不介而过余，以其文属讨论，曰‘吾自度尚有不止于是者，以溺于科举之学，东西奔迫，不能尽其才，今悔而无及也。’”朱竹垞《书姜编修手书帖子后》云：“予常劝罢乡试，西溟怒不答。平生不吃豕，兼恶人食豕。”一日，予戏语之曰：“假有人注乡贡进士榜，蒸豕一盘曰：‘食之则以淡墨书子名，子其食之乎？’西溟笑曰：‘非马肝①也’。”《石头记》八十七回：“宝玉一面与妙玉施礼，一面又笑问道：‘妙公轻易不出禅关，今日何缘下凡一走？’妙玉听了，忽然把脸一红，也不答言，低了头自看那棋。……宝玉尚未说完，只见妙玉微微的把眼一抬，看了宝玉一眼，复又低下头去。那脸上的颜色渐渐的红晕起来。……重新坐下，痴痴的问着宝玉道：‘你从何处来？’……妙玉坐到三更过后，听得屋上咯碌碌一片瓦响。……忽听房上两个猫儿一递一声厮叫。那妙玉忽想起日间宝玉之言，不觉一阵心跳耳热。自己连忙收摄心神，走进禅房，仍归禅床上坐了。怎奈神不守舍，一时如万马奔驰，觉得禅床便恍荡起来。……大夫道：‘这是走火入魔的原故。’……外

---

① 马肝：古人误认马肝有毒，食之致死。《史记·封禅书》：“文成食马肝死耳。”

面那些游头浪子听见了，便造作许多谣言，说‘这样年纪，哪里忍得住，况且又是很风流的人品，很乖觉的性灵，以后不知飞在谁手里，便宜谁去呢！’……惜春因想妙玉虽然洁净，毕竟尘缘未断。”皆写其热中之状态也。

西溟未遇时，欲提挈之者甚多，忌之者亦不鲜。墓表曰：“凡先生入闱，同考官无不急欲得先生者，顾佹得佹失[①]。”又曰：“当是时，圣祖仁皇帝，润色鸿业，留心文学。先生之名，遂达宸听。一日谓侍臣曰：‘闻江南有三布衣，尚未仕耶？’三布衣者，秀水朱先生竹垞，无锡严先生耦渔，及先生也。又尝呼先生之字曰：‘姜西溟古文，当今作者。’……会征博学鸿儒，昆山叶公与长洲韩公相约连名上荐。叶公适以宣召入禁中，浃月[②]。既出，则已无及矣。新城王公叹曰：‘其命也夫！’……先生累以醉后违科场格致斥。……受卷官怒，高阁其卷，不复发誊[③]（因先生斥其未读义山诗）。’遗言曰：‘翁司寇宝林用此（刊布责翁文）相操尤急，此吾所以困至今也。’”李次青《姜西溟先生事略》曰：“始睢州典试浙中，叹息语同事，暗中摸索，勿失姜君。竟弗得。嗣后每榜发，无不以失先生为恨者。”《曝书亭集》有为姜宸英题画诗，孙注曰：“案己未鸿博试，据其乡后进云：以厄于高江村詹事不获举。”墓表又曰：“康熙丁丑，年七十矣。先生入闱，复违格。受卷官见之叹曰：‘此老今年不第，将绝望而归耳。’为改正之，遂成进士。”《石头记》第五回，《红楼梦曲》（世难容）云：“好高人共妒，过洁世同嫌。可叹这青灯古殿人

---

① 佹得佹失：指得失出于偶然。

② 浃月：两月。

③ 不复发誊：清制规定，乡试、会试时，将试卷另用朱笔照誊，方送考官评阅。不复发誊则失去这一资格。

将老，辜负了红粉朱楼春色阑。……又何须王孙公子叹无缘。”百十二回：“妙玉说道：‘我自玄墓到京，原想传个名的。为这里请来，不能又栖他处。”八十七回：“怎奈神不守舍，……身子已不在庵中，便有许多王孙公子要求娶她。又有些媒婆扯扯拽拽扶她上车。”五十回：“李纨说：‘可厌妙玉为人，我不理她。’”皆写其不遇之境也。

墓表曰：“以己卯试事，同官不饬簠簋[①]，牵连下吏，满朝臣僚，皆知先生之无罪，顾以其事泾渭各具[②]，当自白，而不意先生遽病死。新城方为刑部，叹曰：‘吾在西曹[③]，使湛园以非罪死狱中，愧何如矣。’”方望溪曰：“己卯主顺天乡试，以目昏不能视，为同官所欺，挂吏议，遂发愤死刑部狱中。……平生以列文苑传为恐，而末路乃重负污累，然观过知仁，罪由他人，人皆谅焉，而发愤以死，亦可谓狷隘而知耻者矣。”《石头记》百十二回：“有人大声的说道：‘我说那三姑六婆是最要不得的。……那个什么庵里的尼姑死要到咱们这里来。……那腰门子一会儿开着，一会儿关着，不知做什么。……我今日才知道是四姑奶奶的屋子，那个姑子就在里头，今日天没亮溜出去了。可不是那姑子引进来的贼么？’……包勇道：‘你们师父引了贼来偷我们，已经偷到手了，她跟了贼去受用去了。’”百十五回：“地藏的姑子问惜春道：‘前儿听见说栊翠庵的妙师父，怎么跟了人去了？’惜春道：‘那里的话！说这个话的人，提防的割舌头。人

① 不饬簠簋：饬，又作“饰”，整饬。簠簋，古代食器，亦用来盛放祭品。喻指贪污、不廉洁；古时弹劾贪官，常用此语。《汉书·贾谊传》：“古者大臣有坐不廉而废者，不谓不廉，曰‘簠簋不饬’。”

② 泾渭各具：泾、渭指泾水、渭水。泾水发源于宁夏，渭水发源于甘肃，入陕西后会合流入黄河。泾河水清，渭河水浊，这里指是非分明。

③ 西曹：刑部的别称。

家遭了强盗抢去，怎么还说这样的坏话！’那姑子道：‘妙师父为人怪癖，只怕是假惺惺的罢？’”五回《红楼梦曲》曰：“到头来依旧是风尘肮脏违心愿，好一似无瑕白玉遭泥陷。”皆写其受诬也。百十二回：“妙玉自己坐着，觉得一股香气透入囟门，便手足麻木不能动弹，口里也说不出话来，心中更自着急。……此时妙玉，如醉如痴，可怜一个极洁极净的女儿，被这强盗的闷香熏住，由着他摆布去了。”写其以目昏而为同官所欺也。百十二回，又云：“不知妙玉被劫，或是甘受污辱，还是不屈而死，未知下落，也难妄拟。……惜春想起昨日包勇的话来，必是那强盗看见了他，昨晚抢去了，也未可知。但是她素来孤洁得很，岂肯惜命！”百十七回：“恍惚有人说：是有个内地里的人城里犯了事，抢了一个女人下海去了。那女人不依，被这贼寇杀了。众人道：‘咱们栊翠庵的妙玉，不是叫人抢去，不要就是他罢！’贾芸道：‘前日听见人说他庵里的道婆做梦，说看见是妙玉叫人杀了。’”皆写其瘐死狱中也。

西溟祭纳兰容若文，有曰：“兄一见我，怪我落落，转亦以此赏我标格。……我蹶而穷，百忧萃止。是时归兄，馆我萧寺。人之狺狺①，笑侮多方，兄不谓然，待我弥庄。……梵筵②栖止，其室不远，纵谈晨夕，枕席书卷。余来京师，刺字漫灭，举头触讳，动足遭跌。兄辄怡然，忘其颠蹶。数兄知我，其端非一。我常箕踞，对客欠伸。兄不余傲，知我任真③。我时嫚骂，无问高爵，兄不余狂，知余疾恶。激昂论事，眼睁舌挢④，兄为抵掌，

① 狺狺：同“狺”。犬唁声。
② 梵筵：做佛事的道场。
③ 任真：率真。
④ 挢：举，伸。

助之叫号。有时对酒，雪涕悲歌，谓余失志，孤愤则那[①]。彼何人斯？实应且憎，余色拒之，兄门固扃。”《石头记》中写妙玉品性均与之相应。而萧寺及梵筵云云，尤为栊翠庵之来历也。

惜春，严荪友也。荪友为荐举鸿博四布衣之一，故曰四姑娘。荪友又号藕渔，亦日藕荡渔人，故惜春住藕榭，诗社中即以藕榭为号。

《池北偶谈》[②]：“公卿荐举鸿博，绳孙目疾，是日应制，仅为八韵诗。”朱竹垞《严君墓志》：“晚岁有以诗、文、画请者，概不应。”《石头记》三十七回：“惜春本性懒于诗词。”殆指此。

墓志曰：“君兼善绘事。”李次青《严荪友事略》又称其尤精画凤。《石头记》，惜春之婢名入画。第四十回：“贾母指着惜春笑道：‘你瞧我这个小孙女儿，她就会画，等明儿叫她画一张如何？’”第四十二回：“李纨笑道：‘四丫头要告一年的假呢！’黛玉笑道：‘都是老太太昨儿一句话，又叫她画什么园子图儿，惹得她乐得告假了。’”五十回：“贾母道：‘倒是你四妹妹那里暖和。我们到那里瞧瞧她的画儿，赶年可能有了不能。’众人笑道：‘那里能年下就有了！只怕明年端阳才有呢。’贾母道：‘这还了得！她竟比盖这个园子还费功夫了，’……又问惜春‘画在哪里？’惜春因笑道：‘天气寒冷了，胶性皆凝涩不润。画了恐不好看，故此收起来了。’”皆借荪友绘事为点缀。其所云请假一年，明年才有，及天寒收起等，则晚岁不应之义也。

墓志铭曰：“君归田后，杜门不出。筑堂曰雨青草堂，亭曰佚亭。布以窠石、小梅、方竹。宴坐一室以为常。暇辄扫地焚香

① 那：“奈何”的合音。《左传·宣公二年》：“弃甲则那。”

② 《池北偶谈》：又名《石帆亭纪谈》，清代笔记小说集，分成谈故、谈献、谈艺、谈异四目。王士禛撰。

而已。”事略曰：“既入史馆分纂隐逸传。容与蕴藉[1]，盖多自道其志行云。”《石头记》七十四回：“惜春年幼，天性孤僻，任人怎说，只是咬定牙，断乎不肯留着（入画）。又说道：‘不但不要入画，如今我也大了，连我也不便往你们那边去了。况且近日闻得多少议论，我若再去，连我也编派。……我一个姑娘，只好躲是非的。我反寻是非，成个什么人了。……我只能保住自己就够了。以后你们有事，好歹别累我。……状元难道没有糊涂的。……怎么我不冷。我清清白白的一个人，为什么叫你们带累坏了。……你这一去了，若果然不来，倒也省了口舌是非，大家倒还干净。’”八十七回：“惜春想：我若出了家时，那有邪魔缠扰，一念不生，万缘俱寂。想到这里，蓦与神会，若有所得。便口占一偈云：‘大造本无方，云何是应住？既从空中来，应向空中去。’占毕，即命丫头焚香，自己静坐了一回。”百十五回：“惜春道：‘如今譬如我死了是的，放我出了家，干干净净的一辈子。’”皆写其杜门不出、扫地焚香之决心也。

宝琴，冒辟疆也。辟疆名襄，孔子尝学琴于师襄，故以琴字代表之。

辟疆有姬曰董白，其没也，辟疆作《影梅庵忆语》以哀之，有曰：“壬午清和晦日，姬送余至北固山。舟泊江边，时西先生毕令梁寄余夏西洋布一端，薄如蝉纱，洁比雪艳。以退红为里，为姬制轻衫，不减张丽华[2]桂宫霓裳也。偕登金山，山中游人数千，尾余两人，指为神仙。”又曰：“余家及园亭，凡有隙地，皆植梅。春来早夜出入，皆烂缦香雪中。姬于含蕊时，先相枝之横

① 容与蕴藉：容与，闲暇自得的样子，陶潜《闲情赋》：“步容与于南林。”蕴藉，宽和而有涵容。《后汉书·桓荣传》：“荣被服儒衣，温恭有蕴藉。

② 张丽华（559—589）：南朝陈后主叔宝宠妃，拥有绝世美貌。

斜，与几上军持相受，或隔岁便芟翦得宜，至花放恰采入供。”《石头记》四十九回：“湘云又瞧着宝琴笑道：‘这一件衣裳，也只配他穿；别人穿了，实在不配。’”五十回：“贾母一看四面粉妆银砌，忽见宝琴披着凫靥裘，站在山坡背后遥等。身后一个丫环抱着一瓶红梅。……喜的忙笑道：‘你们瞧这雪坡上，配上她这个人物，又是这件衣裳，后头又是这梅花，像个什么？’众人都笑道：‘就像老太太房里挂的仇十洲画的艳雪图。’贾母摇头笑道：‘那画的哪里有这件衣裳。人也不能这样好。……这是已许配梅家了。……把他许了梅翰林的儿子。’”四十九回：“薛蝌因当年父亲已将胞妹薛宝琴许配都中梅翰林之子为媳。”皆与《影梅庵忆语》中语相应。

张公亮所作《冒姬董小宛传》：“小宛，秦淮乐籍中奇女也。……徙之金阊，……住半塘。……自西湖远游于黄山白岳间者将三年。……自此渡浒墅，游惠山，历毗陵、阳羡、澄江，抵北固，登金、焦。”《石头记》五十回：“薛姨妈道：‘他从小儿见的世面倒多，跟他父亲四山五岳都走遍了。他父亲带了家眷，这一省逛一年，明年又到那一省逛半年。所以天下十停走了有五六停了。……’宝琴走来笑道：‘从小儿所走的地方的古迹不少，我如今拣了十个地方古迹，做了十首怀古诗。’”五十一回：“宝琴十首怀古绝句，为赤壁、交趾、钟山、淮阴、广陵、桃叶渡、青冢、马嵬、蒲东寺、梅花观十处。”虽地名不皆符合，然彼此足相印证。

辟疆之别墅曰水绘园。《石头记》五十二回：“宝琴说‘曾见真真国女子。’”盖用闻奇录中画中美人名真真事，以映绘字。此女子所作诗，有曰：“昨日朱楼梦，今宵水国吟。”上句言其不忘明室，下句则即谓水绘园也。

古人尝以千里草影董字。后汉童谣“千里草，何青青”是也。《石头记》五十回：“李绮灯谜：以萤字打一个字。宝琴猜是花草的花字。黛玉笑道：‘萤可不是草化的。’”殆亦以草字影董字也。相传董小宛实非病死，而被劫入清宫。草化为萤，疑即指此。萤与荣国府之荣同音也。

刘姥姥，汤潜庵[①]也（合肥蒯君若木为我言之）。潜庵受业于孙夏峰[②]，凡十年。夏峰之学，本以象山、阳明[③]为宗。《石头记》：“刘姥姥之女婿曰王狗儿。狗儿之父曰王成，其祖上曾与凤姐之祖、王夫人之父认识，因贪王家势利，便连了宗。”似指此。

耿介所作《汤潜庵先生斌传》曰：“皇太子将出阁，上谕吏部：自古帝王，谕教太子，必简和平谨恪之臣，专资赞导。江宁巡抚汤斌，在经筵[④]时，素行谨慎，朕所稔知。及简任巡抚以来，洁己率属，实心任事。允宜拔擢大用，风示有位。特授礼部掌詹事府事。”《石头记》四十二回：“凤姐儿道：‘他（巧姐儿）还没个名字，你就给他起个名字，借借你的寿。二则你们是庄家人，不怕你恼，到底贫苦些。你贫苦人起个名字，只怕压得住他。’”又一百十三回：“凤姐对巧姐儿道：‘你的名字，还是他起的呢。就和干娘一样，你给他请个安。’……姥姥道：‘只是不到我们那里去。’凤姐道：‘你带了他去罢。’”一百十九回：“平儿道：‘姥姥你既是姑娘的干妈。’”疑皆指其为詹事时事。

《觚剩》[⑤]：“旧传明祖梦兵卒千万，罗拜殿前。……高皇曰：

---

① 汤潜庵：汤斌（1627—1687），字孔伯，晚号潜庵。河南睢州人，官至工部尚书，卒谥文正。清初理学名家。

② 孙夏峰：孙奇逢（1585—1675），字启泰，号钟元。明末清初理学大家。

③ 象山、阳明：即陆九渊与王守仁。

④ 经筵：宋代为皇帝讲解经传史鉴特设的讲座，元明清三代仍沿用。

⑤ 《觚剩》：清钮琇撰，记述人物故事、诗话为主，杂有怪诞之说。

‘汝因多人，无从稽考姓氏。但五人为伍，处处血食足矣。’因命江南家立五小庙祀之。俗称五圣祠。是后日渐蕃衍，甚至树头花前，鸡埘[1]豕圈，小有萎夭，辄曰五圣为祸。吾吴上方山尤极淫侈，娶妇贷钱，夭诡百出。吴人惊信若狂，箫鼓画船，报赛[2]者相属于道。巫觋牲牢，阓委杂陈。计一日之费，不下数百金。岁无虚日也。睢州汤公巡抚江南，深痛恶俗。康熙乙丑，奏于朝。而奉有谕旨，并檄各省。如江南土木之俑，或畀[3]炎火，或投浊流，五圣祠遂斩[4]无孑遗。”《国朝先正事略》：“苏州府城上方山，有祠曰五通，祷赛甚盛。凡少年妇女，感寒热，觋巫辄谓五通将娶为妇。往往羸瘵[5]死，常数十家。前有大吏，拟撤其祠，遇祟死，民益神之。公收像，投水火，尽毁所属淫祠，请旨勒石永禁。”《石头记》三十九回：“刘姥姥道：‘去年冬天，接连下了几天雪，地下压了三四尺深。……只听外头柴草响，我想必定有人偷柴草来了。’……贾母道：‘必定是过路的客人们冷了，见现成的柴，抽些烤火去，也是有的。’刘姥姥道：‘……原来是一个十七八岁极标致的一个小姑娘，……’外面人喊噪起来。……丫环回说：‘南院马棚子里走了火了。不相干，已救下了。’……只见东南上火光犹亮。……又忙命人去火神跟前烧香。……贾母足足看火光熄了。……都是才说抽柴草，惹出火来了。……林黛玉忙笑道：‘咱们雪下吟诗，依我说，还不如弄一捆柴火雪下抽柴。’……刘姥姥编了告诉他道：‘那原是我们庄北沿地埂子上，有一个小祠堂里供的，不是神佛，当先有个什么老爷。’说着又

---

① 埘：古时在墙壁上挖洞做成的鸡窠。《诗经·王风》：“鸡栖于埘。”

② 报赛：古时农事完毕后举行的祭祀。这里指祭祀。

③ 畀：给予。这里指投向。

④ 斩：断。《孟子·离篓下》：“君子之泽，五世而斩。”

⑤ 羸瘵：羸，瘦弱。瘵，病。

想名姓。宝玉道：'不拘什么名姓，你不必想了（《觚剩》所谓无从稽考姓氏）。只说原故就是了。'刘姥姥道：'这老爷没有儿子，只有一位小姐，名叫若玉（五字与玉字相似，故曰若玉）小姐。……生到十七岁一病死了。（《国朝先正事略》所谓少年妇女……五通将娶为妇，往往羸瘵死。）……因为老爷太太思念不尽，便盖了这祠堂，塑了这若玉小姐的像，派了人烧香拨火。如今日久年深的，人也没了，庙也破了，那像也就成了精。……他时常变了人出来各村庄店道上闲逛。我才说抽柴火的就是他了。我们村庄上的人，还商议着，要打了这个像，平了庙呢。'……宝玉道：'我明日做个疏头，替你化些布施，你就做香头，攒了钱，把这庙修盖，再装塑了泥像，每月给你香火钱烧香，岂不好？'（汪世铉所作《汤潜庵先生墓表》：其后五路神徙于他所，骎骎[1]乎有复兴之势。）……焙茗笑道：'找到东北上田埂子上，才有一个破庙。……那庙门却倒也朝南开，也是稀破的。……一看泥胎，吓得我又跑出来。活似真的一般。……那里是什么女孩儿，竟是一位青脸红发的瘟神爷。'"皆影汤公毁五通祠事也。

徐乾学所作《工部尚书汤公神道碑》："居官不以丝毫扰于民，夏从贸肆中易苎帐自蔽。春野荠生，日采取啖之，脱粟羹豆，与幕客对饭。下至臧获[2]，皆怡然无怨色。常州知府祖进朝，制衣靴，欲奉公；久之不敢言，竟自服之。"冯景所作《汤中丞杂记》："黄进士春江言：公莅任时，某亲见其夫人暨诸公子衣皆布，行李萧然，类贫士。而其日给为菜韭。公一日阅簿，见某日两只鸡。公愕问曰：'吾至吴未曾食鸡，谁市鸡者乎？'仆叩头曰：'公子。'公怒，立召公子跽庭下而责之曰：'汝谓苏州鸡贱

① 骎骎：原指马速行状，引申为疾速。

② 臧获：古时对男女奴婢的贱称。

如河南耶？汝思啖鸡，便归去。恶有士不嚼菜根而能作百事者哉！’并笞其仆而遣之。公生日，荐绅知公绝馈遗，惟制屏为寿。公辞焉。启曰：‘汪琬撰文在上’。公命录以人而返其屏。……去之日，敝簏数肩，不增一物于旧；惟《廿一史》则吴中物。公指为祖道①诸公曰：‘吴中价廉，故市之，然颇累马力。’”《觚剩续编》：“睢州汤潜庵先生，以江南巡抚内迁大司空。其殁于京邸也，同官唁之；身卧板床，上衣敞蓝丝袄，下着褐色布裤。检其所遗，惟竹笥内俸银八两。昆山徐大司寇赙以二十金，乃能成殡。”《石头记》第六回，记刘姥姥之外孙名板儿，外孙女名青儿。一进荣国府，携板儿去。板儿当影吴中所市之《廿一史》，青儿则影其日给菜韭也。又刘姥姥见凤姐时，贾蓉适来借屏。“贾蓉笑道：‘我父亲打发我来求婶子说，上回老舅太太给婶子的那架玻璃炕屏，明儿请一个要紧的客，借去略摆一摆，就送来的。’……凤姐笑道：‘也没见我们王家的东西都是好的。……碰坏一点，你可仔细你的皮。’”是影不受寿屏事。曰借，曰略摆一摆就送来，言不受也。王家的东西都是好的，王、汪同音，汪琬撰文在上也。不许碰坏一点，但录其文，而于屏一无所损也。又凤姐给他二十两银子。而第三十九回：“刘姥姥道：‘这样螃蟹，……再搭上酒菜，一共倒有二十多两银子。阿弥陀佛，这一顿的钱，够我们庄家人过一年的了。’”疑皆影徐健庵赙二十金也。第三十九回：“刘姥姥又来了。有两三个丫头在地下，倒口袋里的枣子、倭瓜，并些野菜。姥姥道：‘姑娘们天天山珍海味的也吃腻了，吃个野菜儿，也算我们的穷心。’贾母又笑道：‘我才听见凤哥儿说，你带好些瓜菜来，我叫他快收拾去了。我正想

① 祖道：古人出行时祭祀路神。引申为送行。

个地里现结的瓜儿菜儿吃，外头买的不像你们田地里的好吃。’刘姥姥笑道：‘这是野意儿，不过吃个新鲜。依我们倒想鱼肉吃，只是吃不起。’”第四十二回：“平儿道：‘到年下，你只把你们晒的那个灰条菜干子和豇豆、扁豆、茄子、葫芦条子，各样干菜带些来，我们这里上上下下都爱吃这个。”皆影啖野荠、给菜韭，及谓士当嚼菜根等也。平儿道：“这一包是八两银子。’影死后所遗惟俸银八两也。三十九回：“鸳鸯去挑了两件随常的衣服给刘姥姥换上。”四十二回：“鸳鸯道：‘前儿我叫你洗澡换的衣裳，是我的。你不弃嫌，我还有几件，也送你罢。’刘姥姥又忙道谢。鸳鸯果然又拿出几件来。”又“鸳鸯指炕上一个包袱说道：‘这是老太太的几件衣裳，都是往年间生日、节下，众人孝敬的。老太太从不穿人家做的。收着也可惜，却是一次也没穿过的。昨日叫我拿出两套儿送你带去，或送人、或自己家里穿罢。’”又“平儿又悄悄笑道：‘这两件袄儿和两条裙子，还有四块包头，一包绒线，这是我送姥姥的。那衣裳虽是旧的，我也没大很穿。你要弃嫌，我就不敢说了。’姥姥忙笑说道：‘姑娘说那里话，这样好东西我还弃嫌。我便有银子没处买这样的去呢！只是我怪臊的，收了又不好，不收又孤负了姑娘的心。’”皆影祖进朝欲奉衣靴久不敢言而自服之也。四十回：“贾母道：‘那个纱叫软烟罗，先时原不过是糊窗屉，后来我们拿这个做被做帐子，试试也竟好。’……刘姥姥口里不住的念佛，说道；‘我们想做衣裳也不能，拿着糊窗子，岂不可惜。’……贾母道：‘若有时都拿出来，送这刘亲家两匹。有雨过天青的，我做一个帐子挂下。’”四十二回：“平儿说道：‘这是昨日你要的青纱一匹，奶奶另外送你一个实地月白纱做里子。这是两个茧绸，做袄儿裙子都好。这包袱里是两匹绸子，年下做件衣裳穿。’”又四十一回：“刘姥姥忽见有一付最精致的床帐。”皆影其苎帐自蔽、全家衣布及死时服敝蓝丝袄、褐色布裤事也。第四十回：“刘姥姥道：‘这里的鸡儿也俊，下的这蛋，也小巧怪俊的。’”四十一回：“凤姐道：‘你把才下来茄子，把皮刨了，只要净肉，切成碎钉子，用鸡油炸了，再用鸡肉脯子，合香菌、新笋、麻菇、五香豆腐干子、各色干果子，都切成钉儿，拿鸡汤煮干，将香油一收，外加糟油一拌，盛在磁罐子里，封严，要吃时拿出来，用炒的鸡爪子一拌，就是了。’刘姥姥听了摇头吐舌说：‘我的佛祖，倒得十来只鸡来配他，怪道这个味儿。’”影其责子啖鸡事也。

《履园丛话》[①]：“汤文正公莅任江苏，闻吴江令即墨郭公琇，有墨吏声，公面责之。郭曰：‘向来上官要钱，卑职无措，只得取之于民。今大人如能一清如水，卑职何敢贪耶?’公曰：‘姑试汝。’郭回任，呼役汲水洗其堂，由是大改前辙。”《石头记》四十一回：“贾母带了刘姥姥至栊翠庵来。……宝玉道：‘等我们出去了，我叫几个小么儿来，河里打几桶水来洗地如何。’”影郭琇洗堂事也。

其他迎春等人，尚未考出，姑阙之。又有插叙之事，颇与康熙朝时事相应者数条，附录于后。

四十八回，贾雨村拿石呆子事，即戴名世[②]之狱也。戴居南山岗，即以南山名其集。诗曰：“节彼南山，维石岩岩。”又戴之贾祸，尤在其致门生余石民一书，故以石呆子代表之。所谓“老爷不知在那里看见几把旧扇子，回家来，看家里所有收着的这些好扇子都不中用了。……偏他家就有二十把旧扇子，死也不肯拿

---

① 《履园丛话》：清代笔记，共二十四卷。钱泳撰。

② 戴名世（1653—1713）：字田有，号药身。安徽桐城人。为“桐城派”的奠基人之一，知名文学家，因文字狱“南山案”被斩。

出大门来。……他只是不卖，只说‘要扇子，先要我的命。’……谁知那雨村没天理的，听见了，便设了法子讹他拖欠官银，拿了他到衙门里去，说所欠公银，变卖家产赔补，把这扇子抄了来，做了官价，送了来。那石呆子如今不知是死是活。……为这点子小事，弄的人家败产。”扇者，史也。看了旧扇子，家里这些扇子不中用，有实录之明史，则清史不足观也。二十把旧扇子，二十史也。石呆子死不肯卖，言如戴名世等，宁死而不肯以中国古史俾清人假借也。拿石呆子，抄扇子，弄的人家败产，石呆子不知是死是活，谓烧毁《南山集》版，斩戴名世。其案内干连之人并其妻子，或先发黑龙江，或入旗也。

第二十三回，回目以《西厢记》、《牡丹亭》[①] 对举。四十回，黛玉应酒令，并引二书。五十一回，宝琴编怀古诗，末二首，亦本此二书。所以代表当时违碍之书也。《西厢》终于一梦，以代表明季之记载；《牡丹亭》述丽娘还魂，以代表主张光复明室诸书。宝玉初读《西厢》，正值落红成阵，引起黛玉葬花，即接叙黛玉听曲，恰为“原来是姹紫嫣红开遍，似这般都付与断井颓垣。”及“良辰美景奈何天，赏心乐事谁家院。”其后又想起《西厢记》中“花落水流红”等句。落红也，葬花也，付红紫于断井颓垣、皆吊亡明也。奈何天，谁家院，犹言今日域中谁家天下也。黛玉应酒令，引《牡丹亭》，仍为“良辰美景奈何天”；引《西厢》，则曰“纱窗也没有红娘报。”言不得明室消息也。第四十二回：“宝钗道：‘我们家也算是个读书人家，祖父手里也极爱藏书。先时人口多，姊妹兄弟也在一处。……诸如这《西厢》、《琵琶》以及元人百种，无所不有。他们背着我们偷看，

---

① 《牡丹亭》：全名《牡丹亭还魂记》，是明代剧作家汤显祖的代表作，描写杜丽娘和柳梦梅的爱情故事。

我们背着他们偷看。后来大人知道了，打的打，骂的骂，烧的烧，丢开了。’”言此等违碍之书，本皆秘密传阅；经官吏发见，则毁其书而罚其人也。宝琴所编《蒲东寺怀古》曰：“小红骨贱一身轻，私掖偷携强撮成，虽被夫人时吊起，已经勾引彼同行。”似以形容明室遗臣强颜事清之状。其《梅花观怀古》末句：“一别西风又一年。”亦有黍离[1]之感。“黛玉道：‘两首虽于史鉴上无考，咱们虽不曾看这些外传，不知底里，难道咱们连两本戏也没见过不成？三岁的孩子也知道，何况咱们。’李纨道：‘凡说书唱戏，甚至于求的签上都有。老少男女、俗语口头，人人皆知皆说的。’”言此等忌讳之事，虽不见史鉴，亦不许人读其外传，而人人耳熟能详也。

第七回，焦大醉后谩骂，“众小厮把他捆起来，用土和马粪满满的填了他一嘴。”第百十一回：“大家见一个梢长大汉，手执木棍，……正是甄家荐来的包勇。……包勇用力一棍打去，将贼打下屋来。”似影射方望溪事。《啸亭杂录》：“方灵皋性刚戆，遇事辄争。尝与履恭王同判礼部事，王有所过当，公拂袖而争。王曰：‘秃老可敢若尔！’公曰：‘王言如马勃味。’往谒查相国，其仆恃势不时禀。公大怒，以杖叩其头，血涔涔下。仆狂奔告相公。迎见后，复至查邸，其仆望之即走，曰：‘舞杖老翁又来矣。’”望溪名苞，故曰包勇。

第十八回：“黛玉因见宝玉构思太苦，走至案旁，知宝玉只少杏帘在望一首，……自己吟成一律，写在纸条上，搓成个团子，掷向宝玉跟前。宝玉遂忙恭楷缮完呈上。贾妃看毕，指杏帘

---

① 黍离：《诗·王风》篇名。意谓东周大夫出行至旧都镐京，见宗庙宫室毁坏，感伤而作。

一首为四首之冠。”似影射张文端助王渔洋[①]事。《啸亭杂录》：“王文简诗名重当时，浮沉粉署。张文端公直南书房，代为延誉。仁庙亦尝闻其名，召入面试。渔洋诗思本迟，加以部曹小臣，乍睹天颜，战栗不能成一字。文端代作诗草，撮为丸，置案侧，渔洋得以完卷。上阅之，笑曰：‘人言王某诗多丰神，何整洁殊似卿笔。’……渔洋感激终身，曰：‘是日微张某，余几曳白[②]矣。’”宝玉之出家，似影清世祖为僧事。世祖为僧，由于悼董妃；宝玉之出家，亦发端于悼黛玉也。

元妃省亲，似影清圣祖之南巡。盖南巡之役，本为省觐世祖而起也。第十六回：“赵嬷嬷道：‘我听见上上下下，嗓嚷了这些日子，什么省亲不省亲，我也不理论他去。如今又说省亲，到底是怎么个缘故？’贾琏道：‘如今当今体贴万人之心，世上至大莫如孝子。……当今自为日夜侍奉太上皇、皇太后尚不能略尽孝意，……于是太上皇、皇太后大喜，深赞当今至孝纯仁。’……凤姐笑道：‘当年太祖皇帝仿舜巡的故事，比一部书还热闹。我偏没造化赶上。’赵嬷嬷道：‘阿呀呀，那可是千载难逢的。那时候我才记事儿。咱们贾府，……只预备接驾一次，把银子化的淌海水似的。说起来——’凤姐忙接道：‘我们王府里也预备过一次。……’赵嬷嬷道：‘如今还有现在江南的甄家，阿呀呀，好世派！他家独接驾四次。……也不过拿着皇帝家的银子，往皇帝身上使罢了。谁家有那些钱买这个虚热闹去！’”赵嬷嬷说省亲是怎么个缘故，可见省亲是拟议之词。康熙朝无所谓太上皇，而

① 王渔洋：王士禛（1634—1711），字子真，号阮亭，人称王渔洋。山东新城（今山东桓台）人。清初杰出诗人、学者、文学家。著有《池北偶谈》、《香祖笔记》等。

② 曳白：《新唐书·苗晋卿传》：“（张）奭持纸终日，笔不下，人谓之曳白。”后因称考试时交白卷为“曳白”。

以太上皇与皇太后并称，是其时世祖未死之证。宫妃省亲，与皇帝南巡，事绝不同。而凤姐及赵嬷嬷乃缕述太祖皇帝南巡故事，并缕述某家接驾一次，某家接驾四次，是明指康熙朝之南巡。不过因本书既以贾妃省亲事代表之，不得不假记南巡为已往之事云尔。

右所证明，虽不及百之一二，然《石头记》之为政治小说，决非牵强附会，已可概见。触类旁通，以意逆志，一切怡红快绿之文，春恨秋悲之迹，皆作二百年前之因话录、旧闻记读可也。

民国四年十一月　著者识

王国维

点评红楼梦

《红楼梦》评论

王国维

第一章　人生及美术之概观

老子曰：人之大患，在我有身。庄子曰：大块载我以形，劳我以生。忧患与劳苦之与生，相对待也久矣。夫生者，人人之所欲；忧患与劳苦者，人人之所恶也。然则，讵不人人欲其所恶，而恶其所欲欤？将其所恶者，固不能不欲，而其所欲者，终非可欲之物欤？人有生矣，则思所以奉其生：饥而欲食，渴而欲饮，寒而欲衣，露处而欲宫室；此皆所以维持一人之生活者也。然一人之生，少则数十年，多则百年而止耳。而吾人欲生之心，必以是为不足。于是于数十百年之生活外，更进而图永远之生活：时则有牝牡之欲，家室之累；进而育子女矣，则有保抱、扶持、饮食、教诲之责，婚嫁之务。百年之间，早作而夕思，穷老而不知所终，问有出于此保存自己及种姓之生活之外者乎？

无有也。百年之后，观吾人之成绩，其有逾于此保存自己及种姓之生活之外者乎？无有也。又人人知侵害自己及种姓之生活者之非一端也，于是相集而成一群，相约束而立一国，择其贤且智者以为之君，为之立法律以治之，建学校以教之，为之警察以防内奸，为之陆海军以御外患，使人人各遂其生活之欲而不相侵害：凡此皆欲生之心之所为也。夫人之于生活也，欲之如此其切也，用力如此其勤也，设计如此其周且至也，固亦有其真可欲者存欤？吾人之忧患劳苦，固亦有所以偿之者欤？则吾人不得不就生活之本质，熟思而审考之也。

生活之本质何？“欲”而已矣。欲之为性无厌，而其原生于不足。不足之状态，苦痛是也。既偿一欲，则此欲以终。然欲之被偿者一，而不偿者什百。一欲既终，他欲随之。故究竟之慰藉，终不可得也。即使吾人之欲悉偿，而更无所欲之对象，倦厌之情即起而乘之。于是吾人自己之生活，若负之而不胜其重。故人生者，如钟表之摆，实往复于苦痛与倦厌之间者也，夫倦厌固可视为苦痛之一种。有能除去此二者，吾人谓之曰快乐。然当其求快乐也，吾人于固有之苦痛外，又不得不加以努力，而努力亦苦痛之一也。且快乐之后，其感苦痛也弥深。故苦痛而无回复之快乐者有之矣，未有快乐而不先之或继之以苦痛者也。又此苦痛与世界之文化俱增，而不由之而减。何则？文化愈进，其知识弥广，其所欲弥多，又其感苦痛亦弥甚故也。然则人生之所欲，既无以逾于生活，而生活之性质又不外乎苦痛，故欲与生活、与苦痛，三者一而已矣。

吾人生活之性质，既如斯矣，故吾人之知识，遂无往而不与生活之欲相关系，即与吾人之利害相关系。就其实而言之，则知识者，固生于此欲，而示此欲以我与外界之关系，使之趋利而避害者也。常人之知识，止知我与物之关系，易言以明之，止知物之与我相关系者，而于此物中，又不过知其与我相关系之部分而已。及人知渐进，于是始知欲知此物与我之关系，不可不研究此物与彼物之关系。知愈大者，其研究愈远焉。自是而生各种之科学：如欲知空间之一部之与我相关系者，不可不知空间全体之关系，于是几何学兴焉。（按西洋几何学 Geometry 之本义，系量地之意，可知古代视为应用之科学，而不视为纯粹之科学也。）欲知力之一部之与我相关系者，不可不知力之全体关系，于是力学兴焉。吾人既知一物之全体之关系，又知此物与彼物之全体之关系，而立一法则焉，以应用之。于是物之现于吾前者，其与我之关系，及其与他物之关系，粲然陈于目前而无所遁。夫然后吾人得以利用此物，有其利而无其害，以使吾人生活之欲，增进于无穷。此科学之功效也。故科学上之成功，虽若层楼杰观。高严巨丽，然其基址则筑乎生活之欲之上，与政治上之系统立于生活之欲之上无以异。然则吾人理论与实际之二方面，皆此生活之欲之结果也。

由是观之，吾人之知识与实践之二方面，无往而不与生活之欲相关系，即与苦痛相关系。兹有一物焉，使吾人超然于利害之外，而忘物与我之关系。此时也，吾人之心无希望，无恐怖，非复欲之我，而但知之我也。此犹积阴弥月，而旭日杲杲也；犹覆舟大海之中，浮沉上下，而飘著于故乡之海岸也；犹阵云惨淡，而插翅之天使，赍平和之福音而来者也；犹鱼之脱于罾网，鸟之自樊笼出，而游于山林江海也。然物之能使吾人超然于利害之外者，必其物之于吾人无利害之关系而后可；易言以明之，必其物非实物而后可。然则非美术何足以当之乎？夫自然界之物，无不与吾人有利害之关系；纵非直接，亦必间接相关系者也。苟吾人而能忘物与我之关系而观物，则夫自然界之山明水媚，鸟飞花落，固无往而非华胥之国、极乐之土也。岂独自然界而已？人类之言语动作，悲欢啼笑，孰非美之对象乎？然此物既与吾人有利害之关系，而吾人欲强离其关系而观之，自非天才，岂易及此？于是天才者出，以其所观于自然人生中者复现之于美术中，而使中智以下之人，亦因其物之与己无关系，而超然于利害之外。是故观物无方，因人而变：濠上之鱼，庄、惠之所乐也，而渔父袭之以网罟；舞雩之木，孔、曾之所憩也，而樵者继之以斤斧。若物非有形，心无所住，则虽殉财之夫，贵私之子，宁有对曹霸、韩干之马，而计驰骋之乐，见毕宏、韦偃之松，而思栋梁之用；求好逑于雅典之偶，思税驾于金字之塔者哉？故美术之为物，欲者不观，观者不欲；而艺术之美所以优于自然之美者，全存于使人易忘物我之关系也。

而美之为物有二种：一曰优美，一曰壮美。苟一物焉，与吾人无利害之关系，而吾人之观之也，不观其关系，而但观其物；或吾人之心中，无丝毫生活之欲存，而其观物也，不视为与我有关系之物，而但视为外物，则今之所观者，非昔之所观者也。此时吾心宁静之状态，名之曰优美之情，而谓此物曰优美。若此物大不利于吾人，而吾人生活之意志为之破裂，因之意志遁去，而知力得为独立之作用，以深观其物，吾人谓此物曰壮美，而谓其感情曰壮美之情。普通之美，皆属前种。至于地狱变相之图、决斗垂死之像、庐江小吏之诗、雁门尚书之曲，其人固氓庶之所共怜，其遇虽戾夫为之流涕，讵有子颓乐祸之心，宁无尼父反袂之戚，而吾人观之，不厌千复。格代（今译歌德，下同）之诗曰：

> "What in life doth only grieve us.
> That in art We gladly see."
> 凡人生中足以使人悲者，于美术中则吾入乐而观之[①]。

① 此为王国维之译文。

此之谓也。此即所谓壮美之情；而其快乐存于使人忘物我之关系，则固与优美无以异也。

至美术中之与二者相反者，名之曰眩惑。夫优美与壮美，皆使吾人离生活之欲，而入于纯粹之知识者。若美术中而有眩惑之原质乎，则又使吾人自纯粹知识出，而复归于生活之欲。如粔籹蜜饵，《招魂》、《七发》之所陈；玉体横陈，周昉、仇英之所绘；《西厢记》之《酬柬》，《牡丹亭》之《惊梦》；伶元之传飞燕，杨慎之赝《秘辛》：徒讽一而劝百，欲止沸而益薪。所以子云有“靡靡”之诮，法秀有“绮语”之诃。虽则梦幻泡影，可作如是观，而拔舌地狱，专为斯人设者矣。故眩惑之于美，如甘之于辛，火之于水，不相并立者也。吾人欲以眩惑之快乐，医人世之苦痛，是犹欲航断港而至海，入幽谷而求明，岂徒无益，而又增之。则岂不以其不能使人忘生活之欲及此欲与物之关系，而反鼓舞之也哉！眩惑之与优美及壮美相反对，其故实存于此。

今既述人生与美术之概略如上，吾人且持此标准，以观我国之美术。而美术中以诗歌、戏曲、小说为其顶点，以其目的在描写人生故。吾人于是得一绝大著作曰《红楼梦》。

第二章《红楼梦》之精神

裒伽尔之诗曰：

“Ye wise men，highly，deeply learned.
Who think it out and know，
How，when and where do all things pair?
Why do they kiss and love?

Ye men of lofty wisdom, say
What happened to me then.
Search out and tell me where, how, when.
And why it happened thus."

嗟汝哲人，靡所不知，靡所不学，既深且跻。粲粲生物，罔不匹俦，各啮厥唇，而相厥攸。匪汝哲人，孰知其故？自何时始，来自何处？嗟汝哲人，渊渊其知。相彼百昌，奚而熙熙？愿言哲人，诏余其故。自何时始，来自何处？（译文）

哀伽尔之问题，人人所有之问题，而人人未解决之大问题也。人有恒言曰："饮食男女，人之大欲存焉。"然人七日不食则死，一日不再食则饥。若男女之欲，则于一人之生活上，宁有害无利者也，而吾人之欲之也如此，何哉？吾人自少壮以后，其过半之光阴，过半之事业，所计画所勤勤者为何事？汉之成、哀，曷为而丧其生？殷辛、周幽，曷为而亡其国？励精如唐玄宗，英武如后唐庄宗，曷为而不善其终？且人生苟为数十年之生活计，则其维持此生活，亦易易耳，曷为而其忧劳之度，倍蓰而未有已？记曰："人不婚宦，情欲失半。"人苟能解此问题，则于人生之知识，思过半矣。而蚩蚩者乃日用而不知，岂不可哀也欤！其自哲学上解此问题者，则二千年间，仅有叔本华之《男女之爱之形而上学》耳。诗歌、小说之描写此事者，通古今中西，殆不能悉数，然能解决之者鲜矣。《红楼梦》一书，非徒提出此问题，又解决之者也。彼于开卷即下男女之爱之神话的解释。其叙此书之主人公贾宝玉之来历曰：

> 却说女娲氏炼石补天之时，于大荒山无稽崖，炼成高十二丈、见方二十四丈大的顽石三万六千五百零一块。那娲皇只用了三万六千五百块，单单剩下一块未用，弃在青埂峰下。谁知此石自经锻炼之后，灵性已通，自去自来，可大可小。因见众石俱得补天，独自己无才，不得入选，遂自怨自艾，日夜悲哀。（第一回）

此可知生活之欲之先人生而存在，而人生不过此欲之发现也。此可知吾人之堕落，由吾人之所欲，而意志自由之罪恶也。夫顽钝者既不幸而为此石矣，又幸而不见用，则何不游于广漠之野、无何有之乡，以自适其适，而必欲入此忧患劳苦之世界，不可谓非此石之大误也。由此一念之误，而遂造出十九年之历史与百二十回之事实，与茫茫大士、渺渺真人何与？又于第百十七回中，述宝玉与和尚之谈论曰：

> “弟子请问师父，可是从太虚幻境而来？”那和尚道：“什么幻境！不过是来处来，去处去罢了。我是送还你的玉来的。我且问你，你那玉是从那里来的？”宝玉一时对答不来。那和尚笑道：“你的来路还不知，便来问我！”宝玉本来颖悟，又经点化，早把红尘看破，只是自己的底里未知；一闻那僧问起玉来，好像当头一棒，便说：“你也不用银子了，我把那玉还你罢。”那僧笑道：“早该还我了！”

所谓“自己的底里未知”者，未知其生活乃自己之一念之误，而此念之所自造也。及一闻和尚之言，始知此不幸之生活，由自己之所欲；而其拒绝之也，亦不得由自己，是以有还玉之言。所谓玉者，不过生活之欲之代表而已矣。故携之红尘者，非彼二人之所为，顽石自己而已；引登彼岸者，亦非二人之力，顽石自己而已。此岂独宝玉一人然哉？人类之堕落与解脱，亦视其意志而已。而此生活之意志，其于永远之生活，比个人之生活为尤切；易言以明之，则男女之欲，尤强于饮食之欲。何则？前者无尽的，后者有限的也；前者形而上的，后者形而下的也。又如上章所说，生活之于苦痛，二者一而非二，而苦痛之度，与主张生活之欲之度为比例。是故前者之苦痛，尤倍蓰于后者之苦痛。而《红楼梦》一书，实示此生活、此苦痛之由于自造，又示其解脱之道不可不由自己求之者出。

而解脱之道，存于出世，而不存于自杀。出世者，拒绝一切生活之欲者也。彼知生活之无所逃于苦痛，而求入于无生之域。当其终也，恒干虽存，固已形如槁木，而心如死灰矣。若生活之欲如故，但不满于现在之生活，而求主张之于异日，则死于此者，固不得不复生于彼，而苦海之流，又将与生活之欲而无穷。故金钏之堕井也，司棋之触墙也，尤三姐、潘又安之自刎也，非解脱也，求偿其欲而不得者也。彼等之所不欲者，其特别之生活，而对生活之为物，则固欲之而不疑也。故此书中真正之解脱，仅贾宝玉、惜春、紫鹃三人耳。而柳湘莲之入道，有似潘又安；芳官之出家，略同于金钏。故苟有生活之欲存乎，则虽出世而无与于解脱；苟无此欲，则自杀亦未始非解脱之一者也。如鸳鸯之死，彼固有不得已之境遇在；不然，则惜春、紫鹃之事，固亦其所优为者也。

而解脱之中，又自有二种之别：一存于观他人之苦痛，一存于觉自己之苦痛。然前者之解脱，唯非常之人为能，其高百倍于后者，而其难亦百倍。但由其成功观之，则二者一也。通常之人，其解脱由于苦痛之阅历，而不由于苦痛之知识。唯非常之人，由非常之知力，而洞观宇宙人生之本质，始知生活与痛苦之不能相离，由是求绝其生活之欲，而得解脱之道。然于解脱之途中，彼之生活之欲，犹时时起而与之相抗，而生种种之幻影。所谓恶魔者，不过此等幻影之人物化而已矣。故通常之解脱，存于自己之苦痛，彼之生活之欲，因不得其满足而愈烈，又因愈烈而愈不得其满足，如此循环而陷于失望之境遇，遂悟宇宙人生之真相，遽而求其息肩之所。彼全变其气质，而超出乎苦乐之外，举昔之所执著者，一旦而舍之。彼以生活为炉、苦痛为炭，而铸其解脱之鼎。彼以疲于生活之欲故，故其生活之欲，不能复起而为之幻影。此通常之人解脱之状态也。前者之解脱，如惜春、紫鹃；后者之解脱，如宝玉。前者之解脱，超自然的也，神秘的也；后者之解脱，自然的也，人类的也。前者之解脱，宗教的也；后者美术的也。前者平和的也；后者悲感的也，壮美的也，故文学的也，诗歌的也，小说的也。此《红楼梦》之主人公所以非惜春、紫鹃，而为贾宝玉者也。

呜呼，宇宙一生活之欲而已！而此生活之欲之罪过，即以生活之苦痛罚之：此即宇宙之永远的正义也。自犯罪，自加罚，自忏悔，自解脱。美术之务，在描写人生之苦痛与其解脱之道，而使吾侪冯生之徒，于此桎梏之世界中，离此生活之欲之争斗，而得其暂时之平和，此一切美术之目的也。夫欧洲近世之文学中，所以推格代之《法斯德》（今译《浮士德》）为第一者，以其描写博士法斯德之苦痛，及其解脱之途径，最为精切故也。若《红楼梦》之写宝玉，又岂有以异于彼乎？彼于缠陷最深之中，而已伏解脱之种子：故听《寄生草》之曲，而悟立足之境；读《胠箧》之篇，而作焚花散麝之想。所以未能者，则以黛玉尚在耳，至黛玉死而其志渐决。然尚屡失于宝钗，几败于五儿，屡蹶屡振，而终获最后之胜利。读者观自九十八回以至百二十回之事实，其解脱之行程，精进之历史，明了真切何如哉！且法斯德之苦痛，天才之苦痛；宝玉之苦痛，人人所有之苦痛也。其存于人之根柢者为独深，而其希救济也为尤切，作者一一掇拾而发挥之。我辈之读此书者，宜如何表满足感谢之意哉！而吾人于作者之姓名，尚未有确实之知识，岂徒吾侪寡学之羞，亦足以见二百余年来，吾人之祖先对此宇宙之大著述如何冷淡遇之也。谁使此大著述之作者不敢自署其名？此可知此书之精神大背于吾国人之性质，及吾人之沈溺于生活之欲而乏美术之知识有如此也。然则，予之为此论，亦自知有罪也矣。

第三章　《红楼梦》之美学上之价值

如上章之说，吾国人之精神，世间的也，乐天的也，故代表其精神之戏曲、小说，无往而不著此乐天之色彩：始于悲者终于欢，始于离者终于合，始于困者终于亨；非是而欲餍阅者之心，难矣。若《牡丹亭》之返魂，《长生殿》之重圆，其最著之一例也。《西厢记》之以惊梦终也，未成之作也，此书若成，吾乌知其不为《续西厢》之浅陋也？有《水浒传》矣，曷为而又有《荡寇志》？有《桃花扇》矣，曷为而又有《南桃花扇》？有《红楼梦》矣，彼《红楼复梦》，《补红楼梦》，《续红楼梦》者，曷为而作也？又曷为而有反对《红楼梦》之《儿女英雄传》？故吾国之文学中，其具厌世解脱之精神者，仅有《桃花扇》与《红楼梦》耳。而《桃花扇》之解脱，非真解脱也：沧桑之变，目击之而身历之，不能自悟，而悟于张道士之一言；且以历数千里，冒不测之险，投缧绁之中，所索之女子，才得一面，而以道士之言，一朝而舍之，自非三尺童子，其谁信之哉？故《桃花扇》之解脱，他律的也；而《红楼梦》之解脱，自律的也。且《桃花扇》之作者，但借侯、李之事，以写故国之戚，而非以描写人生为事。故《桃花扇》，政治的也，国民的也，历史的也；《红楼梦》，哲学的也，宇宙的也，文学的也。此《红楼梦》之所以大背于吾国人之精神，而其价值亦即存乎此。彼《南桃花扇》、《红楼复梦》等，正代表吾国人乐天之精神者也。

《红楼梦》一书与一切喜剧相反。彻头彻尾之悲剧也。其大宗旨如上章之所述，读者既知之矣。除主人公不计外，凡此书中之人有与生活之欲相关系者，无不与苦痛相终始，以视宝琴、岫烟、李纹、李绮等，若藐姑射神人，敻乎不可及矣。夫此数人者，曷尝无生活之欲，曷尝无苦痛？而书中既不及写其生活之欲，则其苦痛自不得而写之；足以见二者如骖之靳，而永远的正义无往不逞其权力也。又吾国之文学，以挟乐天的精神故，故往往说诗歌的正义，善人必令其终，而恶人必离其罚：此亦吾国戏曲、小说之特质也。《红楼梦》则不然，赵姨、凤姐之死，非鬼神之罚，彼良心自己之苦痛也。若李纨之受封，彼于《红楼梦》十四曲中，固已明说之曰：

〔晚韶华〕镜里恩情，更那堪梦里功名！那美韶华去之何迅。再休题绣帐鸳衾；只这戴珠冠，披凤袄，也抵不了无常性命。虽说是人生莫受老来贫，也须要阴骘积儿孙。气昂昂头戴簪缨，光灿灿胸悬金印，威赫赫爵禄高登，昏惨惨黄泉路近。问古来将相可还存？也只是虚名儿与后人钦敬。（第五回）

此足以知其非诗歌的正义，而既有世界人生以上，无非永远的正义之所统辖也。故曰《红楼梦》一书，彻头彻尾的悲剧也。

由叔本华之说，悲剧之中又有三种之别：第一种之悲剧，由极恶之人，极其所有之能力以交构之者；第二种，由于盲目的运命者；第三种之悲剧，由于剧中之人物之位置及关系而不得不然者，非必有蛇蝎之性质与意外之变故也，但由普通之人物、普通之境遇，逼之不得不如是，彼等明知其害，交施之而交受之，各加以力而各不任其咎。此种悲剧，其感人贤于前二者远甚。何则？彼示人生最大之不幸，非例外之事，而人生之所固有故也。若前二种之悲剧，吾人对蛇蝎之人物与盲目之命运，未尝不悚然战慄；然以其罕见之故，犹幸吾生之可以免，而不必求息肩之地也。但在第三种，则见此非常之势力，足以破坏人生之福祉者，无时而不可坠于吾前；且此等惨酷之行，不但时时可受诸己，而或可以加诸人；躬丁其酷，而无不平之可鸣：此可谓天下之至惨也。若《红楼梦》，则正第三种之悲剧也。兹就宝玉、黛玉之事言之：贾母爱宝钗之婉嫕，而惩黛玉之孤僻，又信金玉之邪说，而思压宝玉之病；王夫人固亲于薛氏；凤姐以持家之故，忌黛玉之才而虞其不便于已也；袭人惩尤二姐、香菱之事，闻黛玉“不是东风压倒西风，就是西风压倒东风”①（第八十一回）之语，惧祸之及，而自同于凤姐，亦自然之势也。宝玉之于黛玉，信誓旦旦，而不能言之于最爱之之祖母，则普通之道德使然；况黛玉一女子哉！由此种种原因，而金玉以之合，木石以之离，又岂有蛇蝎之人物、非常之变故，行于其间哉？不过通常之道德，通常之人情，通常之境遇为之而已。由此观之，《红楼梦》者，可谓悲

① “不是东风压倒西风，就是西风压倒东风”句，当在《红楼梦》第八十二回。

剧中之悲剧也。

由此之故，此书中壮美之部分，较多于优美之部分，而眩惑之原质殆绝焉。作者于开卷即申明之曰：

> 更有一种风月笔墨，其淫秽污臭，最易坏人子弟。至于才子佳人等书，则又开口文君，满篇子建，千部一腔，千人一面，且终不能不涉淫滥。在作者不过欲写出自己两首情诗艳赋来，故假捏男女二人名姓，又必旁添一小人拨乱其间，如戏中小丑一般。（此又上节所言之一证）

兹举其最壮美者之一例，即宝玉与黛玉最后之相见一节曰：

> 那黛玉听着傻大姐说宝玉娶宝钗的话，此时心里竟是油儿酱儿糖儿醋儿倒在一处的一般，甜苦酸咸，竟说不上什么味儿来了……自己转身，要回潇湘馆去，那身子竟有千百斤重的，两只脚却像踏着棉花一般，早已软了。只得一步一步慢慢的走将下来。走了半天，还没到沁芳桥畔，脚下愈加软了。走的慢，且又迷迷痴痴，信着脚从那边绕过来，更添了两箭地路。这时刚到沁芳桥畔，却又不知不觉的顺着堤往回里走起来。紫鹃取了绢子来，却不见黛玉。正在那里看时，只见黛玉颜色雪白，身子恍恍荡荡的，眼睛也直直的，在那里东转西转……只得赶过来轻轻的问道："姑娘怎么又回去？是要往那里去？"黛玉也只模糊听见，随口答道："我问问宝玉去。"紫鹃只得搀他进去。那黛玉却又奇怪了，这时不似先前那样软了，也不用紫鹃打帘子，自己掀起帘子进来……见宝玉在那里坐着，也不起来让坐，只瞧著嘻嘻的呆笑。黛

> 玉自己坐下，却也瞧着宝玉笑。两个也不问好，也不说话，也无推让，只管对着脸呆笑起来，忽然听着黛玉说道："宝玉！你为什么病了？"宝玉笑道："我为林姑娘病了。"袭人、紫鹃两个，吓得面目改色，连忙用言语来岔。两个却又不答言，仍旧呆笑起来……紫鹃搀起黛玉，那黛玉也就站起来，瞧着宝玉，只管笑，只管点头儿。紫鹃又催道："姑娘回家去歇歇罢！"黛玉："可不是，我这就是回去的时候儿了！"说着，便回身笑着出来了。仍旧不用丫头们搀扶，自己却走得比往常飞快。(第九十六回)

如此之文，此书中随处有之，其动吾人之感情何如？凡稍有审美的嗜好者，无人不经验之也。

《红楼梦》之为悲剧也如此。昔雅里大德勒于《诗论》中，谓悲剧者，所以感发人之情绪而高上之，殊如恐惧与悲悯之二者，为悲剧中固有之物，由此感发，而人之精神于焉洗涤。故其目的，伦理学上之目的也。叔本华置诗歌于美术之顶点，又置悲剧于诗歌之顶点；而于悲剧之中，又特重第三种，以其示人生之真相，又示解脱之不可已故。故美学上最终之目的，与伦理学上最终之目的合。由是，《红楼梦》之美学上之价值，亦与其伦理学上之价值相联络也。

第四章 《红楼梦》之伦理学上之价值

自上章观之，《红楼梦》者，悲剧中之悲剧也。其美学上之价值，即存乎此。然使无伦理学上之价值以继之，则其于美术上之价值，尚未可知也。今使为宝玉者，于黛玉既死之后，或感愤而自杀，或放废以终其身，则虽谓此书一无价值可也。何则？欲达解脱之域者，固不可不尝人世之忧患；然所贵乎忧患者，以其为解脱之手段故，非重忧患自身之价值也。今使人日日居忧患，言忧患，而无希求解脱之勇气，则天国与地狱，彼两失之；其所领之境界，除阴云蔽天，沮洳弥望外，固无所获焉。黄仲则《绮怀》诗曰：

如此星辰非昨夜，为谁风露立中宵。

又其卒章曰：

结束铅华归少作，屏除丝竹入中年；茫茫来日愁如海，寄语羲和快着鞭。

其一例也。《红楼梦》则不然，其精神之存于解脱，如前二章所说，兹固不俟喋喋也。

然则解脱者，果足为伦理学上最高之理想否乎？自通常之道德观之，夫人知其不可也。夫宝玉者，固世俗所谓绝父子、弃人伦、不忠不孝之罪人也。然自太虚中有今日之世界，自世界中有今日之人类，乃不得不有普通之道德，以为人类之法则。顺之者安，逆之者危；顺之者存，逆之者亡。于今日之人类中，吾固不能不认普通之道德之价值也。然所以有世界人生者，果有合理的根据欤？抑出于盲目的动作，而别无意义存乎其间欤？使世界人生之存在，而有合理的根据，则人生中所有普通之道德，谓之绝对的道德可也。然吾人从各方面观之，则世界人生之所以存在，实由吾人类之祖先一时之误谬。诗人之所悲歌，哲学者之所瞑想，与夫古代诸国民之传说，若出一揆。若第二章所引《红楼梦》第一回之神话的解释，亦于无意识中暗示此理，较之《创世纪》所述人类犯罪之历史，尤为有味者也。夫人之有生，既为鼻祖之误谬矣，则夫吾人之同胞，凡为此鼻祖之子孙者，苟有一人焉，未入解脱之域，则鼻祖之罪终无时而赎，而一时之误谬，反覆至数千万年而未有已也。则夫绝弃人伦如宝玉其人者，自普通之道德言之，固无所辞其不忠不孝之罪；若开天眼而观之，则彼固可谓干父之蛊者也。知祖父之误谬，而不忍反覆之以重其罪，顾得谓之不孝哉？然则宝玉“一子出家，七祖升天”之说，诚有见乎所谓孝者在此不在彼，非徒自辩护而已。

然则举世界之人类，而尽入于解脱之域，则所谓宇宙者，不诚无物也欤？然有无之说，盖难言之矣。夫以人生之无常，而知识之不可恃，安知吾人之所谓“有”，非所谓真有者乎？则自其反面言之，又安知吾人之所谓“无”，非所谓真无者乎？即真无矣，而使吾人自空乏与满足、希望与恐怖之中出，而获永远息肩之所，不犹愈于世之所谓有者乎！然则吾人之畏无也，与小儿之畏暗黑何以异？自已解脱者观之，安知解脱之后，山川之美，日月之华，不有过于今日之世界者乎？读《飞鸟各投林》之曲，所谓“一片白茫茫大地真干净”者，有欤无欤，吾人且勿问，但立乎今日之人生而观之，彼诚有味乎其言之也。

难者又曰：人苟无生，则宇宙间最可宝贵之美术，不亦废欤？曰：美术之价值，对现在之世界人生而起者，非有绝对的价值也。其材料取诸人生，其理想亦视人生之缺陷逼仄，而趋于其反对之方面。如此之美术，唯于如此之世界、如此之人生中，始有价值耳。今设有人焉，自无始以来，无生死，无苦乐，无人世之罣碍，而唯有永远之知识，则吾人所宝为无上之美术，自彼视之，不过蛩鸣蝉噪而已。何则？美术上之理想，固彼之所固有，而其材料，又彼之所未尝经验故也。又设有人焉，备尝人世之苦痛，而已入于解脱之域，则美术之于彼也，亦无价值。何则？美术之价值，存于使人离生活之欲，而入于纯粹之知识。彼既无生活之欲矣，而复进之以美术，是犹馈壮夫以药石，多见其不知量而已矣。然则超今日之世界人生以外者，于美术之存亡，固自可不必问也。

夫然，故世界之大宗教，如印度之婆罗门教及佛教，希伯来之基督教，皆以解脱为唯一之宗旨。哲学家说，如古代希腊之柏拉图，近世德意志之叔本华，其最高之理想，亦存于解脱。殊如叔本华之说，由其深邃之知识论、伟大之形而上学出，一扫宗教之神话的面具，而易以名学之论法；其真挚之感情与巧妙之文字，又足以济之：故其说精密确实，非如古代之宗教及哲学说，徒属想象而已。然事不厌其求详，姑以生平可疑者商榷焉：夫由叔氏之哲学说，则一切人类及万物之根本，一也。故充叔氏拒绝意志之说，非一切人类及万物，各拒绝其生活之意志，则一人之意志，亦不得而拒绝。何则？生活之意志之存于我者，不过其一最小部分，而其大部分之存于一切人类及万物者，皆与我之意志同。而此物我之差别，仅由于吾人知力之形式，故离此知力之形式，而反其根本而观之，则一切人类及万物之意志，皆我之意志也。然则拒绝吾一人之意志，而姝姝自悦曰解脱，是何异蹄涔之水，而注之沟壑，而曰天下皆得平土而居之者哉！佛之言曰："若不尽度众生，誓不成佛。"其言犹若有能之而不欲之意。然自吾人观之，此岂徒能之而不欲哉！将毋欲之而不能也。故如叔本华之言一人之解脱，而未言世界之解脱，实与其意志同一之说，不能两立者也。叔氏于无意识中亦触此疑问，故于其《意志及观念之世界》之第四编之末，力护其说，曰：

> 人之意志，于男女之欲，其发现也为最著。故完全之贞操，乃拒绝意志即解脱之第一步也。夫自然中之法则，固自最确实者。使人人而行此格言，则人类之灭绝，自可立而待。至人类以降之动物，其解脱与堕落，亦当视人类以为准。《吠陀》之经典曰："一切众生之待圣人，如饥儿之待慈父母也。"基督教中亦有此思想。珊列休斯于其《人持一切物归于上帝》之小诗中曰："嗟汝万物灵，有生皆爱汝。总总环汝旁，如儿索母乳。携之适天国，惟汝力是怙！"德意志之神秘学者马斯太哀赫德亦云："《约翰福音》云，予之离世界也，将引万物而与我俱。基督岂欺我哉！夫善人，固将持万物而归之于上帝，即其所从出之本者也。今夫一切生物，皆为人而造，又自相为用；牛羊之于水草，鱼之于水，鸟之于空气，野兽之于林莽皆是也。一切生物皆上帝所造，以供善人之用，而善人携之以归上帝。"彼意盖谓人之所以有用动物之权利者，实以能救济之故也。
>
> 于佛教之经典中，亦说明此真理。方佛之尚为菩提萨埵也，自王宫逸出而入深林时，彼策其马而歌曰："汝久疲于生死兮，今将息此任载。负予躬以遐举兮，继今日而无再。苟彼岸其予达矣，予将徘徊以汝待！"（《佛国记》）此之谓也。（英译《意志及观念之世界》第一册第四百九十二页）

然叔氏之说，徒引据经典，非有理论的根据也。试问释迦示寂以后，基督尸十字架以来，人类及万物之欲生奚若？其痛苦又奚若？吾知其不异于昔也。然则所谓持万物而归之上帝者，其尚有所待欤？抑徒沾沾自喜之说，而不能见诸实事者欤？果如后说，则释迦、基督自身之解脱与否，亦尚在不可知之数也。往者作一律曰：

生平颇忆挈卢敖，东过蓬莱浴海涛。
何处云中闻犬吠，至今湖畔尚乌号。
人间地狱真无间，死后泥洹枉自豪。
终古众生无度日，世尊只合老尘嚣。

何则？小宇宙之解脱，视大宇宙之解脱以为准故也。赫尔德曼人类涅槃之说，所以起而补叔氏之缺点者以此。要之，解脱之足以为伦理学上最高之理想与否，实存于解脱之可能与否。若夫普通之论难，则固如楚楚蜉蝣，不足以撼十围之大树也。

今使解脱之事，终不可能，然一切伦理学上之理想，果皆可能也欤？今夫与此无生主义相反者，生生主义也。夫世界有限，而生人无穷；以无穷之人，生有限之世界，必有不得遂其生者矣。世界之内，有一人不得遂其生者，固生生主义之理想之所不许也。故由生生主义之理想，则欲使世界生活之量，达于极大限，则人人生活之度，不得不达于极小限。盖度与量二者，实为一精密之反比例，所谓最大多数之最大福祉者，亦仅归于伦理学者之梦想而已。夫以极大之生活量，而居于极小之生活度，则生活之意志之拒绝也奚若？此生生主义与无生主义相同之点也。苟无此理想，则世界之内，弱之肉，强之食，一任诸天然之法则耳，奚以伦理为哉？然世人日言生生主义，而此理想之达于何时，则尚在不可知之数。要之，理想者可近而不可即，亦终古不过一理想而已矣。人知无生主义之理想之不可能，而自忘其主义之理想之何若，此则大不可解者也。

夫如是，则《红楼梦》之以解脱为理想者，果可非薄也欤？夫以人生忧患之如彼，而劳苦之如此，苟有血气者，未有不渴慕救济者也，不求之于实行，犹将求之于美术。独《红楼梦》者，同时与吾人以二者之救济。人而自绝于救济则已耳；不然，则对此宇宙之大著述，宜如何企踵而欢迎之也！

第五章　馀　论

自我朝考证之学盛行，而读小说者，亦以考证之眼读之。于是评《红楼梦》者，纷然索此书中之主人公之为谁，此又甚不可解者也。夫美术之所写者，非个人之性质，而人类全体之性质也。惟美术之特质，贵具体而不贵抽象。于是举人类全体之性质，置诸个人之名字之下。譬诸“副墨之子”、“洛诵之孙”，亦随吾人之所好名之而已。善于观物者，能就个人之事实，而发见人类全体之性质；今对人类之全体，而必规规焉求个人以实之，人之知力相越，岂不远哉！故《红楼梦》之主人公，谓之贾宝玉可，谓之“子虚”“乌有”先生可，即谓之纳兰容若可，谓之曹雪芹亦无不可也。

综观评此书者之说，约有二种：一谓述他人之事，一谓作者自写其生平也。第一说中，大抵以贾宝玉为即纳兰性德。其说要非无所本。案性德《饮水诗集·别意》六首之三曰：

独拥馀香冷不胜，残更数尽思腾腾。今宵便有随风梦，知在红楼第几层？

又《饮水词》中《于中好》一阕云：

> 别绪如丝睡不成，那堪孤枕梦边城。因听紫塞三更雨，却忆红楼半夜灯。

又《减字木兰花》一阕咏新月云：

> 莫教星替，守取团圆终必遂。此夜红楼，天上人间一样愁。

“红楼”之字凡三见，而云“梦红楼”者一。又其亡妇忌日作《金缕曲》一阕，其首三句云：

> 此恨何时已，滴空阶寒更雨歇，葬花天气。

“葬花”二字，始出于此。然则《饮水集》与《红楼梦》之间，稍有文字之关系，世人以宝玉为即纳兰侍卫者，殆由于此。然诗人与小说家之用语，其偶合者固不少。苟执此例以求《红楼梦》之主人公，吾恐其可以傅合者，断不止容若一人而已。若夫作者之姓名（遍考各书，未见曹雪芹何名）与作书之年月，其为读此书者所当知，似更比主人公之姓名为尤要。顾无一人为之考证者，此则大不可解者也。

至谓《红楼梦》一书，为作者自道其生平者。其说本于此书第一回“竟不如我亲见亲闻的几个女子”一语。信如此说，则唐旦之《天国戏剧》，可谓无独有偶者矣。然所谓亲见亲闻者，亦可自旁观者之口言之，未必躬为剧中之人物。如谓书中种种境界、种种人物，非局中人不能道。则是《水浒传》之作者必为大盗，《三国演义》之作者必为兵家，此又大不然之说也。且此问题，实与美术之渊源之问题相关系。如谓美术上之事，非局中人不能道，则其渊源必全存于经验而后可。夫美术之源，出于先天，抑由于经验，此西洋美学上至大之问题也。叔本华之论此问题也，最为透辟。兹援其说，以结此论。其言曰（此论本为绘画及雕刻发，然可通之于诗歌、小说）：

人类之美之产于自然中者，必由下文解释之：即意志于其客观化之最高级（人类）中，由自己之力与种种之情况，而打胜下级（自然力）之抵抗，以占领其物力。且意志之发现于高等之阶级也，其形式必复杂：即以一树言之，乃无数之细胞，合而成一系统者也。其阶级愈高，其结合愈复。人类之身体，乃最复杂之系统也：各部分各有一特别之生活；其对全体也，则为隶属；其互相对也，则为同僚；互相调和，以为其全体之说明；不能增也，不能减也。能如此者，则谓之美。此自然中不得多见者也。顾美之于自然中如此，于美术中则何如？或有以美术家为模仿自然者。然彼苟无美之预想存于经验之前，则安从取自然中完全之物而模仿之，又以之与不完全者相区别哉？且自然亦安得时时生一人焉，于其各部分皆完全无缺哉？或又谓美术家必先于人之肢体中，观美丽之各部分，而由之以构成美丽之全体。此又大愚不灵之说也。即令如此，彼又何自知美丽之在此部分而非彼部分哉？故美之知识，断非自经验的得之，即非后天的而常为先天的；即不然，亦必其一部分常为先天的也。吾人于观人类之美后，始认其美：但在真正之美术家，其认识之也，极其明速之度，而其表出之也，胜乎自然之为。此由吾人之自身即意志，而于此所判断及发见者，乃意志于最高级之完全之客观化也。唯如是，吾人斯得有美之预想。而在真正之天才，于美之预想外，更伴以非常之巧力。彼于特别之物中，认全体之理想，遂解自然之嗫嚅之言语而代言之；即以自然所百计而不能产出之美，现之于绘画及雕刻中，而若语自然曰："此即汝之所欲言而不得者也。"苟有判断之能力者，必将应之曰："是。"唯如是，故希腊之天才，能发见人类之美之形式，而永为万世雕刻家之模范。唯如是，故吾人对自然于特别之境遇中所偶然成功者，而得认其美。此美之预想，乃自先天中所知者，即理想的也，比其现于美术也，则为实际的。何则？此与后天中所与之自然物相合故也。如此，美术家先天中有美之预想，而批评家于后天中认识之，此由美术家及批评家，乃自然之自身之一部，而意志于此客观化者也。哀姆攀独克尔曰："同者唯同者知之。"故唯自然能知自然，唯自然能言自然，则美术家有自然之美之预想，固自不足怪也。

芝诺芬述苏格拉底之言曰："希腊人之发见人类之美之理想也，由于经验。即集合种种美丽之部分，而于此发见一膝，于彼发见一臂。"此大谬之说也。不幸而此说蔓延于诗歌中。即以狭斯丕尔言之，谓其戏曲中所描写之种种人物，乃其一生之经验中所观察者，而极其全力以撰写之者也。然诗人由人性之预想而作戏曲小说，与美术家之由美之预想而作绘画及雕刻无以异。唯两者于其创造之途中，必须有经验以为之补助。夫然，故其先天中所已知者，得唤起而入于明晰之意识，而后表出之事，乃可得而能也。（叔氏《意志及观念之

世界》第一册第二百八十五页至八十九页[1])

由此观之，则谓《红楼梦》中所有种种之人物、种种之境遇，必本于作者之经验，则雕刻与绘画家之写人之美也，必此取一膝，彼取一臂而后可。其是与非，不待知者能决矣。读者苟玩前数章之说，而知《红楼梦》之精神，与其美学、伦理学上之价值，则此种议论，自可不生。苟如美术之大有造于人生，而《红楼梦》自足为我国美术上之唯一大著述，则其作者之姓名与其著书之年月，固当为唯一考证之题目。而我国人之所聚讼者，乃不在此而在彼；此足以见吾国人之对此书之兴味之所在，自在彼而不在此也。故为破其惑如此。

① 指285—289页。

鲁迅

点评红楼梦

清之人情小说

鲁 迅

乾隆中（一七六五年顷），有小说曰《石头记》者忽出于北京，历五六年而盛行，然皆写本，以数十金鬻于庙市。其本止八十回，开篇即叙本书之由来，谓女娲补天，独留一石未用，石甚自悼叹，俄见一僧一道，以为“形体到也是个宝物了，还只没有实在好处，须得再镌上数字，使人一见便知是奇物方妙。然后好携你到隆盛昌明之邦，诗礼簪缨之族，花柳繁华之地，温柔富贵之乡，去安身乐业”。于是袖之而去。不知更历几劫，有空空道人见此大石，上镌文词，从石之请，钞以问世。道人亦“因空见色，由色生情，传情入色，自色悟空，遂易名为情僧，改《石头记》为《情僧录》；东鲁孔梅溪则题曰《风月宝鉴》；后因曹雪芹于悼红轩中披阅十载，增删五次，纂成目录，分出章回，则题曰《金陵十二钗》，并题一绝云：‘满纸荒唐言，一把辛酸泪。都云作者痴，谁解其中味？’”（戚蓼生所序八十回本之第一回）

本文所叙事则在石头城（非即金陵）之贾府，为宁国荣国二公后。宁公长孙曰敷，早死；次敬袭爵，而性好道，又让爵于子珍，弃家学仙；珍遂纵恣，有子蓉，娶秦可卿。荣公长孙曰赦，子琏，娶王熙凤；次曰政；女曰敏，适林海，中年而亡，仅遗一

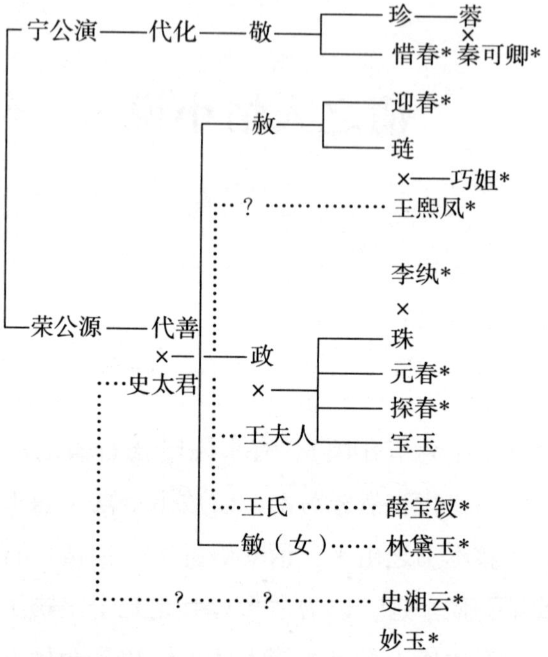

女曰黛玉。贾政娶于王，生子珠，早卒；次生女曰元春，后选为妃；次复得子，则衔玉而生，玉又有字，因名宝玉，人皆以为“来历不小”，而政母史太君尤钟爱之。宝玉既七八岁，聪明绝人，然性爱女子，常说，“女儿是水作的骨肉，男人是泥作的骨肉。”人于是又以为将来且为“色鬼”；贾政亦不甚爱惜，驭之极严，益缘“不知道这人来历。……若非多读书识字，加以致知格物之功，悟道参玄之力者，不能知也”（戚本第二回贾雨村云）。而贾氏实亦“闺阁中历历有人”，主从之外，姻连亦众，如黛玉宝钗，皆来寄寓，史湘云亦时至，尼妙玉则习静于后园。上即贾氏谱大要，用虚线者其姻连，著×者夫妇，著＊者在“金陵十二钗”之数者也。

事即始于林夫人（贾敏）之死，黛玉失恃，又善病，遂来依外家，时与宝玉同年，为十一岁。已而王夫人女弟所生女亦至，即薛宝钗，较长一年，颇极端丽。宝玉纯朴，并爱二人无偏心，宝钗浑然不觉，而黛玉稍恚。一日，宝玉倦卧秦可卿室，遽梦入太虚境，遇警幻仙，阅《金陵十二钗正册》及《副册》，有图有诗，然不解。警幻命奏新制《红楼梦》十二支，其末阕为《飞鸟各投林》，词有云：

> “为官的，家业凋零；富贵的，金银散尽。有恩的，死里逃生；无情的，分明报应。欠命的命已还，欠泪的泪已尽！……看破的，遁入空门；痴迷的，枉送了性命。好一似，食尽鸟投林：落了片白茫茫大地真干净！”（戚本第五回）

然宝玉又不解，更历他梦而寤。迨元春被选为妃，荣公府愈贵盛，及其归省，则辟大观园以宴之，情亲毕至，极天伦之乐。宝玉亦渐长，于外昵秦钟蒋玉函，归则周旋于姊妹中表以及侍儿如袭人晴雯平儿紫鹃辈之间，昵而敬之，恐拂其意，爱博而心劳，而忧患亦日甚矣。

> 这日，宝玉因见湘云渐愈，然后去看黛玉。正值黛玉才歇午觉，宝玉不敢惊动。因紫鹃正在回廊上手里做针线，便上来问他：“昨日夜里咳嗽的可好些？”紫鹃道：“好些了。”（宝玉道，“阿弥陀佛，宁可好了罢。”紫鹃笑道：“你也念起佛来，真是新闻。”）宝玉笑道：“所谓‘病笃乱投医’了。”一面说，一面见他穿着弹墨绫子薄绵袄，外面只穿着青缎子夹背心，宝玉便伸手向他身上抹了一抹，说：“穿的这样单薄，还在风口里坐着。春风才至，时气最不好。你再病了，越发难了。”紫鹃便说道：“从此咱们只可说话，别动

手动脚的。一年大二年小的，叫人看着不尊重；又打着那起混帐行子们背地里说你。你总不留心，还只管合小时一般行为，如何使得？姑娘常常吩咐我们，不叫合你说笑。你近来瞧他，远着你，还恐远不及呢。”说着，使起身，携了针线，进别房去了。宝玉见了这般景况，心中忽觉浇了一盆冷水一般，只看着竹子发了回呆。因祝妈正来挖笋修竿，便忙忙走了出来，一时魂魄失守，心无所知，随便坐在一块石上出神，不觉滴下泪来。直呆了五六顿饭工夫，千思万想，总不知如何是好。偶值雪雁从王夫人房中取了人参来，从此经过，……便走过来，蹲下笑道：“你在这里作什么呢？”宝玉忽见了雪雁，便说道：“你又作什么来招我？你难道不是女儿？他既防嫌，总不许你们理我，你又来寻我，倘被人看见，岂不又生口舌？你快家去罢。”雪雁听了，只当他又受了黛玉的委屈，只得回至房中，黛玉未醒，将人参交与紫鹃。……雪雁道：“姑娘还没醒呢，是谁给了宝玉气受？坐在那里哭呢。”……紫鹃听说，忙放下针线，……一直来寻宝玉。走到宝玉跟前，含笑说道：“我不过说了两句话，为的是大家好。你就赌气，跑了这风地里来哭，作出病来唬我。”宝玉忙笑道：“谁赌气了？我因为听你说的有理，我想你们既这样说，自然别人也是这样说，将来渐渐的都不理我了。我所以想着自己伤心。”……（戚本第五十七回，括弧中句据程本补。）

然荣公府虽煊赫，而“生齿日繁，事务日盛，主仆上下，安富尊荣者尽多，运筹谋画者无一，其日用排场，又不能将就省俭”，故“外面的架子虽未甚倒，内囊却也尽上来了。”（第二回）

颓运方至，变故渐多；宝玉在繁华丰厚中，且亦屡与“无常”觌面，先有可卿自经；秦钟夭逝；自又中父妾厌胜之术，几死；继以金钏投井；尤二姐吞金；而所爱之侍儿晴雯又被遣，随殁。悲凉之雾，遍被华林，然呼吸而领会之者，独宝玉而已。

……他便带了两个小丫头到一石后，也不怎么样，只问他二人道：“自我去了，你袭人姐姐可打发人瞧晴雯姐姐去了不曾?”这一个答道：“打发宋妈妈瞧去了。”宝玉道，“回来说什么?”小丫头道，“回来说晴雯姐姐直着脖子叫了一夜，今儿早起就闭了眼，住了口，人事不知，也出不得一声儿了，只有倒气的分儿了。”宝玉忙问道：“一夜叫的是谁?”小丫头子道：“一夜叫的是娘。”宝玉拭泪道，“还叫谁?”小丫头说：“没有听见叫别人。”宝玉道，“你糊涂，想必没听真。”……因又想：“虽然临终未见，如今且去灵前一拜，也算尽这五六年的情肠。”……遂一径出园，往前日之处来，意为停柩在内。谁知他哥嫂见他一咽气，便回了进去，希图得几两发送例银。王夫人闻知，便赏了十两银子；又命“即刻送到外头焚化了罢。‘女儿痨’死的，断不可留!”他哥嫂听了这话，一面就雇了人来入殓，抬往城外化人厂去了。……宝玉走来扑了个空，……自立了半天，别没法了，只得翻身进入园中，待回自房，甚觉无趣，因乃顺路来找黛玉，偏他不在房中。……又到蘅芜院中，只见寂静无人。……仍往潇湘馆来，偏黛玉尚未回来。……正在不知所以之际，忽见王夫人的丫头进来找他，说：“老爷回来了，找你呢。又得了好题目来了，快走快走!”宝玉听了，只得跟了出来。……彼时贾政正与众幕友谈论寻秋之胜；又说：

“临散时忽然谈及一事，最是千古佳谈：‘风流俊逸忠义慷慨’八字皆备。到是个好题目，大家都要作一首挽词。”众人听了，都忙请教是何等妙题。贾政乃说：“近日有一位恒王，出镇青州。这恒王最喜女色，且公余好武，因选了许多美女，日习武事。……其姬中有一姓林行四者，姿色既冠，且武艺更精，皆呼为林四娘。恒王最得意，遂超拔林四娘统辖诸姬，又呼为姽婳将军。”众清客都称“妙极神奇！竟以‘姽婳’下加‘将军’二字，更觉妩媚风流，真绝世奇文！想这恒王也是第一风流人物了。”……（戚本第七十八回，括弧中句据程本补。）

《石头记》结局，虽早隐现于宝玉幻梦中，而八十回仅露“悲音”，殊难必其究竟。比乾隆五十七年（一七九二），乃有百二十回之排印本出，改名《红楼梦》，字句亦时有不同，程伟元序其前云，“……然原本目录百二十卷，……爰为竭力搜罗，自藏书家甚至故纸堆中，无不留心。数年以来，仅积有二十余卷。一日，偶于鼓担上得十余卷，遂重价购之。……然漶漫不可收拾，乃同友人细加厘剔，截长补短，钞成全部，复为镌板以公同好。《石头记》全书至是始告成矣。”友人盖谓高鹗①，亦有序，末题“乾隆辛亥冬至后一日”，先于程序者一年。

后四十回虽数量止初本之半，而大故迭起，破败死亡相继，与所谓“食尽鸟飞独存白地”者颇符，惟结末又稍振。宝玉先失其通灵玉，状类失神。会贾政将赴外任，欲于宝玉娶妇后始就道，以黛玉羸弱，乃迎宝钗。姻事由王熙凤谋画，运行甚密，而

① 高鹗（约1738—约1815）：清代文学家，字兰墅，祖籍铁岭（今属辽宁），先世清初即寓居北京。熟谙经史，工于八股文，诗词、小说、戏曲、绘画及金石之学亦颇通晓。续写了《红楼梦》后四十回。

卒为黛玉所知，咯血，病日甚，至宝玉成婚之日遂卒。宝玉知将婚，自以为必黛玉，欣然临席，比见新妇为宝钗，乃悲叹复病。时元妃先薨；贾赦以“交通外官倚势凌弱”革职查抄，累及荣府；史太君又寻亡；妙玉则遭盗劫，不知所终；王熙凤既失势，亦郁郁死。宝玉病亦加，一日垂绝，忽有一僧持玉来，遂苏，见僧复气绝，历噩梦而觉；乃忽改行，发愤欲振家声，次年应乡试，以第七名中式。宝钗亦有孕，而宝玉忽亡去。贾政既葬母于金陵，将归京师，雪夜泊舟毗陵驿，见一人光头赤足，披大红猩猩毡斗篷，向之下拜。审视知为宝玉。方欲就语，忽来一僧一道，挟以俱去。且不知何人作歌，云“归大荒”，追之无有，“只见白茫茫一片旷野”而已。“后人见了这本传奇，亦曾题过四句，为作者缘起之言更进一竿云：说到酸辛事,荒唐愈可悲，由来同一梦，休笑世人痴。”（第一百二十回）

全书所写，虽不外悲喜之情，聚散之迹，而人物事故，则摆脱旧套，与在先之人情小说甚不同。如开篇所说：

空空道人遂向石头说道：“石兄，你这一段故事，……据我看来：第一件，无朝代年纪可考；第二件，并无大贤大忠，理朝廷治风俗的善政。其中只不过几个异样女子——或情，或痴，或小才微善——亦无班姑蔡女之德能。我纵钞去，恐世人不爱看呢。”

石头笑曰：“我师何太痴也！若云无朝代可考，今我师竟假借汉唐等年纪添缀，又有何难？但我想历来野史，皆蹈一辙；莫如我不借此套，反到新鲜别致，不过只取其事体情理罢了。……历来野史，或讪谤君相，或贬人妻女，奸淫凶恶，不可胜数。……至若才子佳人等书，则又千部共出一

> 套，且其中终不能不涉于淫滥，以致满纸‘潘安子建’，‘西子文君’；……且环婢开口，即‘者也之乎’，非文即理，故逐一看去，悉皆自相矛盾，大不近情理之说。竟不如我半世亲睹亲闻的这几个女子，虽不敢说强似前代所有书中之人，但事迹原委，亦可以消愁破闷也。……至若离合悲欢，兴衰际遇，则又追踪蹑迹，不敢稍加穿凿，徒为哄人之目，而反失其真传者。……”（戚本第一回）

盖叙述皆存本真，闻见悉所亲历，正因写实，转成新鲜。而世人忽略此言，每欲别求深义，揣测之说，久而遂多。今汰去悠谬不足辩，如谓是刺和珅（《谭瀛室笔记》）、藏谶纬（《寄蜗残赘》）、明易象（《金玉缘》评语）[①] 之类，而著其世所广传者于下：

一、纳兰成德[②]家事说。自来信此者甚多。陈康祺[③]（《燕下乡脞录》五）记姜宸英典康熙己卯顺天乡试获咎事，因及其师徐时栋[④]（号柳泉）之说云，“小说《红楼梦》一书，即记故相明珠

---

① 刺和珅、藏谶纬、明易象：和珅，钮祜禄氏，字致斋，清满洲正红旗人。官至大学士。《谭瀛室笔记》云：“和珅秉政时，内宠甚多，自妻以下，内嬖如夫人者二十四人，即《红楼梦》所指正副十二钗是也。”藏谶纬，汪堃《寄蜗残赘》卷九载：“曾闻一旗下友人云：‘《红楼梦》为谶纬之书’。相传有此说，言之凿凿，具有征引。”并谓曹雪芹因撰《红榜梦》，其后代遭“灭族之祸，实基于此”。明易象，《增评补象全图金玉缘》卷首载张新之《石头记读法》云：“《易》曰，‘臣弑其君，子弑其父，非一朝一夕之故，其所由来者渐矣’。故谨履霜之戒。一部《石头记》，(演）一渐字。”

② 纳兰成德：即纳兰性德，字容若，号楞伽山人，清代最著名词人之一。主要作品有《饮水词》、《渌水亭杂识》等，收入《通志堂集》。

③ 陈康祺：清代鄞县（今属浙江）人，字钧堂。博学多识，尤熟悉清代掌故，著有《郎潜纪闻》。

④ 徐时栋（1814—1873）：清著名藏书家。字定宇，号柳泉，鄞县（今属浙江）人。一生校勘文献甚多，尤致力地方文献，校刻宋元《四明六志》，考异订讹，著《四明六志校勘记》等。

家事，金钗十二，皆纳兰侍御所奉为上客者也，宝钗影高澹人；妙玉即影西溟先生：‘妙’为‘少女’，‘姜’亦妇人之美称；‘如玉’‘如英’，义可通假。……”侍御谓明珠之子成德，后改名性德，字容若。张维屏[①]（《诗人征略》）云，“贾宝玉盖即容若也；《红楼梦》所云，乃其髫龄时事。”俞樾（《小浮梅闲话》）亦谓其“中举人止十五岁，于书中所述颇合”。然其他事迹，乃皆不符；胡适[②]作《红楼梦考证》（《文存》三），已历正其失。最有力者，一为姜宸英有《祭纳兰成德文》，相契之深，非妙玉于宝玉可比；一为成德死时年三十一，时明珠方贵盛也。

二、清世祖与董鄂妃[③]故事说。王梦阮沈瓶庵[④]合著之，《红楼梦索隐》为此说。其提要有云，“盖尝闻之京师故老云，是书全为清世祖与董鄂妃而作，兼及当时诸名王奇女也。……”而又指董鄂妃为即秦淮旧妓嫁为冒襄妾之董小宛[⑤]，清兵下江南，掠以北，有宠于清世祖，封贵妃，已而夭逝；世祖哀痛，乃遁迹五台山为僧云。孟森作《董小宛考》（《心史丛刊》三集）[⑥]，则历摘此说之谬，最有力者为小宛生于明天启甲子，若以顺治七年入宫，已二十八岁矣，而其时清世祖方十四岁。

三、康熙朝政治状态说。此说即发端于徐时栋，而大备于蔡元培之《石头记索隐》。开卷即云，“《石头记》者，清康熙朝政

---

① 张维屏（1780—1859），字子树，号南山，广东番禺人，清代诗人，写下了很多反映鸦片战争的诗歌，著有《张南山全集》。

② 胡适（1891—1962），安徽绩溪人，字适之。现代著名学者、诗人、文学家、哲学家。胡适红学研究的著述颇多，《红楼梦考证》是其代表作之一。

③ 清世祖：即顺治皇帝福临。董鄂妃：内大臣鄂硕之女，顺治帝一生最钟爱的女子。

④ 王梦阮、沈瓶庵：红学研究的代表人物，他们将小说人物与历史人物一一对号，说贾宝玉影射清世祖，林黛玉影射董鄂妃。

⑤ 董小宛：名白，号青莲，“秦淮八艳”之一，后为冒襄宠妾。

⑥ 孟森（1868—1937）：字莼荪，号心史，武进县人，清史学科奠基人。

治小说也。作者持民族主义甚挚，书中本事，在吊明之亡，揭清之失，而尤于汉族名士仕清者寓痛惜之意。……”于是比拟引申，以求其合，以“红”为影“朱”字；以“石头”为指金陵；以“贾”为斥伪朝；以“金陵十二钗”为拟清初江南之名士：如林黛玉影朱彝尊，王熙凤影余国柱，史湘云影陈维崧，宝钗妙玉则从徐说，旁征博引，用力甚勤。然胡适既考得作者生平，而此说遂不立，最有力者即曹雪芹为汉军，而《石头记》实其自叙也。

然谓《红楼梦》乃作者自叙，与本书开篇契合者，其说之出实最先，而确定反最后。嘉庆初，袁枚（《随园诗话》二）已云：“康熙中，曹练亭为江宁织造，……其子雪芹撰《红楼梦》一书，备记风月繁华之盛。中有所谓大观园者，即余之随园也。”末二语盖夸，余亦有小误（如以楝为练，以孙为子），但已明言雪芹之书，所记者其闻见矣。而世间信者特少，王国维（《静庵文集》）且诘难此类，以为“所谓‘亲见亲闻’者，亦可自旁观者之口言之，未必躬为剧中之人物”也，迨胡适作考证，乃较然彰明，知曹雪芹实生于荣华，终于苓落，半生经历，绝似“石头”，著书西郊，未就而没；晚出全书，乃高鹗续成之者矣。

雪芹名霑，字芹溪，一字芹圃，正白旗汉军。祖寅，字子清，号楝亭，康熙中为江宁织造。清世祖南巡时，五次以织造署为行宫，后四次皆寅在任。然颇嗜风雅，尝刻古书十余种，为时所称；亦能文，所著有《楝亭诗钞》五卷《词钞》一卷（《四库书目》），传奇二种（《在园杂志》）。寅于頫，即雪芹父，亦为江宁织造，故雪芹生于南京。时盖康熙末。雍正六年，頫卸任，雪芹亦归北京，时约十岁。然不知何因，是后曹氏似遭巨变，家顿落，雪芹至中年，乃至贫居西郊，啜饘粥，但犹傲兀，时复纵酒赋诗，而作《石头记》盖亦此际。乾隆二十七年，子殇，雪芹伤感成疾，至除夕，卒，年四十余（一七一九？——一七六三）。其《石头记》尚未就，今所传者止八十回（详见《胡适文选》）。

言后四十回为高鹗作者，俞樾（《小浮梅闲话》）云："《船山诗草》有《赠高兰墅鹗同年》一首云，'艳情人自说《红楼》。'注云，'《红楼梦》八十回以后，俱兰墅所补。'然则此书非出一手。按乡会试增五言八韵诗，始乾隆朝，而书中叙科场事已有诗，则其为高君所补可证矣。"然鹗所作序，仅言"友人程子小泉过予，以其所购全书见示，且曰，'此仆数年铢积寸累之辛心，将付剞劂，公同好。子闲且惫矣，盍分任之。'予以是书……尚不背于名教，……遂襄其役。"盖不欲明言己出，而寮友则颇有知之者。鹗即字兰墅，镶黄旗汉军，乾隆戊申举人，乙卯进士，旋入翰林，官侍读，又尝为嘉庆辛酉顺天乡试同考官。其补《红楼梦》当在乾隆辛亥时，未成进士，"闲且惫矣"，故于雪芹萧条之感，偶或相通。然心志未灰，则与所谓"暮年之人，贫病交攻，渐渐的露出那下世光景来"（戚本第一回）者又绝异。是以续书虽亦悲凉，而贾氏终于"兰桂齐芳"，家业复起，殊不类茫茫白地，真成干净者矣。

续《红楼梦》八十回本者，尚不止一高鹗。俞平伯[①]从戚蓼生所序之八十回本旧评中抉剔，知先有续书三十回，似叙贾氏子孙流散，宝玉贫寒不堪，"悬崖撒手"，终于为僧；然其详不可考（《红楼梦辨》下有专论）。或谓"戴君诚夫见一旧时真本，八十回之后，皆与今本不同，荣宁籍没后，皆极萧条；宝钗亦早卒，宝玉无以作家，至沦于击柝之流。史湘云则为乞丐，后乃与宝玉

① 俞平伯（1900—1990）：原名俞铭衡，字平伯。现代诗人、作家、红学家，与胡适并称"新红学派"的创始人。所著《红楼梦辨》，一九二三年出版（后经修订，改名《红楼梦研究》，一九五二年出版）。

仍成夫妇。……”闻吴润生中丞家尚藏有其本。”（蒋瑞藻《小说考证》七引《续阅微草堂笔记》）此又一本，盖亦续书。二书所补，或俱未契于作者本怀，然长夜无晨，则与前书之伏线亦不背。

此他续作，纷纭尚多，如《后红楼梦》、《红楼后梦》、《续红楼梦》、《红楼复梦》、《红楼梦补》、《红楼补梦》、《红楼重梦》、《红楼再梦》、《红楼幻梦》、《红楼圆梦》、《增补红楼》、《鬼红楼》、《红楼梦影》等。大率承高鹗续书而更补其缺陷，结以“团圆”；甚或谓作者本以为书中无一好人，因而钻刺吹求，大加笔伐。但据本书自说，则仅乃如实抒写，绝无讥弹，独于自身，深所忏悔。此固常情所嘉，故《红楼梦》至今为人爱重，然亦常情所怪，故复有人不满，奋起而补订圆满之。此足见人之度量相去之远，亦曹雪芹之所以不可及也。仍录彼语，以结此篇：

> ……作者自云：因曾历过一番梦幻之后，故将真事隐去，而借“通灵”之说，撰此《石头记》一书也。……自又云：今风尘碌碌，一事无成，忽念及当日所有之女子，一一细考较去，觉其行止见识，皆出于我之上。何我堂堂须眉，诚不若彼裙钗女子？实愧则有余，悔又无益，是大无可如何之日也。当此，则自欲将已往所赖天恩祖德，锦衣纨绔之时，饫甘餍肥之日，背父兄教育之恩，负师友规训之德，以致今日一技无成，半生潦倒之罪，编述一集，以告天下人。我之罪固不免，然闺阁中本自历历有人，万不可因我之不肖，自己护短，一并使其泯灭。虽今日之茅椽蓬牖，瓦灶绳床，其晨夕风露，阶柳庭花，亦未有妨我之襟怀，束笔阁墨；虽我未学，下笔无文，又何妨用俚语村言，敷衍出一段故事来，亦可使闺阁照传，复可悦世之目，破人愁闷，不亦宜乎？……（戚本第一回）

清小说之四派及其末流（节选）

鲁　迅

人情派。此派小说，即可以著名的《红楼梦》做代表。《红楼梦》其初名《石头记》，共有八十回，在乾隆中年忽出现于北京。最初皆抄本，至乾隆五十七年，才有程伟元刻本，加多四十回，共一百二十回，改名叫《红楼梦》。据伟元说：乃是从旧家及鼓担上收集而成全部的。至其原本，则现在已少见，惟现有一石印本，也不知究是原本与否。《红楼梦》所叙为石头城中——未必是今之南京——贾府的事情。其主要者为荣国府的贾政生子宝玉，聪明过人，而绝爱异性；贾府中实亦多好女子，主从之外，亲戚也多，如黛玉，宝钗等，皆来寄寓，史湘云亦常来。而宝玉与黛玉爱最深；后来政为宝玉娶妇，却迎了宝钗，黛玉知道以后，吐血死了。宝玉亦郁郁不乐，悲叹成病。其后宁国府的贾赦革职查抄，累及荣府，于是家庭衰落，宝玉竟发了疯，后又忽而改行，中了举人。但不多时，忽又不知所往了。后贾政因葬母路过毗陵，见一人光头赤脚，向他下拜，细看就是宝玉；正欲问话，忽来一僧一道，拉之而去。追之无有，但见白茫茫一片荒野而已。

《红楼梦》的作者，大家都知道是曹雪芹，因为这是书上写着的。至于曹雪芹是何等样人，却少有人提起过；现经胡适之先生的考证，我们可以知道大概了。雪芹名霑，一字芹圃，是汉军旗人。他的祖父名寅，康熙中为江宁织造。清世祖南巡时，即以织造局为行宫。其父頫，亦为江宁织造。我们由此就知道作者在幼时实在是一个大世家的公子。他生在南京。十岁时，随父到了北京。此后中间不知因何变故，家道忽落。雪芹中年，竟至穷居北京之西郊，有时还不得饱食。可是他还纵酒赋诗，而《红楼梦》的创作，也就在这时候。可惜后来他因为儿子夭殇，悲恸过度，也竟死掉了——年四十余——《红楼梦》也未得做完，只有八十回。后来程伟元所刻的，增至一百二十回，虽说是从各处搜集的，但实则其友高鹗所续成，并不是原本。

对于书中所叙的意思，推测之说也很多。举其较为重要者而言：（一）是说记纳兰性德的家事，所谓金钗十二，就是性德所奉为上客的人们。这是因为性德是词人，是少年中举，他家后来也被查抄，和宝玉的情形相仿佛，所以猜想出来的。但是查抄一事，宝玉在生前，而性德则在死后，其他不同之点也很多，所以其实并不很相像。（二）是说记顺治与董鄂妃的故事，而又以鄂妃为秦淮旧妓董小宛。清兵南下时，掠小宛到北京，因此有宠于清世祖，封为贵妃；后来小宛夭逝，清世祖非常哀痛，就出家到五台山做了和尚。《红楼梦》中宝玉也做和尚，就是分明影射这一段故事。但是董鄂妃是满洲人，并非就是董小宛，清兵下江南的时候，小宛已经二十八岁了；而顺治方十四岁，决不会有把小宛做妃的道理。所以这一说也不通的。（三）是说叙康熙朝政治底状态的，就是以为石头记是政治小说，书中本事，在吊明之亡，而揭清之失。如以“红”影“朱”字，以“石头”指“金陵”，以“贾”斥伪朝——即斥“清”，以金陵十二钗讥降清之名士。然此说未免近于穿凿，况且现在既知道作者既是汉军旗人，似乎不至于代汉人来抱亡国之痛的。（四）是说自叙；此说出来最早，而信者最少，现在可是多起来了。因为我们已知道雪芹自己的境遇，很和书中所叙相合。雪芹的祖父、父亲，都做过江宁织造，其家庭之豪华，实和贾府略同；雪芹幼时又是一个佳公子，有似于宝玉；而其后突然穷困，假定是被抄家或近于这一类事故所致，情理也可通——由此可知《红楼梦》一书，说是大部分为作者自叙，实是最为可信的一说。

至于说到《红楼梦》的价值，可是在中国底小说中实在是不可多得的。其要点在敢于如实描写，并无讳饰，和从前的小说叙好人完全是好，坏人完全是坏的，大不相同，所以其中所叙的人物，都是真的人物。总之自有《红楼梦》出来以后，传统的思想和写法都打破了。——它那文章的旖旎和缠绵，倒是还在其次的事。但是反对者却很多，以为将给青年以不好的影响。这就因为中国人看小说，不能用赏鉴的态度去欣赏它，却自己钻入书中，硬去充一个其中的脚色。所以青年看《红楼梦》，便以宝玉，黛玉自居；而年老人看去，又多占据了贾政管束宝玉的身分，满心是利害的打算，别的什么也看不见了。

《红楼梦》而后，续作极多：有《后红楼梦》、《续红楼梦》、《红搂后梦》、《红楼复梦》、《红楼补梦》、《红楼重梦》、《红楼幻梦》、《红楼圆梦》……大概是补其缺陷，结以团圆。直到道光年中，《红楼梦》才谈厌了。但要叙常人之家，则佳人又少，事故不多，于是便用了《红楼梦》的笔调，去写优伶和妓女之事情，场面又为之一变。这有《品花宝鉴》，《青楼梦》可作代表。《品花宝鉴》是专叙乾隆以来北京底优伶的。其中人物虽与《红楼梦》不同，而仍以缠绵为主；所描写的伶人与狎客，也和佳人与才子差不多。《青楼梦》全书都讲妓女，但情形并非写实的，而是作者的理想。他以为只有妓女是才子的知己，经过若干周折，便即团圆，也仍脱不了明末的佳人才子这一派。到光绪中年，又有《海上花列传》出现，虽然也写妓女，但不像《青楼梦》那样的理想，却以为妓女有好，有坏，较近于写实了。一到光绪末年，《九尾龟》之类出，则所写的妓女都是坏人，狎客也像了无赖，与《海上花列传》又不同。这样，作者对于妓家的写法凡三变，先是溢美，中是近真，临末又溢恶，并且故意夸张，谩骂起来；有几种还是诬蔑，讹诈的器具。人情小说底末流至于如此，实在是很可以诧异的。

《红楼梦》杂论

鲁　迅

《红楼梦》是中国许多人所知道，至少，是知道这名目的书。谁是作者和续者姑且勿论，单是命意，就因读者的眼光而有种种：经学家看见《易》，道学家看见淫，才子看见缠绵，革命家看见排满，流言家看见宫闱秘事……。

在我的眼下的宝玉，却看见他看见许多死亡；证成多所爱者，当大苦恼，因为世上，不幸人多。惟憎人者，幸灾乐祸，于一生中，得小欢喜，少有罣碍。然而憎人却不过是爱人者的败亡的逃路，与宝玉之终于出家，同一小器。但在作《红楼梦》时的思想，大约也止能如此；即使出于续作，想来未必与作者本意大相悬殊。惟披了大红猩猩毡斗篷来拜他的父亲，却令人觉得诧异。

（《集外集拾遗补编·〈绛洞花主〉小引》，《鲁迅全集》第八卷。人民文学出版社 1981 年版，下同）

《红楼梦》中的小悲剧，是社会上常有的事，作者又是比较的敢于实写的，而那结果也并不坏。无论贾氏家业再振，兰桂齐芳，即宝玉自己，也成了个披大红猩猩毡斗篷的和尚。和尚多矣，但披这样阔斗篷的能有几个，已经是“入圣超凡”无疑了。

至于别的人们，则早在册子里一一注定，末路不过是一个归结：是问题的结束，不是问题的开头。读者即小有不安，也终于奈何不得。然而后来或续或改，非借尸还魂，即冥中另配，必令“生旦当场团圆”，才肯放手者，乃是自欺欺人的瘾太大，所以看了小小骗局，还不甘心，定须闭眼胡说一通而后快。赫克尔（E·Haeckel）说过：人和人之差，有时比类人猿和原人之差还远。我们将《红楼梦》的续作者和原作者一比较，就会承认这话大概是确实的。

（《坟·论睁了眼睛看》，《鲁迅全集》第一卷）

看《红楼梦》，觉得贾府上是言论颇不自由的地方。焦大以奴才的身分，仗着酒醉，从主子骂起，直到别的一切奴才，说只有两个石狮子干净①。结果怎样呢？结果是主子深恶，奴才痛疾，给他塞了一嘴马粪。

其实是，焦大的骂，并非要打倒贾府，倒是要贾府好，不过说主奴如此，贾府就要弄不下去罢了。然而得到的报酬是马粪。所以这焦大，实在是贾府的屈原，假使他能做文章，我想，恐怕也会有一篇《离骚》之类。

（《伪自由书·言论自由的界限》，《鲁迅全集》第五卷）

高尔基很惊服巴尔扎克小说里写对话的巧妙，以为并不描写人物的模样，却能使读者看了对话，便好像目睹了说话的那些人。（八月份《文学》内《我的文学修养》）

中国还没有那样好手段的小说家，但《水浒》和《红楼梦》

---

① 此句是柳湘莲的骂语，见第六十六回。焦大醉骂宁国府，见第七回。

的有些地方，是能使读者由说话看出人来的。

(《花边文学·看书琐记》，《鲁迅全集》第五卷)

文学不借人，也无以表示“性”，一用人，而且还在阶级社会里，即断不能免掉所属的阶级性，无需加以“束缚”，实乃出于必然。自然，“喜怒哀乐，人之情也”，然而穷人决无开交易所折本的懊恼，煤油大王那会知道北京捡煤渣老婆子身受的酸辛，饥区的灾民，大约总不去种兰花，像阔人的老太爷一样，贾府上的焦大，也不爱林妹妹的。

(《二心集·“硬译”与“文学的阶级性”》，《鲁迅全集》第四卷)

文学虽然有普遍性，但因读者的体验的不同而有变化，读者倘没有类似的体验，它也就失去了效力。譬如我们看《红楼梦》，从文字上推见了林黛玉这一个人，但须排除了梅博士的“黛玉葬花”照相的先入之见，另外想一个，那么，恐怕会想到剪头发，穿印度绸衫，清瘦，寂寞的摩登女郎；或者别的什么模样，我不能断定。但试去和三四十年前出版的《红楼梦图咏》之类里面的画像比一比罢，一定是截然两样的，那上面所画的，是那时的读者的心目中的林黛玉。

文学有普遍性，但有界限；也有较为永久的，但因读者的社会体验而生变化。北极的遏斯吉摩人和菲洲腹地的黑人，我以为是不会懂得“林黛玉型”的；健全而合理的好社会中人，也将不能懂得，他们大约要比我们的听讲始皇焚书，黄巢杀人更其隔膜。一有变化，即非永久，说文学独有仙骨，是做梦的人们的梦话。

(《花边文学·看书琐记》，《鲁迅全集》第五卷)

然而纵使谁整个的进了小说，如果作者手腕高妙，作品久传的话，读者所见的就只是书中人，和这曾经实有的人倒不相干了。例如《红楼梦》里贾宝玉的模特儿是作者自己曹霑，《儒林外史》里马二先生的模特儿是冯执中，现在我们所觉得的却只是贾宝玉和马二先生，只有特种学者如胡适之先生之流，这才把曹霑和冯执中念念不忘的记在心儿里：这就是所谓人生有限，而艺术却较为永久的话罢。

（《且介亭杂文末编·（出关）的“关”》，《鲁迅全集》第六卷）

那时的读书人，大概可以分他为两种，就是君子和才子。君子是只读四书五经，做八股，非常规矩的。而才子却此外还要看小说，例如《红楼梦》，还要做考试上用不着的古今体诗之类。这是说，才子是公开的看《红楼梦》的，但君子是否在背地里也看《红楼梦》，则我无从知道。

（《二心集·上海文艺之一瞥》，《鲁迅全集》第四卷）

讲起清朝的文字狱来，也有人拉上金圣叹，其实是很不合适的。……

清中叶以后的他的名声，也有些冤枉。他抬起小说传奇来，和《左传》《杜诗》并列，实不过拾了袁宏道辈的唾余；而且经他一批，原作的诚实之处，往往化为笑谈，布局行文，也都被硬拖到八股的作法上。这余荫，就使有一批人，堕入了对于《红楼梦》之类，总在寻求伏线，挑剔破绽的泥塘。

（《南腔北调集·谈金圣叹》，《鲁迅全集》第四卷）

胡适

点评红楼梦

《红楼梦》考证（改定稿）

一

《红楼梦》的考证是不容易做的，一来因为材料太少，二来因为向来研究这部书的人都走错了道路。他们怎样走错了道路呢？他们不去搜求那些可以考定《红楼梦》的著者，时代，版本，等等的材料，却去收罗许多不相干的零碎史事来附会《红楼梦》里的情节。他们并不曾做《红楼梦》的考证，其实只做了许多《红楼梦》的附会！这种附会的“红学”又可分作几派：

第一派说《红楼梦》“全为清世祖与董鄂妃而作，兼及当时的诸名王奇女。”他们说董鄂妃即是秦淮名妓董小宛，本是当时名士冒辟疆的妾，后来被清兵夺去，送到北京，得了清世祖的宠爱，封为贵妃。后来董妃夭死，清世祖哀痛的很，遂跑到五台山去做和尚去了。依这一派的话，冒辟疆与他的朋友们说的董小宛之死，都是假的；清史上说的清世祖在位十八年而死，也是假的。这一派说《红楼梦》里的贾宝玉即是清世祖，林黛玉即是董妃。“世祖临宇十八年，宝玉便十九岁出家；世祖自肇祖以来为第七代，宝玉便言‘一子成佛，七祖升天’，又恰中第七名举人；世祖谥‘章’，宝玉便谥‘文妙’，文章两字可暗射。”“小宛名白，故黛玉名黛，粉白黛绿之意也。小宛是苏州人，黛玉也是苏州人，小宛在如皋，黛玉亦在扬州。小宛来自盐官，黛玉来自巡盐御史之署。小宛入宫，年已二十有七；黛玉入京，年只十三余，恰得小宛之半。……小宛游金山时，人以为江妃踏波而上，故黛玉号‘潇湘妃子’，实从‘江妃’二字得来。”（以上引的话均见王梦阮先生的《〈红楼梦〉索隐》的《提要》）

这一派的代表是王梦阮先生的《〈红楼梦〉索隐》。这一派的根本错误已被孟莼荪先生的《董小宛考》（附在蔡孑民先生的《石头记索隐》之后。页一三一以下）用精密的方法一一证明了。孟先生在这篇《董小宛考》里证明董小宛生于明天启四年甲子，故清世祖生时，小宛已十五岁了；顺治元年，世祖方七岁，小宛已二十一岁了；顺治八年正月二日，小宛死年二十八岁，而清世祖那时还是一个十四岁的小孩子。小宛比清世祖年长一倍，断无入宫邀宠之理。孟先生引据了许多书，按年分别，证据非常完备，方法也很细密。那种无稽的附会，如何当得起孟先生的摧破呢？例如《〈红楼梦〉索隐》说：

> 渔洋山人题冒辟疆妾圆玉、女罗画三首之二末句云：“洛川淼淼神人隔，空费陈王八斗才”，亦为小琬而作。圆玉者，琬也；玉旁加以宛转之义，故曰圆玉。女罗，罗敷女也。均有深意。神人之隔，又与死别不同矣。
>
> ——《提要》页十二

孟先生在《董小宛考》里引了清初的许多诗人的诗来证明冒辟疆的妾并不止小宛一人；女罗姓蔡，名含，很能画苍松墨凤；圆玉当是金晓珠，名玥，昆山人，能画人物。晓珠最爱画洛神（汪舟次有晓珠手临洛神图卷跋，吴薗次有乞晓珠画洛神启），故渔洋山人诗有“洛川淼淼神人隔”的话。我们若懂得孟先生与王梦阮先生两人用的方法的区别，便知道考证与附会的绝对不相同了。

《〈红楼梦〉索隐》一书，有了《董小宛考》的辨正，我本可以不再批评他了。但这书中还有许多绝无道理的附会，孟先生都不及指摘出来。如他说："曹雪芹为世家子，其成书当在乾嘉时代。书中明言南巡四次，是指高宗时事，在嘉庆时所作可知。……意者此书但经雪芹修改，当初创造另自有人。……揣其成书亦当在康熙中叶。……至乾隆朝，事多忌讳，档案类多修改。《红楼》一书，内廷索阅，将为禁本。雪芹先生势不得已，乃为一再修订，俾愈隐而愈不失其真。"（《提要》页五至六）但他在第十六回凤姐提起南巡接驾一段话的下面，又注道："此作者自言也。圣祖二次南巡，即驻跸雪芹之父曹寅盐署中，雪芹以童年召对，故有此笔。"下面赵嬷嬷说甄家接驾四次一段的下面，又注道："圣祖南巡四次，此言接驾四次，特明为乾隆时事。"我们看这三段"索隐"，可以看出许多错误。（1）第十六回明说二三十年前的"太祖皇帝"南巡时的几次接驾；赵嬷嬷年长，故"亲眼看见"。我们如何能指定前者为康熙时的南巡而后者为乾隆时的南巡呢？（2）康熙帝二次南巡在二十八年（西历一六八九），到四十二年曹寅才做两淮巡盐御史。《索隐》说康熙帝二次南巡驻跸曹寅盐院署，是错的。（3）《索隐》说康熙帝二次南巡时，"曹雪芹以童年召对"；又说雪芹成书在嘉庆时。嘉庆元年（西历一七九六），上距康熙二十八年，已隔百零七年了。曹雪芹成书时，他可不是一百二三十岁了吗？（4）《索隐》说《红楼梦》成书在乾嘉时代，又说是在嘉庆时所作：这一说最谬。《红楼梦》在乾隆时已风行，有当时版本可证（详考见后文）。况且袁枚在《随园诗话》里曾提起曹雪芹的《红楼梦》；袁枚死于嘉庆二年，诗话之作更早的多，如何能提到嘉庆时所作的《红楼梦》呢？

第二派说《红楼梦》是清康熙朝的政治小说。这一派可用蔡子民先生的《〈石头记〉索隐》作代表。蔡先生说：

《石头记》……作者持民族主义甚挚。书中本事在吊明之亡，揭清之失，而尤于汉族名士仕清者寓痛惜之意。当时既虑触文网，又欲别开生面，特于本事之上，加以数层障幂，使读者有“横看成岭侧成峰”之状况。（《〈石头记〉索隐》页一）书中“红”字多隐“朱”字。朱者，明也，汉也。宝玉有“爱红”之癖，言以满人而爱汉族文化也；好吃人口上胭脂，言拾汉人唾余也。……当时清帝虽躬修文学，且创开博学鸿词科，实专以宠络汉人，初不愿满人渐染汉俗，其后雍、乾诸朝亦时时申诫之。故第十九回袭人劝宝玉道：“再不许吃人嘴上擦的胭脂了，与那爱红的毛病儿。”又黛玉见宝玉腮上血渍，询知为淘澄胭脂膏子所溅，谓为“带出幌子，吹到舅舅耳里，又大家不干净惹气”皆此意。宝玉在大观园所居曰怡红院，即爱红之义。所谓曹雪芹于悼红轩中增删本书，则吊明之义也。……

——页三——四

书中女子多指汉人，男子多指满人。不但“女子是水作的骨肉，男人是泥作的骨肉”与“汉”字“满”字有关系也；我国古代哲学以阴阳二字说明一切对待之事物，《易》坤卦彖传曰，“地道也，妻道也，臣道也”，是以夫妻君臣分配于阴阳也。《石头记》即用其义。第三十一回，……翠缕说：“知道了！姑娘（史湘云）是阳，我就是阴。……人家说主子为阳，奴才为阴。我连这个大道理也不懂得！”……清制，对于君主，满人自称奴才，汉人自称臣。臣与奴才，并无二义。以民族之对待言之，征服者为主，被服者为奴。本书以男女影满汉，以此。

——页九——十

这些是蔡先生的根本主张。以后便是“阐证本事”了。依他的见解，下面这些人是可考的：

（1）贾宝玉，伪朝之帝系也；宝玉者，传国玺之义也，即指胤礽。（康熙帝的太子，后被废。）（页十——二十二）

（2）《石头记》叙巧姐事，似亦指胤礽，巧字与礽字形相似也。……（页二十三——二十五）

（3）林黛玉影朱竹垞（朱彝尊）也。绛珠，影其氏也。居潇湘馆，影其竹垞之号也。……（页二十五——二十七）

（4）薛宝钗，高江村（高士奇）也。薛者，雪也。林和靖诗，“雪满山中高士卧，月明林下美人来。”用薛字以影江村之姓名（高士奇）也。……（页二十八——四十二）

（5）探春影徐健庵也。健庵名乾学，乾卦作“☰”，故曰三姑娘。健庵以进士第三人及第，通称探花，故名探春。……（页四十二——四十七）

（6）王熙凤影余国柱也。王即柱字偏旁之省，国字俗写作“国”，故熙凤之夫曰琏，言二王字相连也。……（页四十七——六十一）

（7）史湘云，陈其年也。其年又号迦陵。史湘云佩金麒麟，当是“其”字“陵”字之借音。氏以史者，其年尝以翰林院检讨纂修《明史》也。……（页六十一——七十一）

（8）妙玉，姜西溟（姜宸英）也。姜为少女，以妙代之。《诗》曰，“美如玉”，“美如英”。玉字所以代英字也。（从徐柳泉说）……（页七十二——八十七）

（9）惜春，严荪友也。……（页八十七——九十一）

（10）宝琴，冒辟疆也。……（页九十一——九十五）

（11）刘姥姥，汤潜庵（汤斌）也。……（页九五——一一〇）

蔡先生这部书的方法是：每举一人，必先举他的事实，然后引《红楼梦》中情节来配合。我这篇文里，篇幅有限，不能表示他的引书之多和用心之勤：这是我很抱歉的。但我总觉得蔡先生这么多的心力都是白白的浪费了，因为我总觉得他这部书到底还只是一种很牵强的附会。我记得从前有个灯谜，用杜诗“无边落木萧萧下”来打一个“日”字。这个谜，除了做谜的人自己，是没有人猜得中的。因为做谜的人先想着南北朝的齐和梁两朝都是姓萧的；然后，把“萧萧下”的“萧萧”解作两个姓萧的朝代；其次，二萧的下面是那姓陈的陈朝。想着了“陈”字，然后把偏旁去掉；（无边）再把“东”字里的“木”字去掉（落木）。剩下的“日”字，才是谜底！你若不能绕这许多弯子，休想猜谜！假使做《红楼梦》的人当日真个用王熙凤来影余国柱，真个想着“王即柱字偏旁之省，国字俗写作国，故熙凤之夫曰琏，言二王字相连也”，——假使他真如此思想，他岂不真成了一个大笨伯了吗？他费了那么大气力，到底只做了“国”字和“柱”字的一小部分；还有这两个字的其余部分和那最重要的“余”字，都不曾做到“谜面”里去！这样做的谜，可不是笨谜吗？用麒麟来影“其年”的“其”，“迦陵”的“陵”；由三姑娘来影“乾学”的“乾”：假使真有这种影射法，都是同样的笨谜！假使一部《红楼梦》真是一串这么样的笨谜，那就真不值得猜了！

我且再举一条例来说明这种“索隐”（猜谜）法的无益。蔡先生引蒯若木先生的话，说刘姥姥即是汤潜庵：

> 潜庵受业于孙夏峰（孙奇逢，清初的理学家），凡十年。夏峰之学本以象山（陆九渊）、阳明（王守仁）为宗。《石头记》，“刘姥姥之女婿曰王狗儿，狗儿之父曰王成。其祖上曾与凤姐之祖，王夫人之父认识，因贪王家势利，便连了宗”。似指此。

其实《红楼梦》里的王家既不是专指王阳明的学派，此处似不应该忽然用王家代表王学。况且从汤斌想到孙奇逢，从孙奇逢想到王阳明学派，再从阳明学派想到王夫人一家，又从王家想到王狗儿的祖上，又从王狗儿转到他的丈母刘姥姥，——这个谜可不是比那“无边落木萧萧下”的谜还更难猜吗？蔡先生又说《石头记》第三十九回刘姥姥说的“抽柴”一段故事是影汤斌毁五通祠的事；刘姥姥的外孙板儿影的是汤斌买的一部《廿一史》；他的外孙女青儿影的是汤斌每天吃韭菜。这种附会已是很滑稽的了。最妙的是第六回凤姐给刘姥姥二十两银子，蔡先生说这是影汤斌死后徐乾学赙送的二十金；又第四十二回凤姐又送姥姥八两银子，蔡先生说这是影汤斌死后惟遗俸银八两。这八两有了下落了，那二十两也有了下落了；但第四十二回王夫人还送了刘姥姥两包银子，每包五十两，共是一百两；这一百两可就没有下落了！因为汤斌一生的事实没有一件可恰合这一百两银子的，所以这一百两虽然比那二十八两更重要，到底没有“索隐”的价值！这种完全任意的去取，实在没有道理，故我说蔡先生的《〈石头记〉索隐》也还是一种很牵强的附会。

第三派的《红楼梦》附会家，虽然略有小小的不同，大致都主张《红楼梦》记的是纳兰成德的事。成德后改名性德，字容若，是康熙朝宰相明珠的儿子。陈康祺的《郎潜纪闻二笔》（即

《燕下乡脞录》）卷五说：

先师徐柳泉先生云："小说《红楼梦》一书即记故相明珠家事；金钗十二，皆纳兰侍卫（成德官侍卫）所奉为上客者也。宝钗影高澹人，妙玉即影西溟（姜宸英）。……"徐先生言之甚详，惜余不尽记忆。

又俞樾的《小浮梅闲话》（《曲园杂纂》三十八）说：

《红楼梦》一书，世传为明珠之子而作。……明珠子名成德，字容若。《通志堂经解》每一种有纳兰成德容若序，即其人也。恭读乾隆五十一年二月二十九日上谕："成德于康熙十一年壬子科中式举人，十二年癸丑科中式进士，年甫十六岁。"（适按此谕不见于《东华录》，但载于《通志堂经解》之首）然则其中举人止十五岁，于书中所述颇合也。

钱静方先生的《红楼梦考》（附在《石头记索隐》之后，页一二一——一三○）也颇有赞成这种主张的倾向。钱先生说：

是书力写宝黛痴情。黛玉不知所指何人。宝玉固全书之主人翁，即纳兰侍御也。使侍御而非深于情者，则焉得有此倩影？余读《饮水词钞》，不独于宾从间得訢合之欢，而尤于闺房内致缠绵之意。即黛玉葬花一段，亦从其词中脱卸而出。是黛玉虽影他人，亦实影侍御之德配也。

这一派的主张，依我看来，也没有可靠的根据，也只是一种很牵强的附会。（1）纳兰成德生于顺治十一年，（西历一六五四），死于康熙二十四年（一六八五），年三十一岁。他死时，他的父亲明珠正在极盛的时代（大学士加太子太傅，不久又晋太子太师），我们如何可说那眼见贾府兴亡的宝玉是指他呢？（2）俞樾引乾隆五十一年上谕说成德中举人时止十五岁，其实连那上谕都是错的。成德生于顺治十一年；康熙壬子，他中举人时，年十八；明年癸丑，他中进士，年十九。徐乾学做的《墓志铭》与韩菼做的《神道碑》，都如此说。乾隆帝因为硬要否认《通志堂经解》的许多序是成德做的，故说他中进士时年止十六岁（也许成德应试时故意减少三岁，而乾隆帝但依据履历上的年岁）。无论如何，我们不可用宝玉中举的年岁来附会成德。若宝玉中举的年岁可以附会成德，我们也可以用成德中进士和殿试的年岁来证明宝玉不是成德了！（3）至于钱先生说的纳兰成德的夫人即是黛玉，似乎更不能成立。成德原配卢氏，为两广总督兴祖之女，续配官氏，生二子一女。卢氏早死，故《饮水词》中有几首悼亡的词。钱先生引他的悼亡词来附会黛玉，其实这种悼亡的诗词，在中国旧文学里，何止几千首？况且大致都是千篇一律的东西。若几首悼亡词可以附会林黛玉，林黛玉真要成“人尽可夫”了！（4）至于徐柳泉说的大观园里十二金钗都是纳兰成德所奉为上客的一班名士，这种附会法与《〈石头记〉索隐》的方法有同样的危险。即如徐柳泉说妙玉影姜宸英，那么，黛玉何以不可附会姜宸英？晴雯何以不能附会姜宸英？又如他说宝钗影高士奇，那么，袭人也可以影高士奇了，凤姐更可以影高士奇了。我们试读姜宸英祭纳兰成德的文：

兄一见我，怪我落落；转亦以此，赏我标格。……数兄知我，其端非一。我常箕踞，对客欠伸，兄不余傲，知我任

> 真。我时嫚骂，无问高爵，兄不余狂，知余疾恶。激昂论事，眼睁舌挢，兄为抵掌，助之叫号。有时对酒，雪涕悲歌，谓余失志，孤愤则那？彼何人斯，实应且憎，余色拒之，兄门固扃。

妙玉可当得这种交情吗？这可不更像黛玉吗？我们又试读郭琇参劾高士奇的奏疏：

> ……久之，羽翼既多，遂自立门户。……凡督抚藩臬道府厅县以及在内之大小卿员，皆王鸿绪等为之居停哄骗而夤缘照管者，馈至成千累万；即不属党护者，亦有常例，名之曰平安钱。然而人之肯为贿赂者，盖士奇供奉日久，势焰日张，人皆谓之门路真，而士奇遂自忘乎其为撞骗，亦居之不疑，曰，我之门路真。……以觅馆餬口之穷儒，而今忽为数百万之富翁。试问金从何来？无非取给于各官。然官从何来？非侵国帑，即剥民膏。夫以国帑民膏而填无厌之溪壑，是士奇等真国之蠹而民之贼也。……
>
> ——《清史馆本传》，《耆献类征》六十

宝钗可当得这种罪名吗？这可不更像凤姐吗？我举这些例的用意是说明这种附会完全是主观的，任意的，最靠不住的，最无益的。钱静方先生说的好："要之，《红楼》一书，空中楼阁。作者第由其兴会所至，随手拈来，初无成意。即或有心影射，亦不过若即若离，轻描淡写，如画师所绘之百像图，类似者固多，苟细按之，终觉貌是而神非也。"

二

我现在要忠告诸位爱读《红楼梦》的人："我们若想真正了解《红楼梦》，必须先打破这种种牵强附会的《红楼梦》谜学！"

其实做《红楼梦》的考证，尽可以不用那种附会的法子。我们只需根据可靠的版本与可靠的材料，考定这书的著者究竟是谁，著者的事迹家世，著书的时代，这书曾有何种不同的本子，这些本子的来历如何。这些问题乃是《红楼梦》考证的正当范围。

我们先从"著者"一个问题下手。

本书第一回说这书原稿是空空道人从一块石头上抄写下来的，故名《石头记》；后来空空道人改名情僧，遂改《石头记》为《情僧录》；东鲁孔梅溪题为《风月宝鉴》；"后因曹雪芹于悼红轩中，披阅十载，增删五次，纂成目录，分出章回，又题曰《金陵十二钗》，并题一绝，即此便是《石头记》的缘起。"诗云：

> 满纸荒唐言，一把辛酸泪。
> 都云作者痴，谁解其中味？

第百二十回又提起曹雪芹传授此书的缘由。大概"石头"与空空道人等名目都是曹雪芹假托的缘起，故当时的人多认这书是曹雪芹做的。袁枚的《随园诗话》卷二中有一条说：

> 康熙间，曹练亭（练当作楝）为江宁织造，每出拥八驺，

必携书一本，观玩不辍。人问："公何好学？"曰："非也。我非地方官而百姓见我必起立，我心不安，故藉此遮目耳。"素与江宁太守陈鹏年不相中，及陈获罪，乃密疏荐陈。人以此重之。

其子雪芹撰《红楼梦》一书，备记风月繁华之盛。中有所谓大观园者，即余之随园也。明我斋读而美之（坊间刻本无此七字）。当时红楼中有某校书尤艳，我斋题云（此四字坊间刻本作"雪芹赠云"，今据原刻本改正）：

病容憔悴胜桃花，午汗潮回热转加，
犹恐意中人看出，强言今日较差些。
威仪棣棣若山河，应把风流夺绮罗，
不似小家拘束态，笑时偏少默时多。

我们现在所有的关于《红楼梦》的旁证材料，要算这一条为最早。近人征引此条，每不全录；他们对于此条的重要，也多不曾完全懂得。这一条记载的重要，凡有几点：

（1）我们因此知道乾隆时的文人承认《红楼梦》是曹雪芹做的。

（2）此条说曹雪芹是曹楝亭的儿子。（又《随园诗话》卷十六也说"雪芹者，曹练亭织造之嗣君也"。但此说实是错的，说详后。）

（3）此条说大观园即是后来的随园。

俞樾在《小浮梅闲话》里曾引此条的一小部分，又加一注，说：

纳兰容若《饮水词集》有《满江红》词，为曹子清题

> 其先人之所构楝亭，即雪芹也。

俞樾说曹子清即雪芹，是大谬的。曹子清即是曹楝亭，即曹寅。

我们先考曹寅是谁。吴修的《昭代名人尺牍小传》卷十二说：

> 曹寅，字子清，号楝亭，奉天人，官通政司使，江宁织造。校刊古书甚精，有扬州局刻《五韵》、《楝亭十二种》盛行于世。著《楝亭诗钞》。

《扬州画舫录》卷二说：

> 曹寅，字子清，号楝亭，满洲人，官两淮盐院。工诗词，善书，著有《楝亭诗集》。刊秘书十二种，为《梅宛》、《声画集》、《法书考》、《琴史》、《墨经》、《砚笺》、《刘后山（当作《刘后村》）千家诗》、《禁扁》、《钓矶立谈》、《都城纪胜》、《糖霜谱》、《录鬼簿》。今之仪征余园门榜“江天传舍”四字，是所书也。

这两条可以参看。又韩菼的《有怀堂文稿》里有《楝亭记》一篇说：

> 荔轩曹使君性至孝。自其先人董三服，官江宁，于署中手植楝树一株，绝爱之，为亭其间，尝憩息于斯。后十余年，使君适自苏移节，如先生之任，则亭颇坏，为新其材，加垩焉，而亭复完。……

据此可知曹寅又字荔轩，又可知《饮水词》中的楝亭的历史。

最详细的记载是章学诚的《丙辰札记》。

> 曹寅为两淮巡盐御史，刻古书凡十五种，世称“曹楝亭本”是也。康熙四十三年，四十五年，四十七年，四十九年，间年一任，与同旗李煦互相番代。李于四十四年，四十六年，四十八年，与曹互代；五十年，五十一年，五十二年，五十五年，五十六年，又连任，较曹用事为久矣。然曹至今为学士大夫所称，而李无闻焉。

不幸章学诚说的那“至今为学士大夫所称”的曹寅，竟不曾留下一篇传记给我们做考证的材料，《耆献类征》与《碑传集》都没有曹寅的碑传。只有宋和的《陈鹏年传》（《耆献类征》卷一六四，页十八以下）有一段重要的纪事：

> 乙酉（康熙四十四年），上南巡。（此康熙帝第五次南巡）。总督集有司议供张，欲于丁粮耗加三分。有司皆慑服，唯唯。独鹏年（江宁知府陈鹏年）不服，否否。总督怏怏，议虽寝，则欲抉去鹏年矣。
>
> 无何，车驾由龙潭幸江宁。行宫草创（按此指龙潭之行宫），欲抉去之者因以是激上怒。时故庶人。（按此即康熙帝的太子胤礽，至四十七年被废。）从幸，更怒，欲杀鹏年。车驾至江宁，驻跸织造府。一日，织造幼子嬉而过于庭，上以其无知也，曰，“儿知江宁有好官乎？”曰，“知有陈鹏年。”时有致政大学士张英来朝，上……使人问鹏年，英称其贤。而英则庶人之所傅，上乃谓庶人曰，“尔师傅贤之，如何杀之？”庶人犹欲

> 杀之。
>
> 织造曹寅免冠叩头，为鹏年请。当是时，苏州织造李某伏寅后，为寅连婕（婕字不见于字书，似有儿女亲家的意思），见寅血被额，恐触上怒，阴曳其衣，警之。寅怒而顾之曰，“云何也？”复叩头，阶有声，竟得请。出，巡抚宋荦逆之曰，“君不愧朱云折槛矣！”

又我的朋友顾颉刚在《江南通志》里查出江宁织造的职官如下表：

康熙二年至二十三年	曹玺
康熙二十三年至三十一年	桑格
康熙三十一年至五十二年	曹寅
康熙五十二年至五十四年	曹颙
康熙五十四年至雍正六年	曹頫
雍正六年以后	隋赫德

又苏州织造的职官如下表：

康熙二十九年至三十二年	曹寅
康熙三十二年至六十一年	李煦

这两表的重要，我们可以分开来说：

（1）曹玺，字元璧，是曹寅的父亲。颉刚引《上元江宁两县志》道：“织局繁剧，玺至，积弊一清。陛见，陈江南吏治极详，赐蟒服，加一品，御书‘敬慎’扁额。卒于位，子寅。”

（2）因此可知曹寅当康熙二十九年至三十二年时，做苏州织造；三十一年至三十二年，他兼任江宁织造；三十二年以后，他专任江宁织造二十年。

（3）康熙帝六次南巡的时代，可与上两表参看：

康熙二三	一次南巡	曹玺为苏州织造
二八	二次南巡	
三八	三次南巡	曹寅为江宁织造
四二	四次南巡	同上
四四	五次南巡	同上
四六	六次南巡	同上

（4）颉刚又考得“康熙南巡，除第一次到南京驻跸将军署外，余五次均把织造署当行宫”。这五次之中，曹寅当了四次接驾的差。又《振绮堂丛书》内有《圣驾五幸江南恭录》一卷，记康熙四十四年的第五次南巡，写曹寅既在南京接驾，又以巡盐御史的资格赶到扬州接驾；又记曹寅进贡的礼物及康熙帝回銮时赏他通政使司通政使的事，甚详细，可以参看。

（5）曹颙与曹頫都是曹寅的儿子。曹寅的《楝亭诗钞别集》有郭振基序，内说“待公函丈有年，今公子继任织部，又辱世讲”。是曹颙之为曹寅儿子，已无可疑。曹頫大概是曹寅的兄弟（说详下）。

又《四库全书提要》谱录类食谱之属存目里有一条说：

《居常饮馔录》一卷（编修程晋芳家藏本）

国朝曹寅撰。寅字子清，号楝亭，镶蓝旗汉军。康熙中，巡视两淮盐政，加通政司衔。是编以前代所传饮缮之法汇成一编：一曰，宋王灼《糖霜谱》；二三曰，宋东溪遁叟

《粥品》及《粉面品》；四曰，元倪瓒《泉史》；五曰，元海滨逸叟《制脯鲊法》；六曰，明王叔承《酿录》；七曰，明释智舷《茗笺》，八九曰，明灌畦老叟《蔬香谱》及《制蔬品法》。中间《糖霜谱》，寅已刻入所辑《楝亭十种》；其他亦颇散见于《说郛》诸书云。

又《提要》别集类存目里有一条：

《楝亭诗钞》五卷，附《词钞》一卷（江苏巡抚采进本）。

国朝曹寅撰。寅有《居常饮馔录》，已著录。其诗一刻于扬州，计盈千首；再刻于仪征，则寅自汰其旧刻，而吴尚中开雕于东园者。此本即仪征刻也。其诗出入于白居易、苏轼之间。

《提要》说曹家是镶蓝旗人，这是错的。《八旗氏族通谱》有曹锡远一系，说他家是正白旗人，当据以改正。但我们因《四库提要》提起曹寅的诗集，故后来居然寻着他的全集，计《楝亭诗钞》八卷，《文钞》一卷，《词钞》一卷，《诗别集》四卷，《词别集》一卷（天津公园图书馆藏）。从他的集子里，我们得知他生于顺治十五年戊戌（一六五八）九月七日，他死时大概在康熙五十一年（一七一二）的下半年，那时他五十五岁。他的诗颇有好的，在八旗的诗人之中，他自然要算一个大家了。（他的诗在铁保辑的《八旗人诗钞》——改名《熙朝雅颂集》——里，占一全卷的地位。）当时的文学大家，如朱彝尊、姜宸英等，都为《楝亭诗钞》作序。

以上关于曹寅的事实，总结起来，可以得几个结论：

(1) 曹寅是八旗的世家，几代都在江南做官。他的父亲曹玺做了二十一年的江宁织造；曹寅自己做了四年的苏州织造，做了二十一年的江宁织造，同时又兼做了四次的两淮巡盐御史。他死后，他的儿子曹颙接着做了三年的江宁织造，他的儿子曹頫接下去做了十三年的江宁织造。他家祖孙三代四个人总共做了五十八年的江宁织造。这个织造真成了他家的“世职”了。

（2）当康熙帝南巡时，他家曾办过四次以上的接驾的差。

（3）曹寅会写字会做诗词，有诗词集行世；他在扬州曾管领《全唐诗》的刻印，扬州的诗局归他管理甚久；他自己又刻有二十几种精刻的书。（除上举各书外，尚有《周易本义》、《施愚山集》等；朱彝尊的《曝书亭集》也是曹寅捐资倡刻的，刻未完而死。）他家中藏书极多，精本有三千二百八十七种之多（见他的《楝亭书目》，京师图书馆有钞本），可见他的家庭富有文学美术的环境。

（4）他生于顺治十五年，死于康熙五十一年。（一六五八——一七一二）

以上是曹寅的略传与他的家世。曹寅究竟是曹雪芹的什么人呢？袁枚在《随园诗话》里说曹雪芹是曹寅的儿子。这一百多年以来，大家多相信这话，连我在这篇《考证》的初稿里也信了这话。现在我们知道曹雪芹不是曹寅的儿子，乃是他的孙子。最初改正这个大错的是杨钟羲先生。杨先生编有《八旗文经》六十卷，又著有《雪桥诗话》三编，是一个最熟悉八旗文献掌故的人。他在《雪桥诗话续集》卷六，页二三，说：

> 敬亭（清宗室敦诚字敬亭）……尝为《琵琶亭传奇》一折，曹雪芹（霑）题句有云：“白傅诗灵应喜甚，定教蛮素鬼排场。”雪芹为楝亭通政孙，平生为诗，大概如此，竟坎坷以终。敬亭挽雪芹诗有“牛鬼遗文悲李贺，鹿车荷锸葬刘伶”

之句。

这一条使我们知道三个要点：

（一）曹雪芹名霑。

（二）曹雪芹不是曹寅的儿子，是他的孙子。（《中国人名大辞典》页九九〇作“名霑，寅子，似是根据《雪桥诗话》而误改其一部分）

（三）清宗室敦诚的诗文集内必有关于曹雪芹的材料。

敦诚字敬亭，别号松堂，英王之裔。他的轶事也散见《雪桥诗话》初、二集中。他有《四松堂集》诗二卷，文二卷，《鷦鷯轩笔麈》一卷。他的哥哥名敦敏，字子明，有《懋斋诗钞》。我从此便到处访求这两个人的集子，不料到如今还不曾寻到手。我今年夏天到上海，写信去问杨钟羲先生，他回信说，曾有《四松堂集》，但辛亥乱后遗失了。我虽然很失望，但杨先生既然根据《四松堂集》说曹雪芹是曹寅之孙，这话自然万无可疑。因为敦诚兄弟都是雪芹的好朋友，他们的证见自然是可信的。

我虽然未见敦诚兄弟的全集，但《八旗人诗钞》（《熙朝雅颂集》）里有他们兄弟的诗一卷。这一卷里有关于曹雪芹的诗四首，我因为这种材料颇不易得，故把这四首全抄于下：

赠曹雪芹

敦　敏

碧水青山曲径遐，薜萝门巷足烟霞。

寻诗人去留僧壁，卖画钱来付酒家。

燕市狂歌悲遇合，秦淮残梦忆繁华。

新愁旧恨知多少，都付酕醄醉眼斜。

访曹雪芹不值

敦　敏

野浦冻云深，柴扉晚烟薄。
山村不见人，夕阳寒欲落。

佩刀质酒歌

敦　诚

秋晓遇雪芹于槐园，风雨淋涔，朝寒袭袂。时主人未出，雪芹酒渴如狂，余因解佩刀沽酒而饮之。雪芹欢甚，作长歌以谢余。余亦作此答之。

我闻贺鉴湖，不惜金龟掷酒垆。
又闻阮遥集，直卸金貂作鲸吸。
嗟余本非二子狂，腰间更无黄金珰。
秋气酿寒风雨恶，满园榆柳飞苍黄。
主人未出童子睡，斝干瓮涩何可当！
相逢况是淳于辈，一石差可温枯肠。
身外长物亦何有？鸾刀昨夜磨秋霜。
且酤满眼作软饱，……令此肝肺生角芒。
曹子大笑称"快哉"！击石作歌声琅琅。
知君诗胆昔如铁，堪与刀颖交寒光。
我有古剑尚在匣，一条秋水苍波凉。
君才抑塞倘欲拔，不妨斫地歌王郎。

寄怀曹雪芹

敦 诚

少陵昔赠曹将军，曾曰魏武之子孙。
嗟君或亦将军后，于今环堵蓬蒿屯。
扬州旧梦久已绝，且著临邛犊鼻裈。
爱君诗笔有奇气，直追昌谷披篱樊。
当时虎门数晨夕，西窗剪烛风雨昏。
接䍦倒著容君傲，高谈雄辩虱手扪。
感时思君不相见，蓟门落日松亭尊。
劝君莫弹食客铗，劝君莫叩富儿门。
残杯冷炙有德色，不如著书黄叶村。

我们看这四首诗，可想见他们弟兄与曹雪芹的交情是很深的。他们的证见真是史学家说的“同时人的证见”，有了这种证据，我们不能不认袁枚为误记了。

这四首诗中，有许多可注意的句子。

第一，如“秦淮残梦忆繁华”，如“于今环堵蓬蒿屯，扬州旧梦久已绝，且著临邛犊鼻裈”，如“劝君莫弹食客铗，劝君莫叩富儿门；残杯冷炙有德色，不如著书黄叶村”，都可以证明曹雪芹当时已很贫穷，穷的很不像样了，故敦诚有“残杯冷炙有德色”的劝诫。

第二，如“寻诗人去留僧壁，卖画钱来付酒家”，如“知君诗胆昔如铁”，如“爱君诗笔有奇气，直追昌谷披篱樊”，都可以使我们知道曹雪芹是一个会作诗又会绘画的人。最可惜的是曹雪芹的诗现在只剩得“白傅诗灵应喜甚，定教蛮素鬼排场”两句了。但单看这两句，也就可以想见曹雪芹的诗大概是很聪明的，很深刻的。敦诚弟兄比他做李贺，大概很有点相像。

第三，我们又可以看出曹雪芹在那贫穷潦倒的境遇里，很觉得牢骚抑郁，故不免纵酒狂歌，自寻排遣。上文引的“雪芹酒渴如狂”，如“相逢况是淳于辈，一石差可温枯肠”，如“新愁旧恨知多少，都付酕醄醉眼斜”，如“鹿车荷锸葬刘伶”，都可以为证。

我们既知道曹雪芹的家世和他自身的境遇了，我们应该研究他的年代。这一层颇有点困难，因为材料太少了。敦诚有挽雪芹的诗，可见雪芹死在敦诚之前。敦诚的年代也不可详考。但《八旗文经》里有几篇他的文字，有年月可考：如《拙鹊亭记》作于辛丑初冬，如《松亭再征记》作于戊寅正月，如《祭周立厓》文中说：“先生与先公始交时在戊寅己卯间；是时先生……每过静补堂，……诚尝侍几杖侧。……迨庚寅先公即世，先生哭之过时而哀。……诚追述平生，……回念静补堂几杖之侧，已二十余年矣。”今作一表，如下，

乾隆二三，戊寅（一七五八）。

乾隆二四，己卯（一七五九）。

乾隆三五，庚寅（一七七〇）。

乾隆四六，辛丑（一七八一）。自戊寅至此，凡二十三年。清宗室永忠（臞仙）为敦诚作葛巾居的诗，也在乾隆辛丑。敦诚之父死于庚寅，他自己的死期大约在二十年之后，约当乾隆五十余年。纪昀为他的诗集作序，虽无年月可考，但纪昀死于嘉庆十年（一八〇五），而序中的语意都可见敦诚死已甚久了。故我们可以猜定敦诚大约生于雍正初年（约一七二五），死于乾隆五十余年（约一七八五——一七九〇）。

敦诚兄弟与曹雪芹往来，从他们赠答的诗看起来，大概都在他们兄弟中年以前，不像在中年以后。况且《红楼梦》当乾隆五十六七年时已在社会上流通了二十余年了（说详下）。以此看来，我们可以断定曹雪芹死于乾隆三十年左右（约一七六五）。至于他的年纪，更不容易考定了。但敦诚兄弟的诗的口气，很不像是对一位老前辈的口气。我们可以猜想雪芹的年纪至多不过比他们大十来岁，大约生于康熙末叶（约一七一五——一七二〇）；当他死时，约五十岁左右。

以上是关于著者曹雪芹的个人和他的家世的材料。我们看了这些材料，大概可以明白《红楼梦》这部书是曹雪芹的自叙传了。这个见解，本来并没有什么新奇，本来是很自然的。不过因为《红楼梦》被一百多年来的红学大家越说越微妙了，故我们现在对于这个极平常的见解反觉得他有证明的必要了。我且举几条重要的证据如下：

第一，我们总该记得《红楼梦》开端时，明明的说着：

> 作者自云曾历过一番梦幻之后，故将真事隐去，而借"通灵"说此《石头记》一书也。……自己又云：今风尘碌碌，一事无成，忽念及当日所有之女子，一一细考较去，觉其行止见识皆出我之上。我堂堂须眉，诚不若彼裙钗。……当此日，欲将已往所赖天恩祖德，锦衣纨绔之时，饫甘餍肥之日，背父兄教育之恩，负师友规训之德，以致今日一技无成半生潦倒之罪，编述一集，以告天下。

这话说的何等明白！《红楼梦》明明是一部"将真事隐去"的自叙的书。若作者是曹雪芹，那么，曹雪芹即是《红楼梦》开端时那个深自忏悔的“我”！即是书里的甄贾（真假）两个宝玉的底本！懂得这个道理，便知书中的贾府与甄府都只是曹雪芹家的影子。

第二，第一回里那石头说道：

> 我想历来野史的朝代，无非假借汉唐的名色；莫如我这石头所记，不借此套，只按自己的事体情理，反到新鲜别致。

又说：

> 更可厌者，“之乎者也”，非理即文，大不近情，自相矛盾：竟不如我这半世亲见亲闻的这几个女子，虽不敢说强似前代书中所有之人，但观其事迹原委，亦可消愁破闷。

他这样明白清楚的说“这书是我自己的事体情理”，“是我这半世亲见亲闻的”；而我们偏要硬派这书是说顺治帝的，是说纳兰成德的！这岂不是作茧自缚吗？

第三，《红楼梦》第十六回有谈论南巡接驾的一大段，原文如下：

> 凤姐道：“……可恨我小几岁年纪。若早生二三十年，如今这些老人家也不薄我没见世面了。说起当年太祖皇帝仿舜巡的故事，比一部书还热闹，我偏偏的没赶上。”
>
> 赵嬷嬷（贾琏的乳母）道：“嗳哟，那可是千载难逢的！那时候我才记事儿。咱们贾府正在姑苏扬州一带，监造海船，

修理海塘。只预备接驾一次，把银子花的像淌海水似的。说起来——”

凤姐忙接道：“我们王府里也预备过一次。那时我爷爷专管各国进贡朝贺的事，凡有外国人来，都是我们家养活。粤、闽、滇、浙所有的洋船货物，都是我们家的。”

赵嬷嬷道：“那是谁不知道的？……如今还有现在江南的甄家，——嗳哟，好势派，——独他们家接驾四次。要不是我们亲眼看见，告诉谁也不信的。别讲银子成了粪土；凭是世上有的，没有不是堆山积海的。‘罪过可惜’四个字，竟顾不得了。”

凤姐道：“我常听见我们太爷说，也是这样的。岂有不信的？只纳罕他家怎么就这样富贵呢？”

赵嬷嬷道：“告诉奶奶一句话：也不过拿着皇帝家的银子往皇帝身上使用罢了，谁家有那些钱买这个虚热闹去？”

此处说的甄家与贾家都是曹家。曹家几代在江南做官，故《红楼梦》里的贾家虽在“长安”，而甄家始终在江南。上文曾考出康熙帝南巡六次，曹寅当了四次接驾的差，皇帝就住在他的衙门里。《红楼梦》差不多全不提起历史上的事实，但此处却郑重的说起“太祖皇帝仿舜巡的故事”，大概是因为曹家四次接驾乃是很不常见的盛事，故曹雪芹不知不觉的——或是有意的——把他家这桩最阔的大典说了出来。这也是敦敏送他的诗里说的“秦淮旧梦忆繁华”了。但我们却在这里得着一条很重要的证据。因为一家接驾四五次，不是人人可以随便有的机会。大官如督抚，不能久任一处，便不能有这样好的机会。只有曹寅做了二十年江宁织造，恰巧当了四次接驾的差。这不是很可靠的证据吗？

第四，《红楼梦》第二回叙荣国府的世次如下：

> 自荣国公死后，长子贾代善袭了官，娶的是金陵世家史侯的小姐为妻，生了两个儿子：长名贾赦，次名贾政。如今代善早已去世，太夫人尚在。长子贾赦袭了官，为人平静中和，也不管理家务。次子贾政，自幼酷喜读书，为人端方正直；祖父钟爱，原要他以科甲出身的。不料代善临终时，遗本一上，皇上因恤先臣，即时令长子袭官外，问还有几子，立刻引见：遂又额外赐了这政老爷一个主事之职，令其入部学习；如今已升了员外郎。

我们可用曹家的世系来比较：

> 曹锡远，正白旗包衣人。世居沈阳地方，来归年月无考。其子曹振彦，原任浙江盐法道。
>
> 孙：曹玺，原任工部尚书；曹尔正，原任佐领。
>
> 曾孙：曹寅，原任通政使司通政使；曹宜，原任护军参领兼佐领；曹荃，原任司库。
>
> 元孙：曹颙，原任郎中；曹頫；原任员外郎；曹颀，原任二等侍卫，兼佐领；曹天祐，原任州同。
>
> ——《八旗氏族通谱》卷七十四

这个世系颇不分明。我们可试作一个假定的世系表如下：

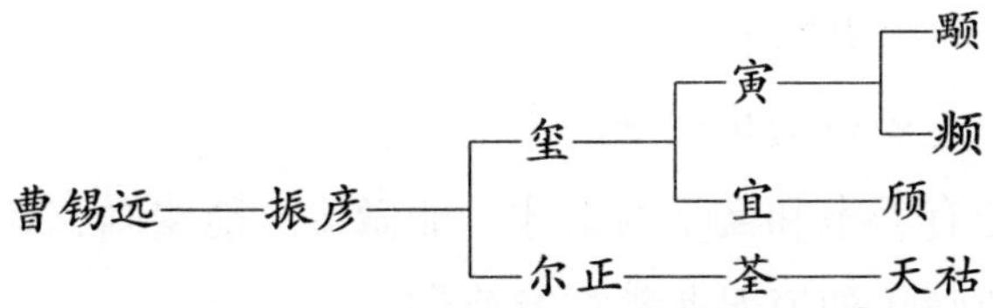

曹寅的《楝亭诗钞别集》中有“辛卯三月闻珍儿殇，书此忍恸，兼示四侄寄东轩诸友”诗三首，其二云：“世出难居长，多才在四三。承家赖犹子，努力作奇男。”四侄即颀，那排行第三的当是那小名珍儿的了。如此看来，颙与頫当是行一与行二。曹寅死后，曹颙袭织造之职。到康熙五十四年，曹颙或是死了，或是因事撤换了，故次子曹頫接下去做。织造是内务府的一个差使，故不算做官，故《氏族通谱》上只称曹寅为通政使，称曹頫为员外郎。但《红楼梦》里的贾政，也是次子，也是先不袭爵，也是员外郎。这三层都与曹頫相合。故我们可以认贾政即是曹頫；因此，贾宝玉即是曹雪芹，即是曹頫之子，这一层更容易明白了。

第五，最重要的证据自然还是曹雪芹自己的历史和他家的历史。《红楼梦》虽没有做完（说详下），但我们看了前八十回，也就可以断定：(1) 贾家必致衰败，(2) 宝玉必致沦落。《红楼梦》开端便说，“风尘碌碌，一事无成”；又说，“一技无成，半生潦倒”；又说，“当此蓬牖茅椽，绳床瓦灶”。这是明说此书的著者——即是书中的主人翁——当著书时，已在那穷愁不幸的境地。况且第十三回写秦可卿死时在梦中对凤姐说的话，句句明说贾家将来必到“树倒猢狲散”的地步。所以我们即使不信后四十回（说详下）抄家和宝玉出家的话，也可以推想贾家的衰败和宝玉的流落了。我们再回看上文引的敦诚兄弟送曹雪芹的诗，可以列举雪芹一生的历史如下：

（1）他是做过繁华旧梦的人。

（2）他有美术和文学的天才，能做诗，能绘画。

（3）他晚年的境况非常贫穷潦倒。

这不是贾宝玉的历史吗？此外，我们还可以指出三个要点。第一是曹雪芹家自从曹玺曹寅以来，积成一个很富丽的文学美术的环境。他家的藏书在当时要算一个大藏书家，他家刻的书至今推为精刻的善本。富贵的家庭并不难得；但富贵的环境与文学美术的环境合在一家，在当日的汉人中是没有的，就在当日的八旗世家中，也很不容易寻找了。第二，曹寅是刻《居常饮馔录》的人，《居常饮馔录》所收的书，如《糖霜谱》、《制脯鲊法》、《粉面品》之类，都是专讲究饮食糖饼的做法的。曹寅家做的雪花饼，见于朱彝尊的《曝书亭集》（二十一——页十二），有“粉量云母细，掺和雪糕匀”的称誉。我们读《红楼梦》的人，看贾母对于吃食的讲究，看贾家上下对于吃食的讲究；便知道《居常饮馔录》的遗风未泯，雪花饼的名不虚传！第三，关于曹家衰落的情形，我们虽没有什么材料，但我们知道曹寅的亲家李煦在康熙六十一年已因亏空被革职查追了。雍正《朱批谕旨》第四十八册有雍正元年苏州织造胡凤翚奏折内称：

> 今查得李煦任内亏空各年余剩银两，现奉旨交督臣查弼纳查追外，尚有六十一年办六十年分应存剩银六万三百五十五两零，并无存库，亦系李煦亏空。……所有历年动用银两数目，另开细折，并呈御览。……

又第十三册有两淮巡盐御史谢赐履奏折内称：

窃照两淮应解织造银两，历年遵奉已久。兹于雍正元年三月十六日，奉户部咨行，将江苏织造银两停其支给；两淮应解银两，汇行解部。……前任盐臣魏廷珍于康熙六十一年内未奉部文停止之先，两次解过苏州织造银五万两。……再本年六月内奉有停止江宁织造之文。查前盐臣魏廷珍经解过江宁织造银四万两，臣任内……解过江宁织造银四万五千一百二十两。……臣清将解过苏州织造银两在于审理李煦亏空案内并追，将解过江宁织造银两行令曹頫解还户部。……

李煦做了三十年的苏州织造，又兼了八年的两淮盐政，到头来竟因亏空被查追。胡凤翚折内只举出康熙六十一年的亏空，已有六万两之多；加上谢赐履折内举出应退还两淮的十万两：这一年的亏空就是十六万两了！他历年亏空的总数之多，可以想见。这时候，曹頫（曹雪芹之父）虽然还未曾得罪，但谢赐履折内已提及两事：一是停止两淮应解织造银两，一是要曹頫赔出本年已解的八万一千余两。这个江宁织造就不好做了。我们看了李煦的先例，就可以推想曹頫的下场也必是因亏空而查追，因查追而抄没家产。关于这一层，我们还有一个很好的证据。袁枚在《随园诗话》里说《红楼梦》里的大观园即是他的随园。我们考随园的历史，可以信此话不是假的。袁枚的《随园记》（《小仓山房文集》十二）说随园本名隋园，主人为康熙时织造隋公。此隋公即是隋赫德即是接曹頫的任的人（袁枚误记为康熙时，实为雍正六年）。袁枚作记在乾隆十四年己巳（一七四九），去曹頫卸织造任时甚近，他应该知道这园的历史。我们从此可以推想曹頫当雍正六年去职时，必是因亏空被追赔，故这个园子就到了他的继任人的手里。从此以后，曹家在江南的家产都完了，故不能不搬回北京居住。这大概是曹雪芹所以流落在北京的原因。我们看了李煦、曹頫两家败落的大概情形，再回头来看《红楼梦》里写的贾家的经济困难情形，便更容易明白了。如第七十二回凤姐夜间梦见人来找他，说娘娘要一百匹锦，凤姐不肯给，他就来夺。来旺家的笑道："这是奶奶日间操心常应候宫里的事。"一语未了，人回夏太监打发一个小内监来说话。贾琏听了，忙皱眉道："又是什么话！一年他们也够搬了。"凤姐道："你藏起来等我见他。"好容易凤姐弄了二百两银子把小内监打发开去，贾琏出来，笑道："这一起外祟，何日是了？"凤姐笑道："刚说着，就来了一股子"。贾琏道："昨儿周太监来，张口就是一千两。我略慢应了些，他不自在。将来得罪人之处不少，这会子再发三二百万的财，就好了。"又如第五十三回写黑山村庄头乌进孝来贾府纳年例，贾珍与他谈的一段话也很可注意：

贾珍皱眉道："我算定你至少也有五千银子来。这够做什么的！……真真是叫别过年了！"

乌进孝道："爷的地方还算好呢。我兄弟离我那里只有一百多里，竟又大差了。他现管着那府（荣国府）八处庄地，比爷这边多着几倍，今年也是这些东西，不过二三千两银子，也是有饥荒打呢。"

贾珍道："如何呢？我这边倒可已，没什么外项大事，不过是一年的费用。……比不得那府里（荣国府）。这几年添了许多花钱的事，一定不可免是要花的，却又不添银子产业。这一二年里赔了许多。不和你们要，找谁去？"

乌进孝笑道："那府里如今虽添了事，有去有来。娘娘和万岁爷岂不赏吗?"

贾珍听了，笑问贾蓉等道："你们听听，他说的可笑不可笑?"

贾蓉等忙笑道："你们山坳海沿子上的人，那里知道这道理? 娘娘难道把皇上的库给我们不成? ……就是赏，也不过一百两银子，才值一千多两银子，够什么? 这二年，那一年不赔出几千两银子来? 头一年省亲，连盖花园子，你算算那一注花了多少，就知道了。再二年，再省一回亲，只怕精穷了! ……"

贾蓉又说又笑，向贾珍道："果真那府里穷了。前儿我听见二婶婶(凤姐)和鸳鸯悄悄商议，要偷老太太的东西去当银子呢。"

借当的事又见于第七十二回：

鸳鸯一面说，一面起身要走。贾琏忙也立起身来说道："好姐姐，略坐一坐儿，兄弟还有一事相求。"说着，便骂小丫头："怎么不泡好茶来! 快拿干净盖碗，把昨日进上的新茶泡一碗来!"说着，向鸳鸯道："这两日因老太太千秋，所有的几千两都使完了。几处房租地租统在九月才得。这会子竟接不上。明儿又要送南安府里的礼，又要预备娘娘的重阳节；还有几家红白大礼，至少还要二三千两银子用，一时难去支借。俗语说的好，求人不如求己。说不得，姐姐担个不是，暂且把老太太查不着的金银家伙，偷着运出一箱子来，暂押千数两银子，支腾过去。"

因为《红楼梦》是曹雪芹“将真事隐去”的自叙，故他不怕琐碎，再三再四的描写他家由富贵变成贫穷的情形。我们看曹寅一生的历史，决不像一个贪官污吏；他家所以后来衰败，他的儿子所以亏空破产，大概都是由于他一家都爱挥霍，爱摆阔架子；讲究吃喝，讲究场面；收藏精本的书，刻行精本的书；交结文人名士，交结贵族大官，招待皇帝，至于四次五次；他们又不会理财，又不肯节省；讲究挥霍惯了，收缩不回来：以至于亏空，以至于破产抄家。《红楼梦》只是老老实实的描写这一个“坐吃山空”、“树倒猢狲散”的自然趋势。因为如此，所以《红楼梦》是一部自然主义的杰作。那班猜谜的红学大家不晓得《红楼梦》的真价值正在这平淡无奇的自然主义的上面，所以他们偏要绞尽心血去猜那想入非非的笨谜，所以他们偏要用尽心思去替《红楼梦》加上一层极不自然的解释。

总结上文关于“著者”的材料，凡得六条结论：

（1）《红楼梦》的著者是曹雪芹。

（2）曹雪芹是汉军正白旗人，曹寅的孙子，曹頫的儿子，生于极富贵之家，身经极繁华绮丽的生活，又带有文学与美术的遗传与环境。他会做诗，也能画，与一班八旗名士往来。但他的生活非常贫苦，他因为不得志，故流为一种纵酒放浪的生活。

（3）曹寅死于康熙五十一年。曹雪芹大概即生于此时，或稍后。

（4）曹家极盛时，曾办过四次以上的接驾的阔差；但后来家渐衰败，大概因亏空得罪被抄没。

（5）《红楼梦》一书是曹雪芹破产倾家之后，在贫困之中做的。做书的年代大概当乾隆初年到乾隆三十年左右，书未完而曹雪芹死了。

(6)《红楼梦》是一部隐去真事的自叙：里面的甄、贾两宝玉，即是曹雪芹自己的化身；甄、贾两府即是当日曹家的影子(故贾府在“长安”都中，而甄府始终在江南)。

现在我们可以研究《红楼梦》的“本子”问题。现今市上通行的《红楼梦》虽有无数版本，然细细考较去，除了有正书局一本外，都是从一种底本出来的。这种底本是乾隆末年间程伟元的百二十回全本，我们叫他做“程本”。这个程本有两种本子：一种是乾隆五十七年壬子(一七九二)的第一次活字排本，可叫做“程甲本”。一种也是乾隆五十七年壬子程家排本，是用“程甲本”来校改修正的，这个本子可叫做“程乙本”。“程甲本”我的朋友马幼渔教授藏有一部，“程乙本”我自己藏有一部。乙本远胜于甲本，但我仔细审察，不能不承认“程甲本”为外间各种《红楼梦》的底本。各本的错误矛盾，都是根据于“程甲本”的。这是《红楼梦》版本史上一件最不幸的事。

此外，上海有正书局石印的一部八十回本的《红楼梦》，前面有一篇德清戚蓼生的序，我们可叫他做“戚本”。有正书局的老板在这部书的封面上题着“国初抄本《红楼梦》”，又在首页题着“原本《红楼梦》”。那“国初抄本”四个字自然是大错的。那“原本”两字也不妥当。这本已有总评，有夹评，有韵文的评赞，又往往有“题”诗，有时又将评语抄入正文(如第二回)，可见已是很晚的抄本，决不是“原本”了。但自程氏两种百二十回本出版以后，八十回本已不可多见。戚本大概是乾隆时无数辗转传抄本之中幸而保存的一种，可以用来参校程本，故自有他的相当价值，正不必假托“国初抄本”。

《红楼梦》最初只有八十回，直至乾隆五十六年以后始有百二十回的《红楼梦》。这是无可疑的。程本有程伟元的序，序中说：

> 《石头记》是此书原名，……好事者每传抄一部置庙市中，昂其值得数十金，可谓不胫而走者矣。然原本目录一百二十卷，今所藏只八十卷，殊非全本。即间有称全部者，及检阅仍只八十卷，读者颇以为憾。不佞以是书既有百二十卷之目，岂无全璧？爰为竭力搜罗，自藏书家甚至故纸堆中，无不留心。数年以来，仅积有二十余卷。一日，偶于鼓担上得十余卷，遂重价购之，欣然翻阅，见前后起伏尚属接榫。（榫音笋，削木入窍名榫，又名榫头。）然漶漫不可收拾。乃同友人细加厘剔，截长补短，抄成全部，复为镌板，以公同好。《石头记》全书至是始告成矣。……小泉程伟元识。

我自己的程乙本还有高鹗的一篇序，中说：

> 予闻《红楼梦》脍炙人口者，几廿余年，然无全璧，无定本。……今年春友人程子小泉过予，以其所购全书见示，且曰："此仆数年铢积寸累之苦心，将付剞劂，公同好。子闲且惫矣，盍分任之？"予以是书虽稗官野史之流，然尚不谬于名教，欣然拜诺，正以波斯奴见宝为幸，遂襄其役。工既竣，并识端末，以告阅者。时乾隆辛亥（一七九一）冬至后五日铁领高鹗叙，并书。

此序所谓"工既竣"，即是程序说的"同友人细加厘剔，截长补短"的整理工夫，并非指刻板的工程。我这部程乙本还有七条"引言"，比两序更重要，今节抄几条于下：

(一)是书前八十回藏书抄录传阅，几三十年矣。今得四十回，合成完璧。缘友人借抄争睹者甚伙，抄录固难，刊板亦需时日，姑集活字印刷。因急欲公诸同好，故初印时不及细校，间有纰缪。今复聚集各原本，详加校阅，改订无讹。惟阅者谅之。

(一)书中前八十回抄本各家互异。今广集核勘，准情酌理，补遗订讹。其间或有增损数字处，意在便于披阅，非敢争胜前人也。

(一)是书沿传既久，坊间缮本及诸家所藏秘稿，繁简歧出，前后错见。即如六十七回此有彼无，题同文异，燕石莫辨。兹惟择其情理较协者，取为定本。

(一)书中后四十回系就历年所得，集腋成裘，更无他本可考，惟按其前后关照者，略为修辑，使其有应接而无矛盾。至其原文，未敢臆改。俟再得善本，更为厘定，且不欲尽掩其本来面目也。

引言之末，有“壬子花朝后一日，小泉、兰墅又识”一行。兰墅即高鹗。我们看上文引的两序与引言，有应该注意的几点：

(1)高序说“闻《红楼梦》脍炙人口者，几廿余年”。引言说“前八十回，藏书家抄录传阅，几三十年”。从乾隆壬子上数三十年，为乾隆二十七年壬午(一七六二)。今知乾隆三十年间此书已流行，可证我上文推测曹雪芹死于乾隆三十年左右之说大概无大差错。

(2)前八十回，各本互有异同。例如引言第三条说“六十七回此有彼无，题同文异”。我们试用戚本六十七回与程本及市上各本的六十七回互校，果有许多同异之处，程本所改的似胜于戚本。大概程本当日确曾经过一番“广集各本核勘，准情酌理，补遗订讹”的工夫，故程本一出即成为定本，其余各抄本多被淘汰了。

（3）程伟元的序里说，《红楼梦》当日虽只有八十回，但原本却有一百二十卷的目录，这话可惜无从考证（戚本目录并无后四十回）。我从前想当时各抄本中大概有些是有后四十回目录的，但我现在对于这一层很有点怀疑了（说详下）。

（4）八十回以后的四十回，据高程两人的话，是程伟元历年杂凑起来的，——先得二十余卷，又在鼓担上得十余卷，又经高鹗费了几个月整理修辑的工夫，方才有这部百二十回的《红楼梦》。他们自己说这四十回“更无他本可考”；但他们又说：“至其原文，未敢臆改。”

（5）《红楼梦》直到乾隆五十六年（一七九一）始有一百二十回的全本出世。

（6）这个百二十回的全本最初用活字版排印，是为乾隆五十七年（一七九二）的程本。这本又有两种小不同的印本：①初印本（即程甲本），“不及细校，间有纰缪”。此本我近来见过，果然有许多纰缪矛盾的地方。②校正印本，即我上文说的程乙本。

（7）程伟元的一百二十回本的《红楼梦》，即是这一百三十年来的一切印本《红楼梦》的老祖宗。后来的翻本，多经过南方人的批注，书中京话的特别俗语往往稍有改换；但没有一种翻本（除了戚本）不是从程本出来的。

这是我们现有的一百二十回本《红楼梦》的历史。这段历史里有一个大可研究的问题，就是“后四十回的著者究竟是谁”？

俞樾的《小浮梅闲话》里考证《红楼梦》的一条说：

《船山诗草》有“赠高兰墅鹗同年”一首云：“艳情人自说《红楼》。”注云：“《红楼梦》八十回以后，俱兰墅所补。”然则此书非出一手。按乡会试增五言八韵诗，始乾隆朝。而书中叙科场事已有诗，则其为高君所补，可证矣。

俞氏这一段话极重要。他不但证明了程排本作序的高鹗是实有其人，还使我们知道《红楼梦》后四十回是高鹗补的。船山即是张船山，名问陶，是乾隆、嘉庆时代的一个大诗人。他于乾隆五十三年戊甲（一七八八）中顺天乡试举人；五十五年庚戌（一七九〇）成进士，选庶吉士。他称高鹗为同年，他们不是庚戌同年，便是戊申同年。但高鹗若是庚戌的新进士，次年辛亥他作《红楼梦序》不会有“闲且惫矣”的话；故我推测他们是戊申乡试的同年。后来我又在《郎潜纪闻二笔》卷一里发现一条关于高鹗的事实：

嘉庆辛酉京师大水，科场改九月，诗题“百川赴巨海”，……闱中罕得解。前十本将进呈，韩城王文端公以通场无知出处为憾。房考高侍读鹗搜遗卷，得定远陈黻卷，亟呈荐，遂得南元。

辛酉（一八〇一）为嘉庆六年。据此，我们可知高鹗后来曾中进士，为侍读，且曾做嘉庆六年顺天乡试的同考官。我想高鹗既中进士，就有法子考查他的籍贯和中进士的年份了。果然我的朋友顾颉刚先生替我在《进士题名录》上查出高鹗是镶黄旗汉军人，乾隆六十年乙卯（一七九五）科的进士，殿试第三甲第一名。这一件引起我注意《题名录》一类的工具，我就发愤搜求这一类的书。

果然我又在清代御史《题名录》里，嘉庆十四年（一八〇九）下，寻得一条：

> 高鹗，镶黄旗汉军人，乾隆乙卯进士，由内阁侍读考选江南道御史，刑科给事中。

又《八旗文经》二十三有高鹗的《操缦堂诗稿跋》一篇，末署乾隆四十七年壬寅（一七八二）小阳月。我们可以总合上文所得关于高鹗的材料，作一个简单的《高鹗年谱》如下：

乾隆四七（一七八二），高鹗作《操缦堂诗稿跋》。

乾隆五三（一七八八），中举人。

乾隆五六——五七（一七九一——一七九二），补作《红楼梦》后四十回，并作序例。《红楼梦》百廿回全本排印成。

乾隆六〇（一七九五），中进士，殿试三甲一名。

嘉庆六（一八〇一），高鹗以内阁侍读为顺天乡试的同考官，闱中与张问陶相遇，张作诗送他，有"艳情人自说《红楼》"之句；又有诗注，使后世知《红楼梦》八十回以后是他补的。

嘉庆一四（一八〇九），考选江南道御史，刑科给事中。——自乾隆四七至此，凡二十七年。大概他此时已近六十岁了。

后四十回是高鹗补的，这话自无可疑。我们可约举几层证据如下：

第一，张问陶的诗及注，此为最明白的证据。

第二，俞樾举的"乡会试增五言八韵诗始乾隆朝，而书中叙科场事已有诗"一项。这一项不十分可靠，因为乡会试用律诗，起于乾隆二十一二年，也许那时《红楼梦》前八十回还没有做成呢。

第三，程序说先得二十余卷，后又在鼓担上得十余卷。此话便是作伪的铁证。因为世间没有这样奇巧的事！

第四，高鹗自己的序，说的很含糊，字里行间都使人生疑。大概他不愿完全埋没他补作的苦心，故引言第六条说："是书开卷略志数语，非云弁首，实因残缺有年，一旦颠末毕具，大快人心；欣然题名，聊以记成书之幸。"因为高鹗不讳他补作的事，故张船山赠诗直说他补作后四十回的事。

但这些证据固然重要，总不如内容的研究更可以证明后四十回与前八十回绝不是一个人作的。我的朋友俞平伯先生曾举出三个理由来证明后四十回的回目也是高鹗补作的。他的三个理由是：（1）和第一回自叙的话都不合，（2）史湘云的丢开，（3）不合作文时的程度。这三层之中，第三层姑且不论。第一层是很明显的：《红楼梦》的开端明说"一技无成，半生潦倒"；明说"蓬牖茅椽，绳床瓦灶"；岂有到了末尾说宝玉出家成仙之理？第二层也很可注意。第三十一回的回目"因麒麟伏白首双星"确是可怪！依此句看来，史湘云后来似乎应该与宝玉做夫妇，不应该此话全无照应。以此看来，我们可以推想后四十回不是曹雪芹做的了。

其实何止史湘云一个人？即如小红，曹雪芹在前八十回里极力描写这个攀高好胜的丫头；好容易他得着了凤姐的赏识，把他提拔上去了；但这样一个重要人才，岂可没有下场？况且小红同贾芸的感情，前面既经曹雪芹那样郑重描写，岂有完全没有结果之理？又如香菱的结果也决不是曹雪芹的本意。第五回的"十二钗副册"上写香菱结局道：

> 根并荷花一茎香，平生遭际实堪伤。

自从两地生孤木，致使芳魂返故乡。

两地生孤木，合成“桂”字。此明说香菱死于夏金桂之手，故第八十回说香菱“血分中有病，加以气怨伤肝，内外挫折不堪，竟酿成干血之症，日渐羸瘦，饮食懒进，请医服药无效”。可见八十回的作者明明的要香菱被金桂折磨死。后四十回里却是金桂死了，香菱扶正：这岂是作者的本意吗？此外，又如第五回“十二钗”册上说凤姐的结局道：“一从二令三人木，哭向金陵事更哀。”这个谜竟无人猜得出，许多批《红楼梦》的人也都不敢下注解。所以后四十回里写凤姐的下场竟完全与这“二令三人木”无关。这个谜只好等上海灵学会把曹雪芹先生请来降坛时再来解决了！又如写和尚送玉一段，文字的笨拙，令人读了作呕。又如写贾宝玉忽然肯做八股文，忽然肯去考举人，也没有道理。高鹗补《红楼梦》时，正当他中举人之后，还没有中进士。如果他补《红楼梦》在乾隆六十年之后，贾宝玉大概非中进士不可了！

以上所说，只是要证明《红楼梦》的后四十回确然不是曹雪芹做的。但我们平心而论，高鹗补的四十回，虽然比不上前八十回，也确然有不可埋没的好处。他写司棋之死，写鸳鸯之死，写妙玉的遭劫，写凤姐的死，写袭人的嫁，都是很有精彩的小品文字。最可注意的是这些人都写作悲剧的下场。还有那最重要的“木石前盟”一件公案，高鹗居然忍心害理的教黛玉病死，教宝玉出家，作一个大悲剧的结束，打破中国小说的团圆迷信。这一点悲剧的眼光，不能不令人佩服。我们试看高鹗以后，那许多《续红楼梦》和《补红楼梦》的人，那一人不是想把黛玉、晴雯都从棺材里扶出来，重新配给宝玉？那一个不是想做一部“团圆”的《红楼梦》的？我们这样退一步想，就不能不佩服高鹗的补本了。我们不但佩服，还应该感谢他，因为他这部悲剧的补本，靠着那个“鼓担”的神话，居然打倒了后来无数的团圆《红楼梦》，居然替中国文学保了一部有悲剧下场的小说！

*　　*　　*　　*　　*

以上是我对于《红楼梦》的“著者”和“本子”两个问题的答案。我觉得我们做《红楼梦》的考证，只能在这两个问题上着手；只能运用我们力所能搜集的材料，参考互证，然后抽出一些比较的最近情理的结论。这是考证学的方法。我在这篇文章里，处处想撇开一切先入的成见；处处存一个搜求证据的目的；处处尊重证据，让证据做向导，引我到相当的结论上去。我的许多结论也许有错误的，——自从我第一次发表这篇《考证》以来，我已经改正了无数大错误了，——也许有将来发见新证据后即须改正的。但我自信：这种考证的方法，除了《董小宛考》之外，是向来研究《红楼梦》的人不曾用过的。我希望我这一点小贡献，能引起大家研究《红楼梦》的兴趣，能把将来的《红楼梦》研究引上正当的轨道去：打破从前种种穿凿附会的“红学”，创造科学方法的《红楼梦》研究！

十三，二七，初稿

十，十一，十二，改定稿

（附记）初稿曾附录《寄蜗残赘》一则

《红楼梦》一书，始于乾隆年间。……相传其书出汉军曹雪芹之手。嘉庆年间，逆犯曹纶即其孙也。灭族之祸，实基于此。

这话如果确实，自然是一段很重要的材料。因此我就去查这一桩案子的事实。

嘉庆十八年癸酉（一八一三），天理教的信徒林清等勾通宫里的小太监，约定于九月十五日起事，乘嘉庆帝不在京城的时候，攻入禁城，占据皇宫。但他们的区区两百个乌合之众，如何能干这种大事？所以他们全失败了，林清被捕，后来被磔死。

林清的同党之中，有一个独石口都司曹纶和他的儿子曹幅昌都是很重要的同谋犯。那年十月己未的上谕说：

> 前因正黄旗汉军兵丁曹幅昌从习邪教，与知逆谋。……兹据讯明，曹幅昌之父曹纶听从林清入教，经刘四等告知逆谋，允为收众接应。曹纶身为都司，以四品职官习教从逆，实属猪狗不如，罪大恶极！……

那年十一月中，曹纶等都被磔死。

清礼亲王昭梿是当日在紫禁城里的一个人，他的《啸亭杂录》卷六记此事有一段说：

有汉军独石口都司曹纶者，侍郎曹瑛后也（瑛字一本或作寅），家素贫，尝得林清佽助，遂入贼党。适之所任，乃命其子曹福昌勾结不轨之徒，许为城中内应。……曹福昌临刑时，告刽子手曰："我是可交之人，至死不卖友以求生也！……"

《寄蜗残赘》说曹纶是曹雪芹之孙，不知是否根据《啸亭杂录》说的。我当初已疑心此曹瑛不是曹寅，况且官书明说曹瑛是正黄旗汉军，与曹寅不同旗。前天承陈筱庄先生（宝泉）借我一部《靖逆记》（兰簃外史纂，嘉庆庚辰刻），此书记林清之变很详细。其第六卷有《曹纶传》，记他家世系如下：

曹纶，汉军正黄旗人。曾祖金铎，官骁骑校；伯祖瑛，历官工部侍郎；祖瑊，云南顺宁府知府；父廷奎，贵州安顺府同知。……廷奎三子，长绅，早卒；次维，武备院工匠；次纶，充整仪卫，擢治仪正，兼公中佐领，升独石口都司。

此可证《寄蜗残赘》之说完全是无稽之谈。

十一，十二

重印乾隆壬子本《红楼梦》序

从前汪原放先生标点《红楼梦》时，他用的是道光壬辰（一八三二）刻本。他不知道我藏有乾隆壬子（一七九二）的程伟元第二次排本。现在他决计用我的藏本做底本，重新标点排印。这件事在营业上是一件大牺牲，原放这种研究的精神是我很敬爱的，故我愿意给他做这篇新序。

《红楼梦》最初只有抄本，没有刻本。抄本只有八十回。但不久就有人续作八十回以后的《红楼梦》了。俞平伯先生从戚本八十回的评注里看出当时有一部“后三十回的《红楼梦》”（《〈红楼梦〉辨》下卷，一——三七），这便是续书的一种。高鹗续作的四十回，也不过是续书的一种。但到了乾隆五十六年至五十七年之间，高鹗和程伟元串通起来，把高鹗续作的四十回同曹雪芹的原本八十回合并起来，用活字排成一部，又加上一篇序，说是几年之中搜集起来的原书全稿。从此以后，这部百二十回的《红楼梦》遂成了定本，而高鹗的续本也就“附骥尾以传”了。（看我的《〈红楼梦〉考证》，页五三——六七；俞平伯《〈红楼梦〉辨》上卷，一——一六二。）

程伟元的活字本有两种。第一种我曾叫做“程甲本”，是乾隆五十六年（一七九一）排印，次年发行的。第二种我曾叫做“程乙本”，是乾隆五十七年改订的本子。

程甲本，我的朋友马幼渔教授藏有一部。此书最先出世，一出来就风行一时，故成为一切后来刻本的祖本。南方的各种刻本，如道光壬辰的王刻本等，都是依据这个程甲本的。

但这个本子发行之后，高鹗就感觉不满意，故不久就有改订本出来。程乙本的“引言”说：

> ……因急欲公诸同好，故初印时不及细校，间有纰缪。今复聚集各原本，详加校阅，改订无讹。惟阅者谅之。

马幼渔先生所藏的程甲本就是那“初印”本。现在印出的程乙本就是那“聚集各原本，详加校阅，改订无讹”的本子，可说是高鹗、程伟元合刻的定本。

这个改本有许多改订修正之处，胜于程甲本。但这个本子发行在后，程甲本已有人翻刻了；初本的一些矛盾错误仍旧留在现行各本里，虽经各家批注里指出，终没有人敢改正。我试举一个最明显的例子为证。第二回冷子兴说贾家的历史，中有一段道：

> 第二胎生了一位小姐，生在大年初一，就奇了。不想次年又生了一位公子，说来更奇，一落胞胎，嘴里便衔下一块五彩晶莹的玉来，还有许多字迹。

后来评读此书的人，都觉得这里必有错误，因为后文第十八回贾妃省亲一段里明说“宝玉未入学之先，三四岁时，已得贾妃口传授教了几本书，识了数千字在腹中；虽为姊弟，有如母子”。

这样一位长姊，何止大他一岁？所以戚本便改作：

> 第二胎生了一位小姐，生在大年初一日，就奇了。不想

后来又生了一位公子。

这是一种改法。程甲本也作“次年”。我的程乙本便大胆地改作了：

> 第二胎生了一位小姐，生在大年初一，就奇了。不想隔了十几年，又生了一位公子。

这三种说法，究竟那一种是原本呢？

前年我的朋友容庚先生在冷摊上买得一部旧抄本的《红楼梦》，是有百二十回的。他不但认这本是在程本以前的抄本，竟大胆地断定百二十回本是曹雪芹的原本。他做了一篇《〈红楼梦〉的本子问题，质胡适之、俞平伯先生》（北京大学《国学周刊》第五、六、九期），举出他的抄本文字上与程甲本及亚东本不同的地方，要证明他的抄本是程本以前的曹氏原本。我去年夏间答他一信，曾指出他的抄本是全抄程乙本的，底本正是高鹗的二次改本，决不是程刻以前的原本。他举出的异文，都和程乙本完全相同。其中有一条异文就是第二回里宝玉的生年。他的抄本也作：

> 不想隔了十几年，又生了一位公子。

我对容先生说：凡作考据，有一个重要的原则，就是要注意可能性的大小。可能性（probability）又叫做“几数”，又叫做“或然数”，就是事物在一定情境之下能变出的花样。把一个铜子掷在地上，或是龙头朝上，或是字朝上，可能性都是百分之五十，是均等的。把一个“不倒翁”掷在地上，他的头轻脚重，总是脚朝下的，故他有一百分的站立的可能性。试用此理来观察《红楼梦》里宝玉的生年，有二种可能：

(1) 原本作“隔了十几年”而后人改作了“次年”。

(2) 原本作“次年”，而后人改为“隔了十几年”。以常理推之，若原本既作“隔了十几年”，与第十八回所记正相照应，决无反改为“次年”之理。程乙本与抄本之改作“十几年”，正是他晚出之铁证。高鹗细察全书，看出第二回与十八回有大相矛盾的地方，他认定那教授宝玉几千字和几本书的姊姊，既然“有如母子”，至少应该比宝玉大十几岁，故他就假托参校各原本的结果，大胆地改正了。

直到今年夏间，我买得了一部乾隆甲戌（一七五四）抄本《脂砚斋重评石头记》残本十六回，这是曹雪芹未死时的抄本，为世间最古的抄本。第二回记宝玉的生年，果然也是：

> 第二胎生了一位小姐，生在大年初一，这就奇了。不想次年又生了一位公子。

这就证实了我的假定了。我曾考清朝的后妃，深信康熙、雍正、乾隆三朝没有姓曹的妃子。大概贾元妃是虚构的人物，故曹雪芹先说她比宝玉大一岁，后来越造越不像了，就不知不觉地把元妃的年纪加长了。

我再举一条重要的异文。第二回冷子兴又说：

> 当日宁国公、荣国公是一母同胞弟兄两个。宁公居长，生了四个儿子。

程甲本，戚本都作“四个儿子”。我的程乙本却改作了“两个儿子”。容庚先生的抄本也作“两个儿子”。这又是高鹗后来的改本，容先生的抄本又是高鹗改订本的。我的《脂砚斋石头记》残本也作“四个儿子”，可证“四个”是原文。但原文于宁国公的四个儿子，只说出长子是代化，其余三个儿子都不曾说出名字，故高鹗嫌“四个”太多，改为“两个”。但这一句却没有改订的必要。《脂砚斋》残本有夹缝朱批云：

> 贾蔷、贾菌之祖，不言可知矣。

高鹗的修改虽不算错，却未免多事了。

我在《〈红楼梦〉考证》里曾说：

> 程伟元的序里说，《红楼梦》当日虽只有八十回，但原本却有一百二十卷的目录。这话可惜无从考证（戚本目录并无后四十回）。我从前想当时各抄本中大概有些是有后四十回目录的，但我现在对于这一层很有点怀疑了。

俞平伯先生在《〈红楼梦〉辨》里，为了这个问题曾作一篇长文（卷上，一一——二六）辨“原本回目只有八十”。他的理由很充足，我完全赞同。但容庚先生却引他的抄本第九十二回的异文作证据，很严厉地质问平伯道：

> 我们读第九十二回“评《女传》巧姐慕贤良，玩母珠

贾政参聚散”，只觉得宝玉评《女传》，不觉得巧姐慕贤良的光景；贾政玩母珠，也不觉得参什么聚散的道理。这不是很大的漏洞吗？

使后四十回的回目系曹雪芹做的，高鹗补作，不大了解曹雪芹的原意，故此说不出来，尚可勉强说得过去。无奈俞先生想证明后四十回系高鹗补作，不能不把后四十回目一并推翻，反留下替高鹗辩护的余地。

现在把抄本关于这两段的抄下。后四十回既然是高鹗补的，干么他自己一次二次排印的书都没有这些的话？没有这些话是否可以讲得去？请俞先生有以语我来？

——《国学周刊》第六期，页十七

容先生的抄本所有的两段异文，都是和这个程乙本完全一样的，也都是高鹗后来修改的。容先生没有看见我的程乙本，只看见了幼渔先生的程甲本，他不该武断地说高鹗“自己一次二次排印的书都没有这些话”。我们现在知道高鹗的初稿（程甲本）与现行各本同没有这两段；但他第二次改本（程乙本）确有这两段。我们把这两段分抄在这里：

(1) 第一段“慕贤良”：

（程甲本与后来翻此本的各本）

宝玉道：“那文王后妃，是不必说了，想来是知道的。那姜后脱簪待罪；齐国的无盐虽丑，能安邦定国：是后妃里头的贤能的。若说有才的，是曹大家，班婕妤，蔡文姬，谢道韫诸人。孟光的荆钗布裙，鲍宣妻的提瓮出汲，陶侃母的截发留宾，还有画荻教子的：这是不厌贫的。那苦的里头有乐昌公主破镜重圆，苏蕙的回文感主。那孝的是更多了：木兰代父从军，曹娥投水寻父的尸首等类也多，我也说不得许多。那个曹氏的引刀割鼻，是魏国的故事。那守节的更多了，只好慢慢的讲。若是那些艳的，王嫱，西子，樊素，小蛮，绛仙等；妒的是，'秃妾发，怨洛神'。……等类。文君，红拂，是女中的豪侠。"

贾母听到这里，说："够了；不用说了。你讲的太多，他那里还记得呢？"

（程乙本）（容抄本同）

宝玉便道："那文王后妃，不必说了。那姜后脱簪待罪，和齐国的无盐安邦定国：是后妃里头的贤能的。"巧姐听了，答应个"是"。宝玉又道："若说有才的，是曹大家，班婕妤，蔡文姬，谢道韫诸人。"巧姐问道："那贤德的呢"？宝玉道："孟光的荆钗布裙，鲍宣妻的提瓮出汲，陶侃母的截发留宾：这些不厌贫的，就是贤德的了。"巧姐欣然点头。宝玉道："还有苦的像那乐昌破镜，苏蕙回文。那孝的木兰代父从军，曹娥投水寻尸等类，也难尽说。"巧姐听到这些，却默默如有所思。宝玉又讲那曹氏的引刀割鼻，及那些守节的。巧姐听着，更觉肃敬起来。宝玉恐他不自在，又说："那些艳的，如王嫱，西子，樊素，小蛮，绛仙，文君，红拂都是女中的……"尚未说出，贾母见巧姐默然，便说："够了，不用说了。讲的太多，他那里记得？"

（2）第二段"参聚散"：

（程甲本与后来翻此本的各本）

冯紫英道："人世的荣枯，仕途的得失，终属难定。"贾政道："像雨村算便宜的了。还有我们差不多的人家，就是甄家，从前一样的功勋，一样的世袭，一样的起居，我们也是时常来往。不多几年，他们进京来，差人到我这里请安，还很热闹。一会儿抄了原籍的家财，至今杳无音信。不知他近况若何，心下也着实惦记。看了这样，你想做官的怕不怕?"贾赦道："咱们家里再没有事的。"

（程乙本）（容抄本同）

冯紫英道："人世的荣枯，仕途的得失，终属难定。"贾政道："天下事都是一个样的理哟！比如方才那珠子：那颗大的就像有福气的人是的。那些小的都托赖着他的灵气护庇着。要是那大的没有了，那些小的也就没有收揽了。就像人家儿当头人有了事，骨肉也都分离了，亲戚也都零落了，就是好朋友也都散了，转瞬荣枯，真似春云秋叶一般。你想做官有什么趣儿呢？像雨村算是便宜的了。还有我们差不多的人家儿，就是甄家；从前一样功勋，一样世袭，一样起居，我们也是时常来往。不多几年，他们进京来，差人到我这里请安，还很热闹。一会儿抄了原籍的家财，至今杳无音信。不知他近况若何，心下也着实惦记着。"贾赦道："什么珠子?"贾政同冯紫英又说了一遍给贾赦听。贾赦道："咱们家是再没有事的。"

容庚先生想用这两大段异文来证明，不但后四十回的回目是曹雪芹原稿有的，并且后四十回的全文也是曹雪芹的原文。他不知道这两大段异文便是高鹗续书的铁证，也是他伪作回目的铁证。

高鹗的“引言”里明明说：

（一）书中前八十回，抄本各家互异。今广集核勘，准情酌理，补遗订讹。其间或有增损数字处，意在便于披阅，非敢争胜前人也。

（一）书中后四十回系就历年所得，集腋成裘，更无他本可考。惟按其前后关照者，略为修辑，使其有应接而无矛盾。至其原文，未敢臆改。俟再得善本，更为厘定，且不欲尽掩其本来面目也。

前八十回有“抄本各家互异”，故他改动之处如上文举出第二回里的改本，还可以假托“广集核勘”的结果。但他既明明承认“后四十回更无他本可考”，又既明明宣言这四十回的原文“未敢臆改”，何以又有第九十二回的大改动呢？岂不是因为他刻成初稿（程甲本）之后，自己感觉第九十二回的内容与回目不相照应，故偷偷地自己修改了，又声明“未敢臆改”以掩其作伪之迹吗？他料定读小说的人决不会费大工夫用各种本子细细校勘。他那里料得到一百三十多年后居然有一位容庚先生肯用校勘学的工夫去校勘《红楼梦》，居然会发现他作伪的铁证呢？

这个程乙本流传甚少；我所知的，只有我的一部原刻本和容庚先生的一部旧抄本。现在汪原放标点了这本子，排印行世，使大家知道高鹗整理前八十回与改订后四十回的最后定本是个什么样子，这是我们应该感谢他的。

一九二七，十一，十四，在上海

考证《红楼梦》的新材料

一 残本《脂砚斋重评〈石头记〉》

去年我从海外归来，便接着一封信，说有一部抄本《脂砚斋重评〈石头记〉》愿让给我。我以为“重评”的《石头记》大概是没有价值的，所以当时竟没有回信。不久，新月书店的广告出来了，藏书的人把此书送到店里来，转交给我看。我看了一遍，深信此本是海内最古的《石头记》抄本，遂出了重价把此书买了。

这部脂砚斋重评本（以下称“脂本”）只剩十六回了，其目如下：

第一回至第八回

第十三回至第十六回

第二十五回至第二十八回

首页首行有撕去的一角，当是最早藏书人的图章。今存图章三方，一为“刘铨畐子重印”，一为“子重”，一为“髣眉”。第二十八回之后幅有跋五条。其一云：

> 《红楼梦》虽小说，然曲而达，微而显，颇得史家法。余向读世所刊本，辄逆以己意，恨不得起作者一谭。睹此册，私幸予言之不谬也。子重其宝之。青士、椿余同观于半

亩园并识。乙丑孟秋。

其一云：

《红楼梦》非但为小说别开生面，直是另一种笔墨。昔人文字有翻新法，学《梵夹书》，今则写西法轮齿，仿《考工记》。如《红楼梦》实出四大奇书之外，李贽、金圣叹皆未曾见也。戊辰秋记。

此条有“福”字图章，可见藏书人名刘铨福，字子重。以下三条跋皆是他的笔迹。其一云：

《红楼梦》纷纷效颦者无一可取。唯《痴人说梦》一种及二知道人《红楼梦说梦》一种尚可玩，惜不得与佟四哥三弦子一弹唱耳。此本是《石头记》真本，批者事皆目击，故得其详也。癸亥春日白云吟客笔。（有“白云吟客”图章）

李伯盂郎中言翁叔平殿撰有原本而无脂批，与此文不同。

又一条云：

脂砚与雪芹同时人，目击种种事故，故批笔不从臆度。原文与刊本有不同处，尚留真面，惜止存八卷。海内收藏家更有副本，愿抄补全之，则妙矣。五月廿七日阅又记。（有“铨”字图章）

另一条云：

近日又得妙复轩手批十二巨册。语虽近凿，而与《红楼梦》味之亦深矣。云客又记。（又“阿瘖瘖”图章）

此批本丁卯夏借与绵州孙小峰太守，刻于湖南。第三回有墨笔眉批一条，字迹不像刘铨福，似另是一个人，跋末云：

同治丙寅（五年，一八六六）季冬月左绵痴道人记。

此人不知即是上条提起的绵州孙小峰吗。但这里的年代可以使我们知道跋中所记干支都是同治初年。刘铨福得此本在同治癸亥（一八六三），乙丑（一八六五）有椿余一跋，丙寅有痴道人一条批，戊辰（一八六八）又有刘君的一跋。

刘铨福跋说“惜止存八卷”，这一句话不好懂。现存的十六回，每回为一卷，不该说止存八卷。大概当时十六回分装八册，故称八卷；后来才合并为四册。

此书每半页十二行，每行十八字。楷书。纸已黄脆了，已经了一次装衬。第十三回首页缺去小半角，衬纸与原书接缝处印有“刘铨畐子重印”图章，可见装衬是在刘氏收得此书之时，已在六十年前了。

二　脂砚斋与曹雪芹

脂本第一回于“满纸荒唐言，一把辛酸泪”一诗之后，说：

> 至脂砚斋甲戌抄阅再评，仍用《石头记》。出则既明，且看石上是何故事。

“出则既明”以下与有正书局印的戚抄本相同。但戚本无此上的十五字。甲戌为乾隆十九年（一七五四），那时曹雪芹还不曾死。

据此，《石头记》在乾隆十九年已有“抄阅再评”的本子了。可见雪芹作此书在乾隆十八九年之前。也许其时已成的部分止有这二十八回。但无论如何，我们不能不把《红楼梦》的著作时代移前。俞平伯先生的《红楼梦年表》（《〈红楼梦〉辨》八）把作书时代列在乾隆十九年至二八年（一七五四——一七六三），这是应当改正的了。脂本于“满纸荒唐言”一诗的上方有朱评云：

> 能解者方有辛酸之泪哭成此书。壬午除夕，书未成，芹为泪尽而逝。余尝哭芹，泪亦待尽。每意觅青埂峰再问石兄，余不遇癞头和尚何！怅怅！……甲午（乾隆三九，一七七四）八月泪笔。

壬午为乾隆二十七年，除夕当西历一七六三年二月十二日。（据陈垣《中西回史日历》检查）

我从前根据敦诚《四松堂集》“挽曹雪芹”一首诗下注的“甲申”二字，考定雪芹死于乾隆甲申（一七六四），与此本所记，相差一年余。雪芹死于壬午除夕，次日即是癸未，次年才是甲申。敦诚挽诗作于一年以后，故编在甲申年，怪不得诗中有“絮酒生刍上旧坰”的话了。现在应依脂本，定雪芹死于壬午除夕。再依敦诚挽诗“四十年华付杳冥”的话，假定他死时年四十五，他生时大概在康熙五十六年（一七一七）。我的《考证》与平伯的年表也都要改正了。

这个发现使我们更容易了解《红楼梦》的故事。雪芹的父亲頫卸织造任在雍正六年（一七二八），那时雪芹已十二岁，是见过曹家盛时的了。

脂本第一回叙《石头记》的来历云：

> 空空道人……从头至尾抄录回来，问世传奇：因空见色，由色生情，传情入色，自色悟空，遂易名为情僧，改《石头记》为《情僧录》。至吴玉峰题曰《红楼梦》；东鲁孔梅溪则题曰《风月宝鉴》。后因曹雪芹于悼红轩中披阅十载，增删五次，纂成目录，分出章回，则题曰《金陵十二钗》。

此上有眉评云：

> 雪芹旧有《风月宝鉴》之书，乃是弟棠村序也。今棠村已逝，余睹新怀旧，故仍因之。

据此，《风月宝鉴》乃是雪芹作《红楼梦》的初稿，有其弟棠村作序。此处不说曹棠村而用“东鲁孔梅溪”之名，不过是故意作狡狯。梅溪似是棠村的别号，此有二层根据：第一，雪芹号芹溪，脂本屡称芹溪，与梅溪正同行列。第二，第十三回“三春去后诸芳尽，各自须寻各自门”二句上，脂本有一条眉评云“不必看完，见此二句，即欲堕泪。梅溪”。顾颉刚先生疑此即是所谓“东鲁孔梅溪”。我以为此即是雪芹之弟棠村。

又上引一段中，脂本比别本多出“至吴玉峰题曰《红楼梦》”九个字。吴玉峰与孔梅溪同是故设疑阵的假名。

我们看这几条可以知道脂砚斋同曹雪芹的关系了。脂砚斋是同雪芹很亲近的，同雪芹弟兄都很相熟。我并且疑心他是雪芹同族的亲属。第十三回写秦可卿托梦于凤姐一段，上有眉评云：

> “树倒猢狲散”之语，全犹在耳，曲指三十五年矣。伤哉！宁不恸杀！

又可卿提出祖茔置田产附设家塾一段上有眉评云：

> 语语见道，字字伤心。读此一段，几不知此身为何物矣。松斋。

又此回之末凤姐寻思宁国府中五大弊，上有眉批云：

> 旧族后辈受此五病者颇多。余家更甚。三十年前事，见书于三十年后，今（令?）余想恸血泪盈□（此处疑脱一字）。

又第八回贾母送秦钟一个金魁星，有朱评云：

> 作者今尚记金魁星之事乎？抚今思昔，肠断心摧。

看此诸条，可见评者脂砚斋是曹雪芹很亲的族人，第十三回所记宁国府的事即是他家的事，他大概是雪芹的嫡堂弟兄或从堂弟兄，——也许是曹颙或曹頫的儿子。松斋似是他的表字，脂砚斋是他的别号。

这几条之中，第十三回之一条说：

屈指三十五年矣。

又一条说：

三十年前事，见书于三十年后。

脂本抄于甲戌（一七五四），其“重评”有年月可考者，有第一回（抄本页十）之“丁亥春”（一七六七），有上文已引之“甲午八月”（一七七四）。自甲戌至甲午，凡二十年。折中假定乾隆二十九年（一七六四）为上引几条评的年代，则上推三十五年为雍正七年（一七二九），曹雪芹约十三岁，其时曹頫刚卸任织造（一七二八），曹家已衰败了，但还不曾完全倒落。

此等处皆可助证《红楼梦》为记述曹家事实之书，可以摧破不少的怀疑。我从前在《〈红楼梦〉考证》里曾指出两个可注意之点：

第一，十六回凤姐谈“南巡接驾”一大段，我认为即是康熙南巡，曹寅四次接驾的故事。我说：

曹家四次接驾乃是很不常见的盛事，故曹雪芹不知不觉的——或是有意的——把他家这桩最阔的大典说了出来。

——《考证》页四十一

脂本第十六回前有总评，其一条云：

借省亲事写南巡，出脱心中多少忆昔感今！

这一条便证实了我的假设。我又曾说赵嬷嬷说的贾家接驾一次，甄家接驾四次，都是指曹家的事。脂本于本回“现在江南的甄家……接驾四次”一句之傍，有朱评云：

> 甄家正是大关键，大节目。勿作泛泛口头语看。

这又是证实我的假设了。

第二，我用《八旗氏族通谱》的曹家世系来比较第二回冷子兴说的贾家世次，我当时指出贾政是次子，先不袭职，又是员外郎，与曹頫一一相合，故我认为贾政即是曹頫（《考证》四十三——四十四）。这个假设在当时很受朋友批评。但脂本第二回“皇上……赐了这政老爹一个主事之衔，令其入部习学，如今现已升了员外郎”一段之傍有朱评云：

> 嫡真实事，非妄拥也。

这真是出于我自己意料之外的好证据了！

故《红楼梦》是写曹家的事，这一点现在得了许多新证据，更是颠扑不破的了。

三　秦可卿之死

第十三回记秦可卿之死，曾引起不少人的疑猜。今本（程乙本）说：

> 人回：“东府蓉大奶奶没了。”……彼时合家皆知，无不

纳闷，都有些伤心。

戚本作：

彼时合家皆知，无不纳叹，都有些伤心。

坊间普通本子有一种却作：

彼时合家皆知，无不纳闷，都有些疑心。

脂本正作：

彼时合家皆知，无不纳罕，都有些疑心。

上有眉评云：

九个字写尽天香楼事，是不写之写。

又本文说

这四十九日，单请一百单八众禅僧在大厅上拜大悲忏。……另设一坛子天香楼上。

此九字旁有夹评云：

删却，是未删之笔。

又本文云：

又听得秦氏之丫环名唤瑞珠者，见秦氏死了，他也触柱而亡。

旁有夹评云：

补天香楼未删之文。

天香楼是怎么一回事呢？
此回之末，有朱笔题云：

“秦可卿淫丧天香楼”，作者用史笔也。老朽因有魂托凤姐、贾家后事二件嫡是安富尊荣坐享人能想得到处，其事虽未漏，其言其意则令人悲切感服，姑赦之，因命芹溪删去。

又有眉评云：

此回只十页，因删去天香楼一节，少却四五页也。

这可见此回回目原本作：

秦可卿淫丧天香楼，
王熙凤协理宁国府。

后来删去天香楼一长段，才改为“死封龙禁尉”，平仄便不调了。

秦可卿是自缢死的，毫无可疑。第五回画册上明明说：

> 画着高楼大厦，有一美人悬梁自缢。（此从脂本）其判云：
>
> 情天情海幻情身，情既相逢必主淫。
>
> 漫言不肖皆荣出，造衅开端实在宁。

俞平伯在《〈红楼梦〉辨》里特立专章讨论可卿之死。（中卷，页一五九——一七八）但顾颉刚引《〈红楼梦〉佚话》说有人见书中的焙茗，据他说，秦可卿与贾珍私通，被婢撞见，羞愤自缢死的。平伯深信此说，列举了许多证据，并且指出秦氏的丫环瑞珠触柱而死，可见撞见奸情的便是瑞珠。现在平伯的结论都被我的脂本证明了。我们虽不得见未删天香楼的原文，但现在已知道

（1）秦可卿之死是“淫丧天香楼”。

（2）她的死与瑞珠有关系。

（3）天香楼一段原文占本回三分之一之多。

（4）此段是脂砚斋劝雪芹删去的。

（5）原文正作“无不纳罕，都有些疑心”，戚本始改作“伤心。”

四　《红楼梦》的“凡例”

《红楼梦》各本皆无“凡例”。脂本开卷便有“凡例”，又称“《红楼梦》旨义”，其中颇有可注意的话，故全抄在下面：

> 凡例
>
> 《红楼梦》旨义。是书题名极多□□《红楼梦》，是总

其全部之名也。又曰《风月宝鉴》，是戒妄动风月之情。又曰《石头记》，是自譬石头所记之事也。此三名皆书中曾已点睛矣。如宝玉作梦，梦中有曲，名曰“红楼梦十二支”，此则《红楼梦》之点睛。又如贾瑞病，跛道人持一镜来，上面即錾《风月宝鉴》四字，此则《风月宝鉴》之点睛。又如道人亲眼见石上大书一篇故事，则系石头所记之往来，此则《石头记》之点睛处。然此书又名曰《金陵十二钗》，审其名则必系金陵十二女子也。然通部细搜检去，上中下女子岂止十二人哉？若云其中自有十二个，则又未尝指明白系某某。极至《红楼梦》一回中亦曾翻出金陵十二钗之簿籍，又有十二支曲可考。

书中凡写长安，在文人笔墨之间，则从古之称；凡愚夫妇儿女子家常口角，则曰中京，是不欲着迹于方向也。盖天子之邦，亦当以中为尊。特避其东南西北四字样也。

此书只是着意于闺中。故叙闺中之事切，略涉于外事者则简，不得谓其不均也。

此书不敢干涉朝廷。凡有不得不用朝政者，只略用一笔带出，盖实不敢以写儿女之笔墨唐突朝廷之上也。又不得谓其不备。

以上四条皆低二格抄写。以下紧接“此书开卷第一回也，作者自云……”一长段，也低二格抄写。今本第一回即从此句起；而脂本的第一回却从“列位看官，你道此书从何而来”起。“此书开卷第一回也”以下一长段，在脂本里，明是第一回之前的引子，虽可说是第一回的总评，其实是全书的“旨义”，故紧接“凡例”之后，同样低格抄写。其文与今本也稍稍不同，我们也抄在

“凡例”之后，凡脂本异文，皆加符号记出：

此〔书〕开卷第一回也。作者自云，〔因〕曾历过一番梦幻之后，故将真事隐去，而撰此《石头记》一书也，故曰“甄士隐梦幻识通灵”。但书中所记何事，〔又因何而撰是书哉?〕自云，〔今〕风尘碌碌，一事无成，忽念及当日所有之女子，一一细推了去，觉其行止见识皆出〔于〕我之上，〔何〕堂堂之须眉诚不若彼〔一干〕裙钗，实愧则有余，悔则无益〔之〕大无可奈何之日也！当此时，〔则〕自欲将已往所赖〔上赖〕天恩，〔下承〕祖德，锦衣纨绔之时，饫甘餍美之日，背父母教育之恩，负师兄（今本作友）规训之德，已致今日一事（今本作技）无成，半生潦倒之罪，编述一记（今本作集）以告普天下〔人〕。虽（今本作知）我之罪固不能免（此五字今本作“负罪固多”），然闺阁中〔本自〕历历有人，万不可因我不肖（此处各本多“自护己短”四字），则一并使其泯灭也。虽今日之茆椽蓬牖，瓦灶绳床，其风晨月夕，阶柳庭花，亦未有伤于我之襟怀笔墨者，何为不用假语村言，敷演出一段故事来，以悦人之耳目哉（此一长句与今本多不同）？故曰“风尘怀闺秀”乃是第一回题纲正义也。开卷即云“风尘怀闺秀”，则知作者本意原为记述当日闺友闺情，并非怨世骂时之书矣。虽一时有涉于世态，然亦不得不叙者，但非其本旨耳。阅者切记之。

诗曰

浮生着甚苦奔忙？盛席华筵终散场。

悲喜千般同幻渺，古今一梦尽荒唐。

漫言红袖啼痕重，更有情痴抱恨长。

字字看来皆是血，十年辛苦不寻常。

我们读这几条凡例，可以指出几个要点：（1）作者明明说此书是“自譬石头所记之事”，明明说“系石头所记之往来”。（2）作者明明说“此书只是着意于闺中”，又说“作者本意原为记述当日闺友闺情，并非怨世骂时之书”。（3）关于此书所记地点问题，凡例中也有明白的表示。曹家几代住南京，故书中女子多是江南人，凡例中明明说“此书又名曰《金陵十二钗》，审其名则必系金陵十二女子也”。我因此疑心雪芹本意要写金陵，但他北归已久，虽然“秦淮残梦忆繁华”（敦敏赠雪芹诗），却已模糊记不清了，故不能不用北京作背景。所以贾家在北京，而甄家始终在江南。所以凡例中说，“书中凡写长安，……家常口角则曰中京，是不欲着迹于方向也。……特避其东南西北字样也”。平伯与颉刚对于这个地点问题曾有很长的讨论（《〈红楼梦〉辨》中，五十九——八十），他们的结论是“说了半天还和没有说一样，我们究竟不知道《红楼梦》是在南或是在北”（页七十九）。我的答案是：雪芹写的是北京，而他心里要写的是金陵：金陵是事实所在，而北京只是文学的背景。

至如大观园的问题，我现在认为不成问题。贾妃本无其人，省亲也无其事，大观园也不过是雪芹的“秦淮残梦”的一境而已。

五　脂本与戚本

现行的《红楼梦》本子，百廿回本以程甲本（高鹗本）为最古，八十回本以戚蓼生本为最古，戚本更古于高本，那是无可疑的。平伯在数年前对于戚本曾有很大的怀疑，竟说他“决是辗转传抄后的本子，不但不免错误，且也不免改窜”（《〈红楼梦〉辨》，上，一二六）。但我曾用脂砚斋残本细校戚本，始知戚本一定在高本之前，凡平伯所疑高本胜于戚本之处（一三五——一三七），皆戚本为原文，而高本为改本。但那些例子都很微细，我在此文里不及讨论，现在要谈几个更重要之点。

我用脂本校戚本的结果，使我断定脂本与戚本的前二十八回同出于一个有评的原本，但脂本为直接抄本，而戚本是间接传抄本。

何以晓得两本同出于一个有评的原本呢？戚本前四十回之中，有一半有批评，一半没有批评；四十回以下全无批评。我仔细研究戚本前四十回，断定原底本是全有批评的，不过抄手不止一个人，有人连评抄下，有人躲懒便把评语删了。试看下表：

第一回	有评	第二回	无评
第三回	有评	第四回	无评
第五回	有评	第六回	无评
第七回	有评	第八回	无评
第九回	有评	第十回	无评
		第十一回	无评
第十二回至廿六回	有评		
第廿七回至卅五回	无评		
第卅六回至四十回	有评		

看这个区分，我们可以猜想当时抄手有二人，先是每人分头抄一回，故甲抄手专抄奇数，便有评；乙抄手抄偶数，便无评；至十二回以下甲抄手连抄十五回，都有评；乙抄手连抄九回，都

无评。

戚本前二十八回，所有评语，几乎全是脂本所有的，意思与文字全同，故知两本同出于一个有评的原底本。试更举几条例为铁证。戚本第一回云：

> 一家乡官姓甄（真假之甄宝玉亦借此音，后不注）名费废，字士隐。

脂本作：

> 一家乡官，姓甄（真□后之甄宝玉亦借此音，后不注）名费（废），字士隐。

戚本第一条评注误把“真”字连下去读，故改“后”为“假”，文法遂不通。第二条注“废”字误作正文，更不通了。此可见两本同出一源，而戚本传抄在后。

第五回写薛宝钗之美，戚本作：

> 品格端方，容貌丰美，人多谓黛玉所不及（此句定评），想世人目中各有所取也。按黛玉、宝钗二人一如娇花，一如纤柳，各极其妙，此乃世人性分甘苦不同之故耳。

今检脂本，始知“想世人目中”以下四十二字都是评注，紧接“此句定评”四字之后。此更可见二本同源，而戚本在后。

平伯说戚本有脱误，上举两例便可证明他的话不错。

我因此推想得两个结论：

（1）《红楼梦》的最初底本是有评注的。

（2）最初的评注至少有一部分是曹雪芹自己作的，其余或是他的亲信朋友如脂砚斋之流的。

何以说底本是有评注的呢？脂本抄于乾隆甲戌，那时作者尚生存，全书未完，已是“重评”的了，可以见甲戌以前的底本便有评注了。戚本的评注与脂本的一部分评注全同，可见两本同出的底本都有评注。又高鹗所据底本也有评注。平伯指出第三十七回贾芸与宝玉的书信末尾写着

男芸跪书一笑

检戚本始知“一笑”二字是评注，误入正文。程甲本如此，程乙本也如此。平伯说，“高氏所依据的抄本也有这批语，和戚本一样，这都是奇巧的事”（《〈红楼梦〉辨》，上，一四四）。其实这并非“奇巧”，只证明高鹗的底本也出于那有评注的原本而已（高程刻本合删评注）。

原底本既有评注，是谁作的呢？作者自加评注本是小说家的常事；况且有许多评注全是作者自注的口气，如上文引的第一回“甄”字下注云：

真□后之甄宝玉亦借此音，后不注。

这岂是别人的口气吗？又如第四回门子对贾雨村说的“护官符”口号，每句下皆有详注，无注便不可懂，今本一律删去了。今抄脂本原文如下：

上面皆是本地大族名宦之家的谚俗口碑，其口碑排写得明白，下面皆注着始祖官爵并房次。石头亦曾照样抄写一张。今据石上所抄云：

贾不假，白玉为堂金作马。（宁国、荣国二公之后，共二十房分，除宁、荣亲派八房在都外，现原籍住者十二房。）（适按，二十房，误作十二房，今依戚本改正。）

阿房宫，三百里，住不下金陵一个史。（保龄侯尚书令史公之后，房分共十八，都中现住者十房，原籍现住八房。）（适按，十八，今戚本误作二十）

丰年好大雪，珍珠如土金如铁。（紫微舍人薛公之后，现领内府帑银行商，共八房分。）

东海缺少白玉床，龙王来请金陵王。（都太尉统制县伯王公之后，共十二房，都中二房，余在籍。）（适按，在籍二字误说，今据戚本补。）

这四条注都是作者原书所有的，现在都被删去了。脂本里，这四条注也都用朱笔写在夹缝，与别的评注一样抄写。我因此疑心这些原有的评注之中，至少有一部分是作者自己作的。又如第一回“无材补天，幻形人世”两句有评注云：

八字便是作者一生惭恨。

这样的话当然是作者自己说的。

* * *

以上说脂本与戚本同出于一个有评注的原本，而戚本传抄在后。但因为戚本传抄在后，《红楼梦》的底本已经过不少的修改了，故戚本有些地方与脂本不同。有些地方也许是作者自己改削的；但大部分的改动似乎都是旁人斟酌改动的；有些地方似是被抄写的人有意删去，或无意抄错的。

如上文引的全书“凡例”，似是抄书人躲懒删去的，如翻刻书的人往往删去序跋以节省刻资，同是一种打算盘的办法。第一回序例，今本虽保存了，却删去不少的字，又删去了那首“字字看来皆是血，十年辛苦不寻常”很好的诗。原本不但有评注，还有许多回有总评，写在每回正文之前，与这第一回的序例相像，大概也是作者自己作的。还有一些总评写在每回之后，也是墨笔楷书，但似是评书者加的，不是作者原有的了。现在只有第二回的总评保存在戚本之内，则戚本第二回前十二行及诗四句是也。此外如第六回，第十三回，十四回，十五回，十六回，每回之前皆有总评，戚本皆不曾收入。又第六回，二十五回，二十六回，二十七回，二十八回，每回之后皆有“总批”多条，现在只有四条（廿七回及廿八回后）被收在戚本之内。这种删削大概是抄书人删去的。

有些地方似是有意删削改动的。如第二回说元春与宝玉的年岁，脂本作：

> 第二胎生了一位小姐，生在大年初一，这就奇了。不想次年又生了一位公子。

戚本便改作了：

> 不想后来又生了一位公子。

这明是有意改动的了。又戚本第一回写那位顽石：

一日正当嗟悼之际，俄见一僧一道远远而来，生得骨格不凡，丰神迥异，来至石下，席地而坐，长谈，见一块鲜明莹洁美玉，且又缩成扇坠大小的可佩可挈。那僧托于掌上，……

这一段各本大体皆如此；但其实文义不很可通，因为上面明说是顽石，怎么忽已变成宝玉了？今检脂本，此段多出四百二十余字，全被人删掉了。其文如下：

俄见一僧一道远远而来，生得骨格不凡，丰神迥别，说说笑笑，来至峰下，坐于石边，高谈快论。先是说些云山雾海，神仙玄幻之事，后便说到红尘中荣华富贵。此石听了，不觉打动凡心，也想要到人间去享一享这荣华富贵，但自恨粗蠢，不得已，便口吐人言，向那僧道说道："大师，弟子蠢物，不能见礼了。适问（闻）二位谈那人世间荣耀繁华，心切慕之。弟子质虽粗蠢，性却稍通。况见二师仙形道体，定非凡品，必有补天济世之材，利物济人之德。如蒙发一点慈心，携带弟子，得入红尘，在那富贵场中，温柔乡里，受享几年，自当永佩洪恩，万劫不忘也。"二仙师听毕，齐憨笑道："善哉，善哉！那红尘中却有些乐事，但不能永远依恃。况又有'美中不足，好事多磨'八个字紧相连属，瞬息间则又乐极悲生，人非物换。究竟是到头一梦，万境归空。到不如不去的好。"这石凡心已炽，那里听得进这话去？乃复苦求再四，二仙知不可强制，乃叹道："此亦静极思动，无中生有之数也。既如此，我们便携你去受享受享。只是到不得意时，切莫后悔。"石道："自然自然。"那僧又道：

"若说你性灵，却又如此质蠢，并更无奇贵之处。如此，也只好踮脚而已。也罢，我如今大施佛法，助你〔一〕助。待劫终之日，复还本质，以了此案。你道好否?" 石头听了，感谢不尽。那僧便念咒书符，大展幻术，将一块大石登时变成一块鲜明莹洁的美玉，且又缩成扇坠大小的可佩可拿。

这一长段，文章虽有点罗嗦，情节却不可少。大概后人嫌他稍繁，遂全删了。

六 脂本的文字胜于各本

我们现在可以承认脂本是《红楼梦》的最古本，是一部最近于原稿的本子了。在文字上，脂本有无数地方远胜于一切本子。我试举几段作例。

第一例 第八回

（1）脂砚斋本

宝玉与宝钗相近，只闻一阵阵凉森森甜丝丝的幽香，竟不知系何香气。

（2）戚本

宝玉此时与宝钗就近，只闻一阵阵凉森森甜甜的幽香，竟不知是何香气。

（3）藩王刻诸本 （亚东初本） （程甲本）

宝玉此时与宝钗相近，只闻一阵香气，不知是何气味。

(4) 程乙本 （亚东新版）

宝玉此时与宝钗挨肩坐着，只闻一阵阵的香气，不知何味。

戚本把“甜丝丝”误抄作“甜甜”，遂不成文。后来各本因为感觉此句有困难，遂索性把形容字都删去了。高鹗最后定本硬改“相近”为“挨肩坐着”，未免太露相，叫林妹妹见了太难堪！

第二例　第八回

(1) 脂本

话犹未了，林黛玉已摇摇的走了进来。

(2) 戚本

话犹未了，林黛玉已走了进来。

(3) 蕃王刻本

话犹未了，林黛玉已摇摇摆摆的来了。

(4) 程乙本

话犹未完，黛玉已摇摇摆摆的进来。

原文“摇摇的”是形容黛玉的瘦弱病躯。戚本删了这三字，已是不该的了。高鹗竟改为“摇摇摆摆的”，这竟是形容詹光、单聘仁的丑态了，未免太唐突林妹妹了！

第三例　第八回

（1）脂本与戚本

黛玉……一见了（戚本无“了”字）宝玉，便笑道，“嗳哟，我来的不巧了！”宝玉等忙起身笑让坐。宝钗因笑道：“这话怎么说？”黛玉笑道，“早知他来，我就不来了。”宝钗道，“我更不解这意。”黛玉笑道，“要来时一群都来，要不来一个也不来。今儿他来了，明儿我再来（戚本作“明日我来”），如此间错开了来着，岂不天天有人来了，也不至于太冷落，也不至于太热闹了？姐姐如何反不解这意思？”

（2）蕃王刻本

黛玉……一见宝玉，便笑道：“嗳呀！我来的不巧了！”宝玉等忙起身让坐。宝钗因笑道：“这话怎么说？”黛玉道：“早知他来，我就不来了。”宝钗道：“我不解这意。”黛玉笑道：“要来时，一齐来；要不来，一个也不来。今儿他来，明儿我来，如此间错开了来，岂不天天有人来了，也不至于太冷落，也不至于太热闹？姐姐如何不解这意思？”

（3）程乙本

黛玉……一见宝玉，便笑道：“哎哟！我来的不巧了！”

宝玉等忙起身让坐。宝钗笑道："这是怎么说？"黛玉道："早知他来，我就不来了。"宝钗道："这是什么意思？"黛玉道："什么意思呢？来呢，一齐来；不来，一个也不来。今儿他来，明儿我来，间错开了来，岂不是天天有人来呢？也不至太冷落，也不至太热闹。姐姐有什么不解的呢？"

高鹗最后改本删去了两个"笑"字，便像林妹妹板起面孔说气话了。

第四例　第八回

(1) 脂本

宝玉因见他外面罩着大红羽缎对襟褂子，因问，"下雪了么？"地下婆娘们道，"下了这半日雪珠儿了。"宝玉道，"取了我的斗篷来了不曾？"黛玉便道，"是不是！我来了，你就该去了！"宝玉笑道，"我多早晚说要去了？不过是拿来预备着。"

(2) 戚本

……地下婆娘们道，"下了这半日雪珠儿。"宝玉道，"取了我的斗篷来了不曾？"黛玉道，"是不是！我来了，他就讲去了！"宝玉笑道，"我多早晚说要去来着？不过拿来预备。"

(3) 蓄王刻本

……地下婆娘们说，“下了这半日了。”宝玉道：“取了我的斗篷来。”黛玉便笑道：“是不是？我来了，你就该去了！”宝玉笑道：“我何曾说要去？不过拿来预备着。”

(4) 程乙本

……地下老婆们说，“下了这半日了。”宝玉道，“取了我的斗篷来。”黛玉便笑道，“是不是？我来了，他就该走了！”宝玉道，“我何曾说要去？不过拿来预备着。”

戚本首句脱一“了”字，末句脱一“着”字，都似是无心的误脱。“你就该去了”，戚本改的很不高明，似系误“该”为“讲”，仍是无心的错误。“我多早晚（“多早晚”是“什么时候”）说要去了？”这是纯粹北京话。戚本改为“我多早晚说要去来着？”这还是北京话。高本嫌此话太“土”加上一层翻译，遂没有味儿了。

最无道理的是高本改“取了我的斗篷来了不曾”的问话口气为命令口气。高本删“雪珠儿”也无理由。

第五例　第八回

(1) 脂本与戚本

李嬷嬷因说道，“天又下雪，也好早晚的了，就在这里同姐姐妹妹一处顽顽罢。”

(2) 蓄王刻本

“天又下雪，也要看早晚的，就在这里和姐姐妹妹一处顽顽罢。”

(3) 程乙本

“天又下雪，也要看时候儿，就在这里和姐姐妹妹一处顽顽儿罢。”

这里改的真是太荒谬了。“也好早晚的了”，是北京话，等于说“时候不很早了”。高鹗两次改动，越改越不通。高鹗是汉军旗人，应该不至于不懂北京话。看他最后定本说“时候儿”，又说“顽顽儿”，竟是杭州老儿打官话儿！

这几段都在一回之中，很可以证明脂本的文字的价值远在各本之上了。

七　从脂本里推论曹雪芹未完之书

从这个脂本里的新证据，我们知道了两件已无可疑的重要事实：

(1) 乾隆甲戌（一七五四），曹雪芹死之前九年，《红楼梦》至少已有一部分写定成书，有人“抄阅重评”了。

(2) 曹雪芹死在乾隆壬午除夕（一七六三年二月十三日）。我曾疑心甲戌以前的本子没有八十回之多，也许止有二十八回，也许止有四十回。为什么呢？因为如果甲戌以前雪芹已成八十回，那么从甲戌到壬午，这九年之中雪芹做的是什么书？难道他没有继续此书吗？如果他续作的书是八十回以后之书，那些书稿又在何处呢？

如果甲戌已有八十回稿本流传于朋友之间，则他以后十年间续作的稿本必有人传观抄阅，不至于完全失散。所以我疑心脂本当甲戌时还没有八十回。

戚本四十回以下完全没有评注。这一点使我疑心最初脂砚斋所据有评的原本至多也不过四十回。

高鹗的壬子本引言有一条说：

> 如六十七回，此有彼无，题同文异。

平伯曾用戚本校高本，果见此回很大的异同。这一点使我疑心八十回本是陆续写定的。

但我仔细研究脂本的评注，和戚本所无而脂本独有的“总评”及“重评”，使我断定曹雪芹死时，他已成的书稿决不止现行的八十回，虽然脂砚斋说：

> 壬午除夕，书未成，芹为泪尽而逝。

但已成的残稿确然不止这八十回书。我且举几条证据看看。

(1) 史湘云的结局，最使人猜疑。第三十一回目“因麒麟伏白首双星”一句话引起了无数的猜测。平伯检得戚本第三十一回有总评云：

> 后数十回，若兰在射圃所佩之麒麟，正此麒麟也。提纲伏于此回中，所谓草蛇灰线在千里之外。

平伯误认此为“后三十回的《红楼梦》的一部分，他又猜想：

> 在佚本上，湘云夫名若兰，也有个金麒麟，或即是宝玉所失，湘云拾得的那个麒麟，在射圃里佩着。
>
> ——《〈红楼梦〉辨》，下，页二十四

但我现在替他寻得了一条新材料。脂本第二十六回有总评云：

> 前回倪二、紫英、湘莲、玉菡四样侠文，皆得传真写照之笔。惜卫若兰射圃文字迷失无稿，叹叹！

雪芹残稿中有“卫若兰射圃”一段文字，写的是一种“侠文”，又有“佩麒麟”的事。若兰姓卫，后来做湘云的丈夫，故有“伏白首双星”的话。

（2）袭人与蒋琪官的结局也在残稿之内。脂本与戚本第二十八回后都有总评云：

> 茜香罗，红麝串，写于一回。棋官（戚本作“盖琪官”。脂本一律作棋官。）虽系优人，后回与袭人供奉玉兄、宝卿，得同终始者，非泛泛之文也。

平伯也误认这是指“后三十回”佚本。这也是雪芹残稿之一部分。大概后来袭人嫁琪官之后，他们夫妇依旧“供奉玉兄宝卿，得同终始”。高鹗续书大失雪芹本意。

（3）小红的结局，雪芹也有成稿。脂本第二十七回总评云：

凤姐用小红，可知晴雯等埋没其人久矣，无怪有私心私情。且红玉后有宝玉大得力处，此于千里外伏线也。

二十六回小红与佳蕙对话一段有朱评云：

红玉一腔委曲怨愤，系身在怡红，不能遂志，看官勿错认为芸儿害相思也。狱神庙红玉、茜雪一大回文字，惜迷失无稿。

又二十七回凤姐要红玉跟她去，红玉表示情愿。有夹缝朱评云：

且系本心本意。狱神庙回内方见。

狱神庙一回，究竟不知如何写法。但可见雪芹曾有此“一大回文字”。高鹗续书中全不提及小红，遂把雪芹极力描写的一个大人物完全埋没了。

（4）惜春的结局，雪芹似也有成文。第七回里，惜春对周瑞家的笑道：

我这里正和智能儿说，我明儿也剃了头，同他作姑子去呢？

有朱评云：

闲闲笔，却将后半部线索提动。

这可见评者知道雪芹“后半部”的内容。

（5）残稿中还有“误窃玉”的一回文字。第八回，宝玉醉了睡下，袭人摘下通灵玉来，用手帕包好，塞在褥下，这一段后有夹评云：

> 交代清楚。塞玉一段又为“误窃”一回伏线。

误窃宝玉的事，今本无有，当是残稿中的一部分。

从这些证据里，我们可以知道雪芹在壬午以前，陆续作成的《红楼梦》稿子决不止八十回，可惜这些残稿都“迷失”了。脂砚斋大概曾见过这些残稿，但别人见过此稿的大概不多了，雪芹死后遂完全散失了。

《红楼梦》是“未成”之书，脂砚斋已说过了。他在二十五回宝玉病愈时，有朱评云：

> 叹不得见玉兄悬崖撒手文字为恨。

戚本二十一回宝玉续《庄子》之前也有夹评云：

> 宝玉之情，今古无人可比，固矣。然宝玉有情极之毒，亦世人莫忍为者。看至后半部则洞明矣。……宝玉看此为世人莫忍为之毒，故后文方有“悬崖撒手”一回。若他人得宝钗之妻，麝月之婢，岂能弃而为僧哉？

脂本无廿一回，故我们不知道脂本有无此评。但看此评的口气，似也是原底本所有。如此条是两本所同有，那么，雪芹在早年便已有了全书的大纲，也许已“纂成目录”了。宝玉后来有“悬崖撒手”“为僧”的一幕，但脂砚斋明说“叹不得见”这一回文字，大概雪芹止有此一回目，尚未有书。

以上推测雪芹的残稿的几段，读者可参看平伯《〈红楼梦〉辨》里论“后三十回的《红楼梦》”一长篇。平伯所假定的“后三十回”佚本是没有的。平伯的错误在于认戚本的“眉评”为原有的评注，而不知戚本所有的“眉评”是狄楚青先生所加，评中提及他的“笔记”，可以为证。平伯所猜想的佚本其实是曹雪芹自己的残稿本，可惜他和我都见不着此本了。

一九二八，二，十二——十六

跋《红楼梦考证》

一

我在《红楼梦考证》的改定稿（《胡适文存》卷三，页一八五——二四九）里，曾根据于《雪桥诗话》，《八旗文经》，《熙朝雅颂集》三部书，考出下例的几件事：

（1）曹雪芹名霑，不是曹寅的儿子，是曹寅的孙子。（页二一二）

（2）曹雪芹后来很穷，穷的很不像样了。

（3）他是一个会作诗又会绘画的人。

（4）他在那贫穷的境遇里，纵酒狂歌，自己排遣那牢骚的心境。（以上页二一五——二一六）

（5）从曹雪芹和他的朋友敦诚弟兄的关系上看来，我说“我们可以断定曹雪芹死于乾隆三十年左右（约一七六五）”。又说“我们可以猜想雪芹……大约生于康熙末叶（约一七一五——一七二〇）；当他死时，约五十岁左右”。

我那时在各处搜求敦诚的《四松堂集》，因为我知道《四松堂集》里一定有关于曹雪芹的材料。我虽然承认杨钟羲先生（《雪桥诗话》）确是根据《四松堂集》的，但我总觉得《雪桥诗话》是“转手的证据”，不是“原手的证据”。不料上海北京两处大索的结果，竟使我大失望。到了今年，我对于《四松堂集》，已是绝望了。有一天，一家书店的伙计跑来说，“《四松堂诗集》找着了!”我非常高兴，但是打开书来一看，原来是一部《四松草堂诗集》，不是《四松堂集》。又一天，陈肖庄先生告诉我说，他在一家书店里看见一部《四松堂集》。我说，“恐怕又是四松草堂罢?”陈先生回去一看，果然又错了。

今年四月十九日，我从大学回家，看见门房里桌子上摆着一部褪了色的蓝布套的书，一张斑驳的旧书笺上题着“四松堂集”四个字！我自己几乎不信我的眼力了，连忙拿来打开一看，原来真是一部《四松堂集》的写本！这部写本确是天地间唯一的孤本。因为这是当日付刻的底本，上有付刻时的校改，删削的记号。最重要的是这本子里有许多不曾收入刻本的诗文。凡是已刻的，题上都印有一个“刻”字的戳子。刻本未收的，题上都贴着一块小红笺。题下注的甲子，都被编书的人用白纸块贴去，也都是不曾刻的。——我这时候的高兴，比我前年寻着吴敬梓的《文木山房集》时的高兴，还要加好几倍了！

卷首有永奎（也是清宗室里的诗人，有《神清室诗稿》）刘大观、纪昀的序，有敦诚的哥哥敦敏作的小传。全书六册，计诗两册，文两册，《鹪鹩庵笔麈》两册。《雪桥诗话》，《八旗文经》，《熙朝雅颂集》所采的诗文都是从这里面选出来的。我在《考证》里引的那首《寄怀曹雪芹》，原文题下注一“霑”字，又“扬州旧梦久已绝”一句，原本绝字作觉，下贴一笺条，注云，“雪芹曾随其先祖寅织造之任”。《雪桥诗话》说曹雪芹名霑，为楝亭通政孙，即是根据于这两条注的。又此诗中“蓟门落日松亭尊”一句，尊字原本作樽，下注云，“时余在喜峰口”。按敦敏作的小传，乾隆二十二年丁丑（一七五七），敦诚在喜峰口。此诗是丁丑年作的。又《考证》引的“佩刀质酒歌”虽无年月，但其下第二首题下注“癸未”，大概此诗是乾隆二十七年壬午作的。这两首之外，还有两首未刻的诗：

（一）赠曹芹圃（注）即雪芹

满径蓬蒿老不华，举家食粥酒常赊。
衡门僻巷愁今雨，废馆颓楼梦旧家。
司业青钱留客醉，步兵白眼向人斜。
阿谁买与猪肝食，日望西山餐暮霞。

这诗使我们知道曹雪芹又号芹圃。前三句写家贫的状况，第四句写盛衰之感。（此诗作于乾隆二十六年辛巳）

（二）挽曹雪芹（注）甲申

四十年华付杳冥，哀旌一片阿谁铭？
孤儿渺漠魂应逐，（注：前数月，伊子殇，因感伤成疾。）
新妇飘零目岂瞑？
牛鬼遗文悲李贺，鹿车荷锸葬刘伶。（适按：此二句又见于《鷦鷯庵笔麈》，杨钟羲先生从《笔麈》里引入《诗话》；杨先生也不曾见此诗全文。）
故人惟有青山泪，絮酒生刍上旧坰。

这首诗给我们四个重要之点。

（1）曹雪芹死在乾隆二十九年甲申（一七六四）。我在《考证》说他死在乾隆三十年左右，只差了一年。

（2）曹雪芹死时只有“四十年华”，这自然是个整数，不限定整四十岁。但我们可以断定他的年纪不能在四十五岁以上。假定他死时年四十五岁，他的生时当康熙五十八年（一七一九）。《考证》里的猜测还不算大错。

关于这一点，我们应该声明一句。曹寅死于康熙五十一年（一七一三），下距乾隆甲申，凡五十一年。雪芹必不及见曹寅了。敦诚“寄怀曹雪芹”的诗注说“雪芹曾随其先祖寅织造之任”，有一点小误。雪芹曾随他的父亲曹頫在江宁织造任上。曹頫做织造，是康熙五十四年到雍正六年（一七一五——一七二八）；雪芹随在任上大约有十年（一七一九——一七二八）。曹家三代四个织造，只有曹寅最著名。敦诚晚年编集，添入这一条小注，那时距曹寅死时已七十多年了，故敦诚与袁枚有同样的错误。

（3）曹雪芹的儿子先死了，雪芹感伤成病，不久也死了。据此，雪芹死后，似乎没有后人。

（4）曹雪芹死后，还有一个“飘零”的“新妇”。这是薛宝钗呢，还是史湘云呢？那就不容易猜想了。

《四松堂集》里的重要材料，只是这些。此外还有一些材料，但都不重要。我们从敦敏作的小传里，又可以知道敦诚生于雍正甲寅（一七三四），死于乾隆戊申（一七九一），也可以修正我的考证里的推测。

我在四月十九日得着这部《四松堂集》的稿本。隔了两天，蔡孑民先生又送来一部《四松堂集》的刻本，是他托人向晚晴簃诗社里借来的。刻本共五卷：

卷一，诗一百三十七首。

卷二，诗一百四十四首。

卷三，文三十四篇。

卷四，文十九篇。

卷五，《鹪鹩庵笔麈》八十一则。

果然凡底本里题上没有“刻”字的，都没有收入刻本里去。这更可以证明我的底本格外可贵了。蔡先生对于此书的热心，是我很感谢的。最有趣的是蔡先生借得刻本之日，差不多正是我得着底本之日。我寻此书近一年多了，忽然三日之内两个本子一齐到我手里！这真是“踏破铁鞋无觅处，得来全不费工夫”了。

十一，五，三。

二

——答蔡孑民先生的商榷

蔡孑民先生的“石头记索隐第六版自序”是对于我的《红楼梦考证》的一篇“商榷”。他说：

> 知其（红楼梦）所寄托之人物，可用三法推求：一，品性相类者。二，轶事有征者。三，姓名相关者。于是以湘云之豪放而推为其年，以惜春之冷僻而推为荪友：用第一法也。以宝玉逢魔魇而推为允礽，以凤姐哭向金陵而推为余国柱：用第二法也。以探春之名与探花有关而推为健庵，以宝琴之名与孔子学琴于师襄之故事有关而推为辟疆：用第三法也。然每举一人，率兼用三法或两法，有可推证，始质言之。其他如元春之疑为徐元文，宝蟾之疑为翁宝林，则以近于孤证，始不列入。自以为审慎之至，与随意附会者不同。近读胡适之先生《红楼梦考证》，列拙著于“附会的红学”之中，谓之“走错了道路”，谓之“大笨伯”，“笨谜”；谓之“很牵强的附会”；我实不敢承认。

关于这一段“方法论”，我只希望指出蔡先生的方法是不适用于《红楼梦》的。有几种小说是可以采用蔡先生的方法的。最明显的是《孽海花》。这本是写时事的书，故书中的人物都可用蔡先生的方法去推求：陈千秋即是田千秋，孙汶即是孙文，庄寿香即是张香涛，祝宝廷即是宝竹坡，潘八瀛即是潘伯寅，姜表字剑云即是江标字剑霞，成煜字伯怡即是盛昱字伯熙。其次，如《儒林外史》，也有可以用蔡先生的方法去推求的。如马纯上之为冯粹中，庄绍光之为程绵庄，大概已无可疑。但这部书里的人物，很有不容易猜的；如向鼎，我曾猜是商盘，但我读完《质圆诗集》三十二卷，不曾寻着一毫证据，只好把这个好谜牺牲了。又如杜少卿之为吴敬梓，姓名上全无关系；直到我寻着了《文木山房集》，我才敢相信。此外，金和跋中举出的人，至多不过可供参考，不可过于信任。（如金和说吴敬梓诗集未刻，而我竟寻着乾隆初年的刻本）《儒林外史》本是写实在人物的书。我们尚且不容易考定书中人物，这就可见蔡先生的方法的适用是很有限的了。大多数的小说是决不可适用这个方法的。历史的小说如《三国志》，传奇的小说如《水浒传》，游戏的小说如《西游记》，都是不能用蔡先生的方法来推求书中人物的。《红楼梦》所以不能适用蔡先生的方法，顾颉刚先生曾举出两个重要理由：

(1) 别种小说的影射人物，只是换了他姓名，男还是男，女还是女，所做的职业还是本人的职业。何以一到《红楼梦》就会男变为女，官僚和文人都会变成宅眷？

(2) 别种小说的影射事情，总是保存他们原来的关系。何以一到《红楼梦》，无关系的就会发生关系了？例如蔡先生考定宝玉为允礽，黛玉为朱竹垞，薛宝钗为高士奇，试问

> 允礽和朱竹垞有何恋爱的关系？朱竹垞与高士奇有何吃醋的关系？

顾先生这话说的最明白，不用我来引申了。蔡先生曾说，“然而安徽第一大文豪（指吴敬梓）且用之，安见汉军第一大文豪必不出此乎？”这个比例（类推）也不适用，正因为《红楼梦》与《儒林外史》不是同一类的书。用“品性，轶事，姓名”三项来推求《红楼梦》里的人物，就像用这个方法来推求《金瓶梅》里西门庆的一妻五妾影射何人：结果必是一种很牵强的附会。

我对于蔡先生这篇文章，最不敢赞同的是他的第二节。这一节的大旨是：

> 惟吾人与文学书，最密切之接触，本不在作者之生平，而在其著作。著作之内容，即胡先生所谓“情节”者，决非无考证之价值。

蔡先生的意思好像颇轻视那关于“作者之生平”的考证。无论如何，他的意思好像是说，我们可以不管“作者之生平”，而考证“著作之内容”。这是大错的。蔡先生引《托尔斯泰传》中说的“凡其著作无不含自传之性质；各书之主人翁……皆其一己之化身；各书中所叙他人之事，莫不与其己身有直接之关系。”试问作此传的人若不知“作者之生平”，如何能这样考证各书的“情节”呢？蔡先生又引各家关于 Faust 的猜想，试问他们若不知道 Goethe 的“生平”，如何能猜想第一部之 Gretchen 为谁呢？

我以为作者的生平与时代是考证“著作之内容”的第一步下手工夫。即如《儿女英雄传》一书，用年羹尧的事做背景，又假造了一篇雍正年间的序，一篇乾隆年间的序。我们幸亏知道著者文康是咸丰、同治年间人；不然，书中提及《红楼梦》的故事，又提及《品花宝鉴》(道光中作的）里的徐度香与袁宝珠，岂不都成了灵异的预言了吗？即如旧说《儒林外史》里的匡超人即是汪中。现在我们知道吴敬梓死于乾隆十九年，而汪中生于乾隆九年，我们便可以断定匡超人决不是汪中了。又旧说儒林外史里的牛布衣即是朱草衣。现在我们知道朱草衣死在乾隆二十一二年，那时吴敬梓已死了二三年了，而《儒林外史》第二十回已叙述牛布衣之死，可见牛布衣大概另是一人了。

因此，我说，要推倒“附会的红学”，我们必须搜求那些可以考定《红楼梦》的著者，时代，版本等等的材料。向来《红楼梦》一书所以容易被人穿凿附会，正因为向来的人都忽略了“作者之生平”一个大问题。因为不知道曹家有那样富贵繁华的环境，故人都疑心贾家是指帝室的家庭，至少也是指明珠一类的宰相之家。因为不深信曹家是八旗的世家，故有人疑心此书是指斥满洲人的。因为不知道曹家盛衰的历史，故人都不信此书为曹雪芹把真事隐去的自叙传。现在曹雪芹的历史和曹家的历史既然有点明白了，我很盼望读《红楼梦》的人都能平心静气的把向来的成见暂时丢开，大家揩揩眼镜来评判我们的证据是否可靠，我们对于证据的解释是否不错。这样的批评，是我所极欢迎的。我曾说过：

> 我在这篇文章里，处处想撇开一切先入的成见；处处存一个搜求证据的目的；处处尊重证据，让证据做向导，引我到相当的结论上去。

此间所谓“证据”，单指那些可以考定作者，时代，版本等等的证据；并不是那些“红学家”随便引来穿凿附会的证据。若离开了作者，时代，版本等项，那么，引《东华录》与引《红礁画桨录》是同样的“不相干”；引许三礼、郭琇与引冒辟疆、王渔洋是同样的“不相干”。若离开了“作者之生平”而别求“性情相近，轶事有征，姓名相关”的证据，那么，古往今来无数万有名的人，那一个不可以化男成女搬进大观园里去？又何止朱竹垞、徐健庵、高士奇、汤斌等几个人呢？况且板儿既可以说是廿四史，青儿既可以说是吃的韭菜，那么我们又何妨索性说《红楼梦》是一部《草木春秋》或《群芳谱》呢？

亚里士多德在他的《尼可马铿伦理学》里（部甲，四，一〇九九 a），曾说：

> 讨论这个学说（指柏拉图的“名象论”）使我们感觉一种不愉快，因为主张这个学说的人是我们的朋友。但我们既是爱智慧的人，为维持真理起见，就是不得已把我们自己的主张推翻了，也是应该的。朋友和真理既然都是我们心爱的东西，我们就不得不爱真理过于爱朋友了。

我把这个态度期望一切人，尤其期望我所最敬爱的蔡先生。

十一，五，十

介绍我自己的思想（节录）[1]

……

《红楼梦考证》诸篇只是考证方法的一个实例。我说：

> 我觉得我们做《红楼梦》的考证，只能在"著者"和"本子"两个问题上着手；只能运用我们力所能搜集的材料，参考互证，然后抽出一些比较的最近情理的结论。这是考证学的方法。我在这篇文章里，处处想撇开一切先入的成见，处处存一个搜求证据的目的，处处尊重证据，让证据做向导。引我到相当的结论上去。

这不过是赫胥黎、杜威的思想方法的实际应用。我的几十万字的小说考证，都只是用一些"深切而著明"的实例来教人怎样思想。

试举曹雪芹的年代一个问题作个实例。民国十年，我收得了一些证据，得着这些结论：

> 我们可以断定曹雪芹死于乾隆三十年左右（约西历一七六五）。……我们可以猜想雪芹大约生于康熙末叶（约一七一五——一

[1] 编者按：此文是胡适一九三〇年十一月二十七日为一九三〇年十二月亚东图书馆出版的《胡适文选》一书撰写的序文。

七二〇），当他死时，约五十岁左右。（页三八三）

民国十一年五月，我得着了《四松堂集》的原本，见敦诚挽曹雪芹的诗题下注“甲申”二字，又诗中有“四十年华”的话，故修正我的结论如下：

曹雪芹死在乾隆二十九年甲申（一七六四），……他死时只有“四十年华”，我们可以断定他的年纪不能在四十五岁以上。假定他死时年四十五岁，他的生时当康熙五十八年（一七一九）（页四二〇）

但到了民国十六年，我又得了脂砚斋评本《石头记》，其中有“壬午除夕，书未成，芹为泪尽而逝”的话。壬午为乾隆二十七年，除夕当西历一七六三年二月十二日，和我七年前的断定（“乾隆三十年左右，约西历一七六五”）只差一年多。又假定他活了四十五岁，他的生年大概在康熙五十六年（一七一七），这也和我七年前的猜测正相符合。（页四三三）

考证两个年代，经过七年的时间，方才得着证实。证实是思想方法的最后又最重要的一步。不曾证实的理论，只可算是假设；证实之后，才是定论，方是真理。我在别处（《文存三集》页二七三）说过：

我为什么要考证《红楼梦》？

在消极方面，我要教人怀疑王梦阮、徐柳泉一班人的谬说。

在积极方面，我要教人一个思想学问的方法。

我要教人疑而后信，考而后信，有充分证据而后信。

我为什么要替《水浒传》作五万字的考证？我为什么要替庐山一个塔作四千字的考证？

我要教人知道学问是平等的，思想是一贯的。……肯疑问“佛陀耶舍究竟到过庐山没有”的人，方才肯疑问“夏禹是神是人”有了不肯放过一个塔的真伪的思想习惯，方才敢疑上帝的有无。

少年的朋友们，莫把这些小说考证看作我教你们读小说的文字。这些都只是思想学问的方法的一些例子。在这些文字里，我要读者学得一点科学精神，一点科学态度，一点科学方法。科学精神在于寻求事实，寻求真理。科学态度在于撇开成见，搁起感情，只认得事实，只跟着证据走。科学方法只是“大胆的假设，小心的求证”十个字。没有证据，只可悬而不断；证据不够，只可假设，不可武断，必须等到证实之后，方才奉为定论。

少年的朋友们，用这个方法来做学问，可以无大差失；用这种态度来做人处事，可以不至于被人蒙着眼睛牵着鼻子走。

……

跋乾隆庚辰本《脂砚斋重评石头记》抄本

我在民国十六年买得大兴刘铨福家旧藏《脂砚斋重评石头记》残本十六回，(一至八，十三至十六，二十五至二十八回，) 我曾作长文(《考证红楼梦的新材料》，《胡适文存三集》，页五六五——六〇六) 考证那本子的价值，并且用那本子上的评语作证据，考出了一些关于曹雪芹和《红楼梦》的事实。

今年在北平得见徐星署先生所藏的《脂砚斋重评石头记》全部，凡八册。我曾用我的残本对勘了一部分，并且细检全书的评语，觉得这本子确是一个很值得研究的本子。

此本每半页十行，每行三十字。每册十回，但第二册第十七回即今本第十七十八两回，首页有批云："此回宜分二回方妥。"第十九回另页抄写，但无回目。又第七册缺两回，首页题云："内缺六十四，六十七两回"。按高鹗作百二十回《红楼梦》"引言"中说：

> 是书沿传既久，坊间缮本及诸家秘稿繁简歧出，前后错见。即如六十七回此有彼无，题同文异，燕石莫辨。
>
> 兹惟择其情理较协者，取为定本。

此可见此本正是当日缺六十七回之一个本子。六十四回亦缺，可见此本应在高鹗所见各本之前。有正书局本已不缺此两回，当更在后了。

又第三册二十二回只到惜春的谜诗为止，其下全阙。上有朱批云：

> 此后破失，俟再补。

其下为空白一页，次页上有这些记录：

> 暂记宝钗制谜云：
> 朝罢谁携两袖烟，琴边衾里总无缘。
> 晓筹不用鸡人报，五夜无烦侍女添。
> 焦首朝朝还暮暮，煎心日日复年年。
> 光阴荏苒须当惜，风雨阴晴任变迁。
> 此回未成而芹逝矣。叹叹。
> 丁亥夏　畸笏叟。

有正本此回稍有补作，用了此诗做宝钗制的谜，已是改本了。今本皆根据高鹗本，删去惜春之谜，又把此诗改作黛玉的，另增入宝玉一谜，宝钗一谜，这是更晚的改补本了。

此本每册首页皆有“脂砚斋凡四阅评过”一行；第五册以下，每册首页皆有“庚辰秋定本”一行。庚辰是乾隆二十五年(西历一七六〇)。八册之中，只有第二三册有朱笔批语，其中有九十三条批语是有年月的。

己卯冬	（乾隆二四，西一七五九）	二十四条
壬午	（乾隆二七，西一七六二）	四十二条
乙酉	（乾隆三十，西一七六五）	一条
丁亥	（乾隆三二，西一七六七）	二十六条

这些批语不是原有的，是从另一个本子上抄过来的。中如“壬午”抄成了“王文”，可见转抄的痕迹。不但批语是转抄的，这本子也只是当时许多“坊间缮本”之一，错字很多，最荒谬者如“真”写成“十六”。但依二十二回及六十四，六十七回的阙文看来，此本的底本大概是一部“庚辰秋定本”，其时《红楼梦》的稿本有如下的状况：

一、二十二回未写完。

二、六十四，六十七，两回未写成。

三、十七与十八两回未分开。

四、十九回尚未有回目。八十回也未有回目。

写者又从另一本上过录了许多朱笔批语，最早的有乾隆己卯（一七五九）的批语，是在庚辰（一七六〇）写定本之前；其次有壬午年（一七六二）批语，其时作者曹雪芹还生存，他死在壬午除夕。其余乙酉（一七六五）丁亥（一七六七）的批语，都是雪芹死后批的了。

故我们可以说此本是乾隆庚辰秋写定本的过录本，其第二三两册又转录有乾隆己卯至丁亥的批语。这是此本的性质。

和现在所知的《红楼梦》本子相比，有如下表：

（一）过录甲戌（一七五四）脂砚斋评本，（胡适藏）

（二）过录庚辰秋（一七六〇）脂砚斋四阅评本。（即此本）

（三）有正书局石印戚蓼生序本。（八十回皆已补全，其写定年代当更晚。）

（四）乾隆辛亥（一七九一）活字本。（百二十回本，我叫他做“程甲本”）。

（五）乾隆壬子（一七九二）活字本。（“程乙本”）

我的甲戌本与此本有许多不同之点，如第一回之前的“凡例”，此本全无；如“凡例”后的七言律诗，此本亦无；如第一回写顽石一段，甲戌本多四百二十余字，此本全无，与有正石印戚本全同。此本与戚本最相近，但戚本已有补足的部分，故知此本的底本出于戚本之前，除甲戌本外，此本在今日可算最古本了。

甲戌本也是过录之本，其底本写于“庚辰秋定本”之前六年，尚可以考见写定之前的稿本状况，故最可宝贵。甲戌本所录批语，其年代有“甲午八月”（一七七四），又在此本最晚的批语（丁亥）之后七年，其中有很重要的追忆，使我们因此知道曹雪芹死在壬午除夕，知道《红楼梦》所记本事确指曹家，知道原本十三回“秦可卿淫丧天香楼”的故事，知道八十回外此书尚有一些已成的残稿。（看《胡适文存三集》。页五六五——六〇六；或《胡适文选》页四二八——四七〇）

但此本的批语里也有极重要的材料，可以帮助我们考证《红楼梦》的掌故。此本的批语有本文的双行小字夹评，有每回卷首和卷尾的总评，有朱笔的行间夹评，有朱笔的眉批，有墨笔的眉批。墨笔的眉批签名“鉴堂”及“漪园”，大概是后来收藏者的批语，无可供考证的材料。朱笔眉批签名的共有四人：

脂砚　梅溪

松斋　畸笏（或作畸笏叟，亦作畸笏老人。）

畸笏批的最多，松斋有两条，其余二人各有一条。梅溪与松斋所批与甲戌本所录相同。脂砚签名的一条批在第二十四回倪二醉遇买芸一段上：

> 这一节对《水浒》记杨志宝刀遇没毛大虫一回看，觉好看多矣。
>
> 己未冬夜 脂砚。

我从前曾说脂砚斋是“同雪芹很亲近的，同雪芹弟兄都很相熟；我并且疑心他是雪芹同族的亲属”。我又说，“脂砚斋大概是雪芹的嫡堂弟兄或从堂弟兄，——也许是曹颙或曹颀的儿子。松斋似是他的表字，脂砚斋是他的别号。”现在我看了此本，我相信脂砚斋即是那位爱吃胭脂的宝玉，即是曹雪芹自己。此本第二十二回记宝钗生日，凤姐点戏，上有朱批云：

> 凤姐点戏，脂砚执笔事，今知者聊聊（寥）矣。不怨夫！（末句大概当作“宁不悲夫”！）

此下又另行批云：

> 前批书（似是“知”字之误）者聊聊，（寥）今丁亥夏，只剩朽物一枚，宁不痛乎！

丁亥（一七六七）的批语凡二十六条，其中二十四条皆署名“畸笏”，此二条大概也是畸笏批的。凤姐不识字，故点戏时须别人执笔；本回虽不曾明说是宝玉执笔，而宝玉的资格最合。所以这两条批语使我们可以推测脂砚斋即是《红楼梦》的主人，也即是他的作者曹雪芹。本书第一回本来说此书是空空道人记的，“后因曹雪芹于悼红轩中披阅十载，增删五次，纂成目录，分出章回，则题曰《金陵十二钗》。并题一绝云：

满纸荒唐言，一把辛酸泪。
都云作者痴，谁解其中味？

至脂砚斋甲戌抄阅再评，仍用《石头记》。（最后十五字，各本皆无，是据甲戌本的。）甲戌本此段上有朱批云：

若云雪芹披阅增删，然后（则）开卷至此这一篇楔子又系谁撰？足见作者之笔狡猾之甚。后文如此处者不少，这正是作者用画家烟云模糊处。观者万不可被作者瞒蔽了去，方是巨眼。

此评明说雪芹是作者，而“披阅增删”是托词。在甲戌本里，作者还想故意说作者是空空道人，披阅增删者是曹雪芹，再评者另是一位脂砚斋。至庚辰写定时，删去“脂砚斋甲戌抄阅再评”字样，只称为“脂砚斋重评《石头记》”了。依甲戌本与庚辰本的款式看来，凡最初的抄本《红楼梦》必定都称为“脂砚斋重评《石头记》”。后人不知脂砚斋即是曹雪芹，又因高鹗排本全删原评，所以删去原题，后人又有改题“悼红轩原本”的，殊不知脂砚斋重评本正是悼红轩原本，如此改题正是“被作者瞒蔽了”。

“脂砚”只是那块爱吃胭脂的顽石，其为作者托名，本无可疑。原本有作者自己的评语和注语，我在前几年已说过了。今见此本，更信原本有作者自加的评注。如此本第七十八回之《芙蓉女儿诔》有许多解释文词典故的注语：如“鸠鸩恶其高，鹰鸷翻遭罦罬”，下注云：

离骚：“鸷鸟之不群兮”，又“吾令鸩为媒兮，鸩告余以不好。雄鸠之鸣逝兮，余犹恶其佻巧”。注：鸷特立不群。鸩羽毒杀人。鸠多声，有如人之多言不实。罦罬音孚拙。《诗经》：“雉罹于罦。”《尔雅》：罬谓之罦。（抄本多误，今校正。）

如“箝诐奴之口，讨（戚本作罚。程甲乙本作讨，与此本同。）岂从宽？”下注云：

《庄子》：“箝杨墨之口”。《孟子》：“诐辞知其所蔽。”

此类注语甚多，明明是作者自加的注释。其时《红楼梦》刚写定，决不会已有“红迷”的读者肯费这么大的气力去作此种详细的注释所谓“脂砚斋评本”即是指那原有作者评注的底本，不是指那些有丁亥甲午评语的本子，因为甲戌本和庚辰本都已题作“脂砚斋重评”本了。

此本使我们知道脂砚即是雪芹，又使我们因此证明原底本有作者自加的评语，这都是此本的贡献。此本有一处注语最可证明曹雪芹是无疑的《红楼梦》作者。第五十二回末页写晴雯补裘完时：

只听自鸣钟已敲了四下。

下有双行小注云：

按四下乃寅正初刻。寅此样（写）法，避讳也。

雪芹是曹寅的孙子，所以避讳“寅”字。此注各本皆已删去，赖有此本独存，使我们知道此书作者确是曹寅的孙子。（此注大概也是自注；因已托名脂砚斋，故注文不妨填讳字了。）

我从前曾指出《红楼梦》十六回凤姐谈“南巡接驾”一大段即是追忆康熙南巡时曹寅四次接驾的故事。这个假设，在甲戌本的批语上已得著一点证据了（《文存三集》五七四；或《文选》四三七——四三八）。此本的南巡接驾一段也有类似的批语：“咱们贾府只预备接驾一次”一句旁有朱批云：

又要瞒人。

“现在江南的甄家……独他家接驾四次”一段旁有朱批云：

点正题正文。

又批云：

真有是事，经过见过。

这更可证实我的假设了。甄家在江南，即是三代在南京做织造时的曹家；贾家即是小说里假托在京城的曹家。《红楼梦》写的故事的背景即是曹家，这南巡接驾的回忆是一个铁证，因为当时没有别的私家曾做过这样的豪举。

关于秦可卿之死，甲戌本的批语记载最明白（《文存三集》五七五——五七九或《文选》四三九——四四二）。此本也有松斋、梅溪两条朱批，也有“树倒猢狲散”一条朱批，但无“秦可卿淫丧天香楼”一条总评。

此本十三回末有朱笔总评云：

通回将可卿如何死故隐去，是大发慈悲心也。叹叹。壬午春。

此条与甲戌本的总评正相印证。

我跋甲戌本时，曾推论雪芹未完的书稿，推得五六事：

（一）史湘云似嫁与卫若兰，原稿有卫若兰射圃拾得金麒麟的故事。

（二）原稿有袭人与琪官的结局，他们后来供奉宝玉、宝钗，“得同终始”。

（三）原稿有小红、茜雪在狱神庙的“大回文字”。

（四）惜春的结局在“后半部”。

（五）残稿中有“误窃玉”一回文字。

（六）原稿有“悬崖撒手”一回的回目。

此本的批语，除甲戌本及戚本所有各条之外，还有一些新材料。二十回李嬷嬷一段有朱批云：

> 茜雪至狱神庙方呈正文。袭人正文标昌（疑是“目曰”二字误写成“昌”字）“花袭人有始有终”，余只见有一次誊清时与狱神庙慰宝玉等五六稿，被借阅者迷失，叹叹。

又二十七回凤姐要挑红玉（小红在甲戌本与此本皆作红玉）跟她去一段，

上有朱批云：

奸邪婢岂是怡红应答者，故即逐之。前良儿，后篆儿，便是却证作者又不得可也。(有误字) 己卯冬夜。

其下又批云：

此系未见抄没狱神庙诸事，故有是批。　丁亥夏畸笏。

此诸条可见在遗失之残稿里有这些事：

(甲) 茜雪与小红在狱神庙一回有"慰宝玉"的事。

(乙) 残稿有"花袭人有始有终"一回的正文。

(丙) 残稿中有"抄没"的事。

此外第十七八回合中妙玉一段下有长注，其上有朱批云：

树 (?) 处引十二钗，总未的确，皆系漫拟也。至末回警幻情榜，方知正副再副及三四副芳讳。壬午季春畸笏。

壬午季春雪芹尚生存。他所拟的"末回"有警幻的"情榜"，有十二钗及副钗，再副，三四副的芳讳。这个结局大似《水浒传》的石碣，又似《儒林外史》的"幽榜"。这回迷失了，似乎于原书的价值无大损失。

又第四十二回前面有总评云：

钗、玉名虽二人，人却一身，此幻笔也。今书至三十八

> 回时已过三分之一而有余，故写是回，使二人合而为一。请看黛玉逝后宝钗之文字，便知余言不谬矣。

这一条有可注意的几点：

（一）此本之四十二回在原稿里为三十八回，相差三回之多。就算十七八九三回合为一回，尚差两回。

（二）三十八回“已过三分之一而有余”，可见原来计划全书只有一百回。

（三）原稿已有“黛玉死后宝钗之文字”，也失去了。

徐先生所藏这部庚辰秋定本，其可供考证的材料，大概不过如此。此本比我的甲戌本虽然稍晚，但甲戌本只剩十六回，而此本为八十回本，只缺两回。现今所存八十回本可以考知高鹗续书以前的《红楼梦》原书状况的，有正石印戚本之外，只有此本了。此本有许多地方胜于戚本。如第二十二回之末，此本尚保存原书残阙状态，是其最大长处。其他长处，我已说过。现在我要举出一段很有趣的文字上的异同，使人知道此本的可贵。六十八回凤姐初见尤二姐时，凤姐说的一大篇演说，在有正石印本里有涂改的痕迹；原文是半文言的，不合凤姐的口气；石印本将此段演说用细线圈去，旁注白话的改本。如原文

> 怎奈二爷错会奴意。眠花卧柳之事瞒奴或可。今娶姐姐二房之大事，亦人家大礼，亦不曾对奴说。奴亦曾劝过二爷，早行此礼，以备生育。……

涂改之后，成了这样的白话：

> 怎奈二爷错会了我的意。若是在外包占人家姐妹，瞒著家里也罢了。今娶了妹妹作二房，这样正经大事，也是人家大礼，却不曾对我说。我也曾劝过二爷，早办这件事，果然生个一男半女，连我后来都有靠。……

这种涂改是谁的手笔呢？究竟文言改成白话是戚本已有的呢？还是狄平子先生翻印时改的呢？我们现在检查徐先生的抄本，凤姐演说的文字完全和石印本涂去的文字一样。而石印本改定的文字又完全和高鹗排印本一样。这可见雪芹原本有意把这段演说写作半文言的客套话，表示凤姐的虚伪。高鹗续书时，觉得那不识字的凤姐不应该说这种文诌诌的话，所以全给改成了白话。狄平子先生石印戚本时，也觉得此段戚本不如刻本的流畅，所以采用刻本来涂改戚本。但狄先生很不彻底，改了不上一页，就不改了；所以原文凤姐叫尤二姐做“姐姐”，石印本依刻本改为“妹妹”；但下文不曾照改之处，又仍依原文叫“姐姐”，凡八九处之多。这可证石印本确是用刻本来改原本的。然而若没有此本的印证，谁能判此涂改一案呢？

我很感谢徐星署先生借给我这本子的好意。我盼望将来有人肯费点功夫，用石印戚本作底子，把这本的异文完全校记出来。

一九三三，一，二十二夜

治学方法（节录）

第一讲：引言

（一九五二年十二月一日在台湾大学讲）

……

我预备讲三次：第一次讲治学方法的引论，第二次讲方法的自觉，第三次讲方法与材料的关系。

今天我想随便谈谈治学的方法。我个人的看法，无论什么科学——天文、地质、物理、化学等等——分析起来，都只有一个治学方法，就是做研究的方法。什么是做研究呢？就是说，凡是要去研究一个问题，都是因为有困难问题发生，要等我们去解决它；所以做研究的时候，不是悬空的研究。所有的学问，研究的动机和目标是一样的。研究的动机，总是因为发生困难，有一个问题，从前没有看到，现在看到了，从前觉得没有解决的必要，现在觉得有解决的必要的。凡是做学问，做研究，真正的动机都是求某种问题某种困难的解决；所以动机是困难，而目的是解决困难。这并不是我一个人的说法，凡是有做学问做研究经验的人，都承认这个说法。真正说起来，做学问就是研究；研究就是求得问题的解决。所有的学问，做研究的动机是一样的，目标是一样的，所以方法也是一样的。不但是现在如此；我们研究西方的科学思想、科学发展的历史，再看看中国二千五百年来凡是合于科学方法的种种思想家的历史，知道古今中外凡是在做学问做研究上有成绩的人，他的方法都是一样的。古今中外治学的方法是一样的。为什么是一样呢？就是因为做学问做研究的动机和目标是一样的。从一个动机到一个目标，从发现困难到解决困难，当中有一个过程，就是所谓方法。从发现困难那一天起，到解决困难为止，当中这一个过程，可能很长，也可能很短。有的时候要几十年，几百年才能够解决一个问题；有的时候只要一个钟头就可以解决一个问题。这个过程就是方法。

刚才我说方法是一样的，方法是什么呢？我曾经有许多时候，想用文字把方法做成一个公式、一个口号、一个标语，把方法扼要地说出来；但是从来没有一个满意的表现方式。现在我想起我二三十年来关于方法的文章里面，有两句话也许可以算是讲治学方法的一种很简单扼要的话。

那两句话就是："大胆的假设，小心的求证。"要大胆的提出假设，但这种假设还得想法子证明。所以小心的求证，要想法子证实假设或者否证假设，比大胆的假设还更重要。这十个字是我二三十年来见之于文字，常常在嘴里向青年朋友们说的。有的时候在我自己的班上，我总希望我的学生们能够了解。今天讲治学方法引论，可以说就是要说明什么叫做假设；什么叫做大胆的假设；怎么样证明或者否证假设。

刚才我说过，治学的方法，做研究的方法，那是基于一个困难。无论是化学、地质学、生物学、社会科学上的一个问题，都是一个困难。当困难出来的时候，本于个人的知识、学问，就不知不觉地提出假设，假定有某几种可以解决的方案。比方诸位在台湾这几年看见杂志上有讨论《红楼梦》的文章，就是所谓红学，到底《红楼梦》有什么可以研究呢？《红楼梦》发生了什么问题呢？普通人看《红楼梦》里面的人物，都是不发生问题的，但是有某些读者却感觉到《红楼梦》发生了问题：《红楼梦》究竟是什么意思？当时写贾宝玉、林黛玉这些人的故事有没有背景？有没有"微言大义"在里面？写了一部七八十万字的书来讲贾家的故事，讲一个纨绔子弟贾宝玉同许多漂亮的丫头，漂亮的姊妹亲戚们的事情，有什么意义没有？这是一个问题。怎么样解决这个问题呢？当然你有一个假设，他也有一个假设。

在二三十年前，我写《红楼梦考证》的时候，有许多关于《红楼梦》引起的问题的假设的解决方案。有一种是说《红楼梦》含有种族思想，书中的人物都是影射当时满洲的官员，林黛玉是暗指康熙时候历史上一个有名的男人；薛宝钗、王凤姐和那些丫头们都是暗指历史上的人物。还有一种假设说贾宝玉是指一个满洲宰相明珠的儿子叫做纳兰性德——他是一个了不起的天才很高的文学家——那些丫头、姐妹亲戚们都是代表宰相明珠家里的一班文人清客；把书中漂亮的小姐们如林黛玉、薛宝钗、王凤姐、史湘云等人都改装过来化女为男。我认为这是很不可能、也不需要化装变性的说法。

后来我也提出一个假设。我的假设是很平常的。《红楼梦》这本书，从头一回起，作者就说这是我的自传，是我亲自所看见的事体。我的假设就是说，《红楼梦》是作者的自传，是写他亲自看见的家庭。贾宝玉就是曹雪芹；《红楼梦》就是写曹家的历史。曹雪芹是什么人呢？他的父亲叫曹頫，他的祖父叫做曹寅；一家三代四个人做江宁织造，做了差不多五十年。所谓宁国府、荣国府，不是别的，就是指他们祖父、父亲、两个儿子，三代四个人把持五十多年的江宁织造的故事。书中说到，"皇帝南巡的时候，我们家里接驾四次"。如果在普通人家，招待皇帝四次是可能倾家荡产的；这些事在当时是值得一吹的。所以，曹雪芹虽然将真事隐去，仍然舍不得要吹一吹。曹雪芹后来倾家荡产做了文丐，成了叫化子的时候，还是读书喝酒，跟书中的贾宝玉一样。这是一个假设；我举出来作一个例子。

要解决“《红楼梦》有什么用意”这个问题，当然就有许多假设。提出问题求解决，是很好的事情；但先要看这些假设是否能够得到证明。凡是解决一个困难的时候，一定要有证明。我们看这些假设，有的说这本书是骂满洲人的，是满洲人统治中国的时候，汉人含有民族隐痛，写出了来骂满洲人的。有的说是写一个当时的大户人家——宰相明珠家中天才儿子纳兰性德的事。有的说是写康熙一朝的政治人物。而我的假设呢？我认为这部书不是谈种族的仇恨，也不是讲康熙时候的事。都不是的！从事实上照极平常的做学问的方法，我提出一个很平常的假设，就是《红楼梦》这本书的作者在开头时说的，他是在说老实话，把他所看见的可爱的女孩子们描写出来，所以书中描写的人物可以把个性充分表现出来。方才所说的“大胆的假设”，就是这种假设。我恐怕我所提出的假设只够得上小胆的假设罢了！

凡是做学问，不特是文史方面的，都应当这样。譬如在化学实验室做定性分析，先是给你一盒东西，对于这盒东西你先要做几个假设，假设某种颜色的东西是什么，然后再到火上烧烧看看，试验管发生了什么变化：这都是问题。这与《红楼梦》的解释一样的有问题；做学问的方法是一样的。我们的经验，我们的学问，是给我们一点知识以供我们提出各种假设的。所以“大胆的假设”就是人人可以提出的假设。因为人人的学问，人人的知识不同，我们当然要容许他们提出各种各样的假设。一切知识，一切学问是干什么用的呢？为什么你们在学校的这几年中有许多必修与选修的学科？都是给你们用；就是使你在某种问题发生的时候，脑背后就这边涌上一个假设，那边涌上一个假设。做学问，上课，一切求知识的事情，一切经验——从小到现在的经验，所有学校里的功课与课外的学问，为的都是供给你种种假设的来源，使你在问题发生时有假设的材料。如果遇上一个问题，手足无措，那就是学问、知识、经验不能应用，所以看到一个问题发生，就没有法子解决。这就是学问知识里面不能够供给你一些活的材料，以为你做解决问题的假设之用。

单是假设是不够的，因为假设可以有许多。譬如《红楼梦》这一部小说，就引起了这么多假设。所以第二步就是我所谓“小心的求证”。在真正求证之先，假设一定要仔细选择选择。这许多假设，就是假定的解决方法，看那一个假定的解决方法是比较近情理一点，比较可以帮助我们解决那个开始发生的那个困难问题。譬如：《红楼梦》是讲的什么？有什么意思没有？有这么多的假定的解释来了，在挑选的时候先要看那一个假定的解释比较能帮助你解决问题，然后说：对于这一个问题，我认为我的假设是比较能够满意解决的。譬如我的关于《红楼梦》的假设，曹雪芹写的是曹家的传记，是曹雪芹所看见的事实。贾母就是曹母，贾母以下的丫头们也都是他所看见的真实人物。当然名字是改了，姓也改了。但是我提出这一个假设，就是说《红楼梦》是曹雪芹的自传，最要紧的是要求证。我能够证实它，我的假设才站得住；不能证实，它就站不住。求证就是要看你自己所提出的事实是不是可以帮助你解决那个问题。要知道《红楼梦》在讲什么，就要做《红楼梦》的考证。现在我可以跟诸位做一个坦白的自白。我在做《红楼梦》考证那三十年中，曾经写了十几篇关于小说的考证，如《水浒传》、《儒林外史》、《三国演义》、《西游记》、《老残游记》、《三侠五义》等书的考证。而我费了最大力量的，是一部讲怕老婆的故事的书，叫做《醒世姻缘》，约有一百万字。我整整化了五年工夫，做了五万字的考证。也许有人要问，胡适这个人是不是发了疯呢？天下可做学问很多，而且是学农的，为什么不做一点物理化学有关科学方面的学问呢？为什么花多少年的工夫来考证《红楼梦》、《醒世姻缘》呢？我现在做一个坦白的自白，就是：我想用偷关漏税的方法来提倡一种科学的治学方法。我所有的小说考证，都是用人人都知道的材料，用偷关漏税的方法，来讲做学问的方法的。譬如讲《红楼梦》，至少我对于研究《红楼梦》问题，我对它的态度的谨严，自己批评的严格，方法的自觉，同我考据研究《水经注》是一样的。我对于小说材料，看做同化学问题的药品材料一样，都是材料。我拿《水浒传》、《醒世姻缘》、《水经注》等书做学问的材料。拿一种人人都知道的材料用偷关漏税的方法，要人家不自觉的养成一种“大胆的假设，小心的求证”的方法。

假设是人人可以提的。譬如有人提出骇人听闻的假设也无妨。假设是愈大胆愈好。但是提出一个假设，要想法子证实它。因此我们有了大胆的假设以后，还不要忘了小心的求证。比如我考证《红楼梦》的时候，我得到许多朋友的帮助，我找到许多材料。我已经印出的本子，是已经改了多少次的本子。我先要考出曹雪芹于《红楼梦》以外有没有其他著作？他的朋友和同他同时代的人有没有什么关于他的著作？他的父亲、叔父们有没有什么关于他的记载？关于他一家四代五个人，尤其是关于他的祖父曹寅，有多少材料可以知道他那时候的地位？家里有多少钱，多么阔？是不是真正不能够招待皇帝到四次？我把这些有关的证据都想法找了来，加以详密的分析，结果才得到一个比较认为满意的假设，认定曹雪芹写《红楼梦》，并不是什么微言大义，只是一部平淡无奇的自传——曹家的历史。我得到这一家四代五个人的历史，就可以帮助说明。当然，我的假设并不是说就完全正确；但至少可以在这里证明“小心求证”这个工夫是很重要的。

现在我再举一个例来说明。方才我说的先是发生问题，然后是解决问题。要真正证明一个东西，才做研究。要假设一个比较最能满意的假设，来解决当初引起的问题。譬如方才说的《红楼梦》，是比较复杂的。但是我认为经过这一番的研究，经过这一番材料的收集，经过这一番把普通人不知道的材料用有系统的方法来表现出来，叙述出来，我认为我这个假设在许多假设当中，比较最能满意的解答“《红楼梦》说的是什么？有什么意思？”

方才我提到一部小说，恐怕是诸位没有看过的，叫做《醒世姻缘》，差不多有一百万字，比《红楼梦》还长，可以说是中国旧小说中最长的。这部书讲一个怕老婆的故事。他讨了一个最可怕的太太。这位太太用种种方法打丈夫的父母朋友。她对于丈夫，甚至于一看见就生气；不但是打，有一次用熨斗里的红炭从她丈夫的官服圆领口倒了进去，几乎把他烧死；有一次用洗衣的棒槌打了他六百下，也几乎打死他。把这样一个怕老婆的故事叙述了一百万字以上，结果还是没有办法解脱。为什么呢？说这是前世的姻缘。书中一小半，差不多有五分之一是写前世的事。后半部是讲第二世的故事。在前世被虐待的人，是这世的虐待者。婚姻问题是前世的姻缘，没有法子解脱的。想解脱也解脱不了。结果只能念经做好事。在现代摩登时代的眼光看，这是一个很迷信的故事。但是这部书是了不得的。用一种山东淄川的土话描写当时的人物是有一种诙谐的风趣的；描写荒年的情形更是历历如绘。这可以说是世界上一部伟大的小说。我就提倡把这部书用新的标点符号标点出来，同书局商量翻印。写这本书的人是匿名，叫西周生。西周生究竟是什么人呢？于是我做了一个大胆的假设；这个假设可以说是大胆的。（方才说的，我对于《红楼梦》的假设，可以说是小胆的假设。）我认为这部书就是《聊斋志异》的作者蒲松龄写的。我这个假设有什么证据呢？为什么引起我作这种假设呢？这个假设从那里来的呢？平常的经验、知识、学问，都是给我们假设用的。我的证据是在《聊斋志异》上一篇题名《江城》的小说。这个故事的内容结构与《醒世姻缘》一样。不过《江城》是一个文言的短篇小说；《醒世姻缘》是白话的长篇小说。《醒世姻缘》所描写的男主角所以怕老婆，是因为他前世曾经杀过一个仙狐，下一世仙狐就转变为一个女人做他的太太，变得很凶狠可怕。《聊斋志异》里面的短篇《江城》所描写的，也是因为男主角杀过一个长生鼠，长生鼠也就转世变为女人来做他的太太，以报复前世的冤仇。这两个故事的结构太一样了，又同时出在山东淄川，所以我就假设西周生就是蒲松龄。我又用语言学的方法，把书里面许多方言找出来。运气很好，正巧那几年国内发现了蒲松龄的几部白话戏曲，尤其是长篇的戏曲，当中有一篇是将《江城》的故事编成写白话戏曲的。我将这部戏曲里的方言找出来，和《醒世姻缘》里面的方言详细比较，有许多特别的字集成为一个字典，最后就证明《醒世姻缘》和《江城》的白话戏曲的作者是同一个小区域里的人。再用别的方法来证明那个时代的荒年；后来从历史的记载里得到同样的结果。考证完了以后，就有书店来商量印行，并排好了版。我因为想更确实一点，要书局等一等；一等就等了五年。到了五年才印出来。当时傅先生很高兴——因为他是作者的同乡，都是山东人。我举这一个例，就是说明要大胆的假设，而单只假设还是不够的。后来我有一个在广西桂县的学生来了封信，告诉我说，这个话不但你说，从前已经有人说过了。乾隆时代的鲍廷博，他说留仙（蒲松龄）除了《聊斋志异》以外，还有一部《醒世姻缘》。因鲍廷博是刻书的，曾刻行《聊斋志异》，他说的话值得注意。我经过几年的间接证明，现在至少有个直接的方法帮助我证明了。

我所以举这些例，把这些小说当成待解决的问题看，目的不过是要拿这些人人都知道的材料，来灌输介绍一种做学问的方法。这个方法的要点，就是方才我说的两句话："大胆的假设，小心的求证。"如果一个有知识有学问有经验的人遇到一个问题，当然要提出假设，假定的解决方法。最要紧的是还要经过一番小心的证实，或者否证它。如果你认为证据不充分，就宁肯悬而不决，不去下判断，再去找材料。所以小心的求证很重要。

时间很短促，最后我要引用台大故校长傅先生的一句口号，来结束这次讲演。他这句口号是在民国十七年开办历史语言研究所时的两句名言，就是"上穷碧落下黄泉，动手动脚找东西"。这两句话前一句是白居易《长恨歌》中的一句，后一句是傅先生加上的。今天傅校长已经去世，可是今天在座的教授李济之先生却还大为宣传这个口号，可见这的确是我们治学的人应该注意的。假设人人能提，最要紧的是能小心的求证；为了要小心的求证，就必须："上穷碧落下黄泉，动手动脚找东西。"今天讲的很浅近，尤其是在座有许多位文史系平常我最佩服的教授，还请他们多多指教。

第二讲：方法的自觉

（全略）

第三讲：方法与材料

（一九五二年十二月六日在台湾大学讲）

……

我在开始讲“治学方法”第一讲的时候，因为在一广场中，到的人数很多，没有黑板，没有粉笔，所以只能讲一些浅显的小说考证材料。有些人认为我所举的例太不重要了。不过今天我还要和诸位说一说，我用来考证小说的方法，我觉得还算是经过改善的，是一种“大胆的假设，小心的求证”的方法。我可以引为自慰的，就是我做二十多年的小说考证，也替中国文学史家与研究中国文学史的人扩充了无数的新材料。只拿找材料做标准来批评，我二十几年来以科学的方法考证旧小说，也替中国文学史上扩充了无数的新证据。

我的第一个考证是《水浒传》。大家都知道《水浒传》是七十一回，从张天师开始到卢俊义做梦为止。但是我研究中国小说，觉得可以分为两大类。像《红楼梦》与《儒林外史》是第一类，是创造的小说。另一类是演变的小说；从小的故事慢慢经过很长时期演变扩大成为整部小说：像《水浒传》、《西游记》、《隋唐演义》、《封神榜》等这一类故事都是。我研究《水浒传》，发现是从《宣和遗事》这一本很小的小说经过很长的时期演变而来。在演变当中，《水浒传》不但有七十一回的，还有一百回的、一百二十回的。我的推想是：到了金圣叹的时候，他以文学的眼光，认为这是太长了；他是一个刽子手，又有文学的天才，就拿起刀来把后面的割掉了，还造出了一个说法，说他得到了一个古本，是七十一回的。他并且说《水浒传》是一部了不得的书，天下的文章没有比《水浒》更好的。这是文学的革命，思想的革命；是文学史上大革命的宣言。他把《水浒》批得很好，又做了一篇假的序，因此，金圣叹的《水浒》，打倒一切的《水浒》。我这个说法，那时候大家都不肯相信。后来我将我的见解，写成文章发表。发表以后，有日本方面做学问的朋友告诉我说：日本有一百回，一百二十回本的《水浒传》。后来我在无意中又找到了一百十五回本，一百二十四回本和一百十九回本。台大的李玄伯先生也找到一百回本。因为我的研究《水浒传》，总想得到新的材料，所以社会上注意到了，于是材料都出来了。这就是一种新材料的发现，也就是二十多年来因我的提倡考证而发现的新材料。

关于《红楼梦》，也有同样情形。因为我提倡用新的观点考证《红楼梦》，结果我发现了两种活字版本，是乾隆五十六年和五十七年的一百二十回本。有人以为这个一百二十回本是最古的版本，但也有人说《红楼梦》最初只有八十回，后面的四十回是一个叫做高鹗的人加上去的。他也编造了一个故事说：是从卖糖的担子中发现了古本。我因为对于这个解释不能满意，总想找新的材料证明是非，结果我发现了两部没有排印以前的抄本，就是现在印行出来的八十回本。

因为考证《红楼梦》的关系，许多大家所不知道的抄本出现了。此外，还有许多关于曹雪芹一家的传记材料。最后又发现脂砚斋的评本《红楼梦》；虽然不完全，但的确是最早的本子——就是现在我自己研究中的一本。后来故宫博物院开放了，在康熙皇帝的一张抽屉里发现曹雪芹的祖父曹寅的一张秘密奏折。这个奏折说明当时曹家地位的重要。曹雪芹的曾祖、祖父、父亲、叔父三代四个人继续不断在南京做江宁织造五十年，并且兼两淮盐运使。这是当时最肥的缺。为什么皇帝把这个全国最肥的缺给他呢？因为他是皇帝的间谍，是政治特务；他替皇帝侦查江南地方的大臣，监视他们回家以后做些什么事，并且把告老回家的宰相的生活情形，随时报告皇帝。一个两江总督或江苏巡抚晋京朝圣，起程的头一天，江苏下雪或下雨：他把这个天气的情形用最快的方法传达给皇帝。等到那个总督或巡抚到京朝见时，皇帝就问他“你起程的头一天江苏是下雪吗”？这个总督或巡抚听到皇帝的这个问话，当然知道皇帝对于各地方的情形是很清楚的，因此就愈加谨慎做事了。

我所以举《红楼梦》的研究为例，是说明如果没有这些新的材料，我们的考证就没有成绩。我研究这部书，因为所用的方法比较谨严，比较肯去上天下地动手动脚找材料，所以找到一个最早的脂砚斋抄本——曹雪芹自己批的本子，和一个完全的八十回的抄本，以及无疑的最早的印本——活字本，再加上曹家几代的传记材料。因为有这些新材料，所以我们的研究才能有点成绩。但是亦因为研究，我们得以扩张材料；这一点是我们可以安慰自己的。

……

谈《红楼梦》作者的背景[①]

我是曾经在四十年前，研究《红楼梦》的两个问题：一个是《红楼梦》的作者的问题；一个是《红楼梦》的版本的问题。因为我们欣赏这样有名的小说，我们应该懂得这作者是谁。《红楼梦》写的是很富贵、很繁华的一个家庭。很多人都不相信《红楼梦》写的是真的事情，经过我的一点考据，我证明贾宝玉恐怕就是作者自己，带一点自传性质的一个小说，恐怕他写的那个家庭，就是所谓贾家，家庭就是曹雪芹的家，所以我们作了一点研究，才晓得我这话大概不是完全错的。曹雪芹的父亲、曹雪芹的一个伯父、曹雪芹的祖父、曹雪芹的曾祖父，三代四个人，都作过那个时候最阔的一个官，叫做江宁织造。江宁织造就是替政府、就是替皇宫里面织造绸缎的。凡是那个时候皇帝、那个时候宫廷里边用的绸缎，都是归织造。那个时候有江宁一个织造，苏州一个织造，杭州一个织造。这几个织造，可以说是很大的，可以说等于我们现在最大的绸缎纺织厂。同时他有余下来的，宫里不用的，还有皇帝赏赐百官的。之外，他还可以作国外通商。所以，这三个织造是当时最阔的官。《红楼梦》里贾家有一个世职，那个世职实在在我们的考究起来，就是曹雪芹的曾祖父、曹雪芹的祖父、曹雪芹的伯父同曹雪芹的父亲，三代四个人相继作了五

---

① 编者按：据胡颂平《胡适之先生年谱长编初稿》记载，此文为胡适一九五九年十二月三十日在台湾中国广播公司录音的记录。

十多年的江宁织造，就是所谓“世职”。很有趣的，就是《红楼梦》里有一段话讲到从前有一个李嬷嬷讲的，从前太祖高皇帝南巡，到南方去巡视的时候，我们家里曾经招待过皇帝，接驾一次；那一边说，我们招待过四次。那么，这一个人家，能够招待过皇帝四次，这是倾家荡产的事。这个曹家，我们研究起来，的的确确，曾经在康熙皇帝的时候下江南，康熙皇帝下江南六次，其中有四次就是在曹家住，就是住在江宁织造府里边，所以的的确确作过皇帝的主人，招待过四次。这是最阔的一件事。所以，曹雪芹忍不住要把他的家里最阔的一件事，特别表出来。

我今天举这个证据，就是要我们知道，曹雪芹所写的极富贵、极繁华的这个贾家，宁国府、荣国府在极盛的时代的富贵繁华并不完全是假的。曹家的家庭实在是经过富贵繁华的家庭。懂得这一层，才晓得他里面所写的人物。曹雪芹在这一回里面所讲的，我不写旁的事，我不写朝廷大事，我要写我一生认得的这些人，这几个人，尤其我认得的这几个女人，这几个女孩子。懂得曹家这个背景，就可以晓得这部小说是个写实的小说，他写的人物，他写王凤姐，这个王凤姐一定是真的，他要是没有这样的观察，王凤姐是个了不得的一个女人，他一定写不出来王凤姐。比如他写薛宝钗，写林黛玉，他写的秦可卿，一定是他的的确确是认识的。所以懂得这一点，才晓得他这部小说，是一个“自传”，至少带着自传性质的一个小说。他写的人物是他真正认识的人物，那么，如果这个小说有文学的价值，单是这一点，刚才我讲的这一段曹家的历史，也许帮助我们的广大的听众，帮助他们了解，《红楼梦》这个小说的历史考据也许有点用处。

附 录

评胡适《红楼梦考证》

黄乃秋

海上亚东图书馆用新式标点排印之《红楼梦》，首载胡适君《红楼梦考证》，谓自来研究此书者，不出三派，而皆分证其谬，斥为附会。

> 《红楼梦考证》：“第一派说《红楼梦》‘全为清世祖与董鄂妃而作，兼及当时的诸名王奇女’……这一派的代表是王梦阮先生的《红楼梦索隐》。”“第二派说《红楼梦》是清康熙朝的政治小说。这一派可用蔡孑民先生的《石头记索隐》作代表。”“第三派的《红楼梦》附会家，虽然略有小小的不同，大致都主张《红楼梦》记的是纳兰成德的事。”
>
> “他们不去搜求那些可以考定《红楼梦》的著者、时代、版本，等等的材料，却去收罗许多不相干的零碎史事来附会《红楼梦》的情节。他们并不曾做《红楼梦》的考证，其实只做了许多《红楼梦》的附会！”

胡君自身之主张，则在考证著者与本子。其所得著者之结论，谓书中甄贾两宝玉，即著者曹雪芹之化身。甄贾两府，即当日曹家之影子；其所得本子之结论，谓《红楼梦》最初只八十回，后四十回（自八十一回至百二十回）为高鹗补作。

> 《红楼梦考证》："我们只须根据可靠的版本与可靠的材料，考定这书的著者究竟是谁，著者的事迹家世，著书的时代，这书曾有何种不同的本子，这些本子的来历如何。这些问题乃是《红楼梦》考证的正当范围。"
>
> "《红楼梦》的著者是曹雪芹。……《红楼梦》是一部隐去真事的自叙：里面的甄贾两宝玉，即是曹雪芹自己的化身；甄贾两府即是当日曹家的影子。"
>
> "《红楼梦》最初只有八十回，直至乾隆五十六年以后始有百二十回的《红楼梦》。……《红楼梦》后四十回是高鹗补的。"

余尝细阅其文，觉其所以斥人者甚是；惟其积极之论端，则犹不免武断，且似适蹈王梦阮、蔡孑民附会之覆辙，故略论之：先及其本子之考证，次及其著者之考证。

海上有正书局印行之图籍，有所谓《原本红楼梦》者。书只八十回，闻其底本为手抄正楷，面用黄绫，系由俞恪士先生转赠者，今尚在该局。审是，此书原初只八十回，自可无疑，至后四十回为高鄂补作，俞樾引《船山诗草》已作是说。

> 俞樾《小浮梅闲话》："《船山诗草》有《赠高兰墅鹗同年》一首云：'艳情人自说红楼'注云：'《红楼梦》八十回以后，俱兰墅所补。'然则此书非出一手。按乡会试增五言八韵诗，始乾隆朝，而书中叙科场事已有诗，则其为高君所补

可证矣。”（按《红楼梦考证》附录顾君颉刚答胡君书，钞有船山全诗，注中《红楼梦》上有“传奇”二字。）

船山与兰墅为同年，益以荫甫科场有诗之旁证，所言要属可信；然船山谓八十回以后俱兰墅所补云云，犹不能无疑。盖小说通则，传述人物，须有本末，既已系铃，必求解铃。西土自亚里士多德已有“凡故事必有开端、中段与结局”（Every story must have a beginning，a middle，and an end）之言。近代倡小说法程者，则本之以分一小说之三段：曰系铃（complication，亦称升节 rising action），曰主结（major knot，亦称极顶 climax），曰解铃（explication，亦称降节 falling action）。今人更演为五段，于系铃前加开端（亦称悬谈 initial exposition），于解铃后加终局（final event，亦称结局 catastrophe）。取证中西小说，无不密合。今《红楼》以宝玉、黛玉、宝钗三人为中心，而其极顶、解铃与结局，皆在八十回后。

《红楼梦》第九十七回《林黛玉焚稿断痴情　薛宝钗出闺成大礼》第九十八回《苦绛珠魂归离恨天》第一百十九回《中乡魁宝玉却尘缘》

苟雪芹原本只八十回者，则是仅有系铃而无解铃。吾人既未能考定此书为雪芹中断之作，即可谓此书无小说之价值。余尝致疑乎是，嗣读《原本红楼梦》而始释然。缘八十回之《原本红楼梦》，其以香菱始，以香菱终，与现行百二十回本无殊。高鹗诚补作四十回，然其补作也，非于八十回后加上四十回，乃系逐渐插入原来八十回之间，将八十回扩充而成百二十回耳。胡君不察乎是，贸然据船山笼统之言，断后四十回为高鹗补作，全不思此书苟无后四十回中之重要情节，不复成为小说。尤可笑者，既已谓后四十回为高鹗补作矣，而又据贾府之抄没以推测曹家。

《红楼梦考证》："但我们可以推知曹寅家后来或被抄没家产，如本书之贾府。"

按贾府之查抄，事在一百五回：

《红楼梦》第一百五回《锦衣军查抄宁国府》

如胡君言，当然非雪芹作。胡君既谓宝玉即雪芹，贾府即曹家，不知其何以又能据非出雪芹手笔者而推知曹家？一文前后矛盾若是，是尚得目为考证乎？

胡君本子考证之失，固矣。然其失犹不过失检。若夫其著者之考证，谓甄贾两宝玉，即著者曹雪芹之化身；甄贾两府，即当日曹家之影子。则直与立论之根本相抵触，且论证不充，而又大背乎小说之原理。其失较之本子考证，更不可以道里计。何以言之？

一则与立论之根本相抵触也。胡君谓考证《红楼梦》，范围限于著者与本子，不容以史事附会书中之情节。故于自来三派考证家，非之不遗余力。至言欲真正了解《红楼梦》，当先破除此种谜学。

《红楼梦考证》："我们若想真正了解《红楼梦》，必须先打破这种种牵强附会的《红楼梦》谜学！"

是则然矣。然胡君虽知以此律人，其自身之考证，顾仍未能出此种谜学范围，如谓甄贾两宝玉即曹雪芹，甄贾两府即曹家，又谓两府之接驾，皆曹家事，王熙凤家即苏州织造李家等。

《红楼梦考证》："赵嬷嬷说贾府接驾一次，甄家接驾四次，这大概都是曹家的事。""至于王凤姐说他们王家也接驾一次，我疑心王家即当日苏州织造的李家（李煦）。"

其以"不相干的零碎史事来附会《红楼梦》的情节"，与上三派如出一辙。所不同者，三派以清世祖董鄂妃等，胤礽朱竹垞等，暨纳兰成德等相附会，而胡君以曹雪芹曹家李家等相附会耳。明于责人，昧于责已。此则余所目为与其立论之根本相抵触者。

二则其立论证据之不充也。仅责其与立论根本相抵触，恐非胡君所心服。以彼固自认其所用者为考证学方法，与附会绝对不同者。

《红楼梦考证》："我们若懂得孟先生（即《董小宛考》之著者孟莼荪）与王梦阮先生两人用的方法的区别，便知道考证与附会的绝不相同了。""但我自信：这种考证的方法，除了《董小宛考》之外，是向来研究《红楼梦》的人不曾用过的。"

则试更进而衡其论证。

胡氏立论之证据，全在《红楼梦》开端之文。

《红楼梦》第一回："作者自云曾历过一番梦幻之后，

故将真事隐去，而借‘通灵’说此《石头记》一书也；故曰‘甄士隐’云云。但书中所记何事何人？——自己又云：‘风尘碌碌，一事无成，忽念及当日所有之女子，一一细考较去，觉其行止识见皆出我之上；我堂堂须眉，诚不若彼裙钗；我愧则有余，悔又无益，大无可如何之日也！当此日，欲将已往所赖天恩祖德，锦衣纨绔之时，饫甘餍肥之日，背父母教育之恩，负师友规训之德，以致今日一技无成、半生潦倒之罪，编述一集，以告天下。’”

因右述之言，遂谓《红楼梦》为自叙文书。

《红楼梦考证》：“《红楼梦》明明是一部‘将真事隐去’的自叙的书。”

夫既曰“将真事隐去”，曰“甄士隐云云”，则全书所叙，必非属实事可知，故下文即接“贾雨村云云”，谓系假语村言敷衍出来。

第一回：“我虽不学无文，又何妨用假语村言敷衍出来，亦可使闺阁昭传，复可破一时之闷，醒同人之目，不亦宜乎？故曰‘贾雨村’云云。”

又接谓本书旨在“梦”“幻”等字。

第一回：“更于书中间用‘梦“幻’等字，却是此书本旨，兼寓提醒阅者之意。”

又数言书中事实，无朝代年纪可考。（此谓文学性质超越时间。不详。）

> 第一回："石头上面叙着堕落之乡，投胎之处，以及家庭琐事，闺阁闲情，诗词谜语，倒还全备。只是朝代年纪，失落无考。""空空道人向石头说道：石兄，你这一段古事，据你自己说来，有些趣味，故镌写在此，意欲问世传奇；据我看来，第一件无朝代年纪可考，……"

又题缘起一绝，标曰"满纸荒唐言"。

> 第一回："曹雪芹……并题一绝。——即此便是《石头记》的缘起。诗云'满纸荒唐言，一把辛酸泪！都云作者痴，谁解其中味？'"

犹恐读者捕风捉影、寻根究底也。书末更借空空道人一问，拟之以刻舟求剑、胶柱鼓瑟。

> 第一百二十回："那雪芹先生笑道：'果然是"贾雨村言"了！'空空道人便问：'先生何以认得此人，便肯替他传述？'曹雪芹先生笑道：'说你空空，原来你肚里果然空空！既是"假语村言"，但无鲁鱼亥豕以及悖谬矛盾之处，乐得与二三同志，酒余饭饱，雨夕灯窗之下，同消寂寞，又不必大人先生品题传世。似你这样寻根究底，便是刻舟求剑、胶柱鼓瑟了！'"

此书宗旨，不在叙述实际事物，固已无待辞费。其谓但求情节合理，而不悖谬矛盾，即足传世，尤为至理名言，深得小说三昧。是犹可以曹家雪芹李家等相影射乎？且胡君于详论三派后，引钱静方君言作结，赞为“说的好”，后加密圈。

> 《红楼梦考证》：“钱静方先生说的好：‘要之，《红楼》一书，空中楼阁，作者第就其兴会所至，随手拈来，初无存意。即或有心影射，亦不过若即若离，轻描淡写，如画师所绘之百像图，类似者固多，苟细按之。终觉貌是而神非也。’”

是胡君固亦认此书为空中楼阁，按之实际，貌是神非矣。乃既以此非人，而自身顾重蹈其覆辙，几何其不与五十步笑百步类也。

曰三派之附会，胡君则有以反证其非矣。胡君之考证，果亦可以若是反证之欤？曰可。试即以胡君之矛攻胡君之盾。胡君引《董小宛考》以破《红楼梦索隐》。

> 《红楼梦考证》：“例如《红楼梦索隐》说：‘渔洋山人题冒辟疆妾圆玉女罗画三首之二末句云：“洛川淼淼神人隔，空费陈王八斗才”，亦为小琬而作。圆玉者，琬也；玉旁加以宛转之义，故曰圆玉。女罗，罗敷女也。均有深意。神人之隔，又与死别不同矣。’”“孟先生在《董小宛考》里引了清初许多诗人的诗来证明冒辟疆的妾并不止小宛一人；女罗姓蔡，名含，能画苍松墨凤；圆玉当是金晓珠，名玥，昆山人，能画人物。晓珠最爱画洛神，（汪舟次有晓珠手临洛神图卷跋，吴菌次有乞晓珠画洛神启。）故渔洋山人诗有

‘洛川淼淼神人隔’的话。”

其言余甚谓然。然胡君谓甄贾两府即当日曹家之影子，试问贾家有元妃，曹家亦有元妃否耶？贾家有荣宁二府，曹家亦有二府否耶？曹家后来衰败，

《红楼梦考证》：“曹寅家极盛时，曾做过康熙帝的东道主人，但后来家渐衰败，或得了罪被抄没。”（按：末语任凭《红楼梦》臆测，诚若是，据本书以作曹氏家传，亦非难事，又何必胡君考证为乎？噫！何胡君之不惮烦也。）

何以贾家系延世泽？

第一百十九回《沐皇恩贾家延世泽》。（吾为胡君续一语曰：曹家后来仍沐皇恩、延世泽，何如？）

曹寅为织造，为两淮巡盐御史，

《红楼梦考证》：“曹寅任江宁织造甚久。织造在当时是一个极肥的差。曹寅又于康熙四十三年至四十九年之间，与同旗李煦做了四次的两淮巡盐御史，又是一个极肥的缺。”

何以贾政为主事，为员外郎，

第二回：皇上额外赐了这政老爷一个主事之职，令其入部学习，如今现已升了员外郎。

为学差，

> 第三十七回：皇上见他（贾政）人品端方，风声清肃，虽非科第出身，却是书香世代，因特将他点了学差。

为工部郎中，为江西粮道？

> 第九十六回：那年正值京察，工部将贾政（时政为工部郎中）保列一等，二月，吏带引见。皇上念贾政勤俭谨慎，即放了江西粮道。

岂因为影子，故不同乎？既已不同矣，尚得谓为影子乎？今有人焉，不见鹿之有角而徒见其具四足也，指而呼曰："是马也，是马也。"闻之者鲜不嗤其愚。以贾家为曹家，以贾政为曹寅，吾不知视此如何？噫！处今科学昌明之世，初不料胡君竟窃考证学方法之美名，以文其指鹿为马之伎俩一至于此也。

阅者疑吾言过乎？则再进而申吾说。胡君曾举宝玉与成德之不同以破俞樾成德为宝玉之论。

> 《红楼梦考证》："俞樾的《小浮梅闲话》说：'《红楼梦》一书，世传为明珠之子而作。……明珠子名成德，字容若。……恭读乾隆五十一年二月二十九日上谕："成德于康熙十一年壬子科中式举人，十二年癸丑科中式进士，年甫十六岁。"然则其中举人止十五岁，于书中所述颇合也。'"
>
> "无论如何，我们不可用宝玉中举的年岁来附会成德。若宝玉中举的年岁可以附会成德，我们也可以用成德中进士

和殿试的年岁来证明宝玉不是成德了！”

余极谓然。然胡君谓甄贾两宝玉即曹雪芹之化身，其亦能实证宝玉与雪芹之尽同否乎？雪芹童年召对，

《红楼梦考证》：“宋和的《陈鹏年传》里提及曹寅的幼子无意中救了陈鹏年一事。《红楼梦索隐》说康熙帝二次南巡，雪芹以童年召对，大概即指此事。但误记为二次南巡的事。这个孩子是否即曹雪芹，我们无从考证。但依《红楼梦》全书的口气看来，似乎这孩子便是雪芹自己。”

何以宝玉始终无见上之事？雪芹作书时，年已四十。

《红楼梦考证》：“曹雪芹大概生于康熙三十五六年。”“《红楼梦》一书是曹雪芹破产倾家之后，在贫困之中做的。做书的年代大概当雍正末年或乾隆初年。”（按：康熙六十一年——雍正十三年。）

何以宝玉十九即出家？夫贾宝玉《红楼》之主人也。黛钗竞争，形成三角恋爱。宝玉倾心于黛。黛不敌钗而情死。黛死而钗偿其愿，于斯时也，宝玉苟以爱黛者爱钗，以娇妻美妾自足，则宝玉固为一毫无价值之臭皮囊，《红楼》亦成一了无深趣之喜剧。乃者宝玉卒能以此解脱，《红楼》之作者更能屈曲表示其解脱之经程。由是而《红楼》遂为彻头彻尾之悲剧，宝玉亦成可赞可敬之完人。如谓宝玉即雪芹，宝玉之终极在解脱，试问雪芹解脱之事实又何在？况乎宝玉之出世，本书具载其始末，果宝玉为雪芹

者，是《红楼》之作在雪芹却尘缘后也。谓有雪芹既却尘缘而得解脱，无有言说，无有文字，顾反作此一书耶？胡君谓“无论如何，我们不可用宝玉中举的年岁来附会成德。若宝玉中举的年岁可以附会成德，我们也可以用成德中进士和殿试的年岁来证明宝玉不是成德了！”吾人可易其辞曰：“无论如何，我们不可用书中主人贾宝玉来附会曹雪芹。若宝玉可以附会雪芹，我们也可以用雪芹年大和不出家的事来证明宝玉不是雪芹了！”乡之人见驴鹿之同而不见其异，以鹿为驴，胡君非之，宜也；顾胡君独指鹿为马者何耶？岂见鹿马之同而不见其异欤，抑明知而故昧耶？馀若王家为李家等附会，皆可仿此斥破。余述种种之例，颇嫌辞费，且非余所心愿。盖考证文学而流入谜学，实已无可救药，第胡君既已执着，自不得不引绳拔根，亦犹胡君所谓“说明这种附会完全是主观的，任意的，最靠不住的，最无益的”而已。

> 《红楼梦考证》：“我举这些例的用意是要说明这种附会完全是主观的，任意的，最靠不住的，最无益的。”

若夫余之本意，则在下述第三层。

三则大背于小说之原理也。胡君曹家甄贾二府曹寅贾政雪芹宝玉及李家王家等种种附会，其根本之蔽何在，概以一语，曰：以实际之人生绳《红楼》耳。夫《红楼梦》者，小说也。如《红楼》之小说，果可以实际之人生相绳否乎？吾人试先定其性质，然后下判。小说定义，言人人殊。然吾人研究《红楼》，归纳演绎，初不难下一叙述，曰：《红楼梦》者，表现人生之真理于一串赓续之想象事物之长篇散文稗史（long prose fiction），具有布局（plot）人物（characterization）境地（setting）及话言

（dialogue）者也。

详说义蕴，有待专论。兹惟略诠与本文最有关系之一点，曰表现人生之真理于一串赓续之想象事物（The presentation of the truth of human life in a series of imagined facts）。人有恒言，小说者，表现人生者也。虽然，小说之所表现者，实不单为人生，而为人生之真理。史蒂文孙（R. L. Stevenson）所谓吾人所见之人生，皆其纷乱之部分，然细窥其里，自有一定不变之真理存。小说家所欲代表者，即在此真理，断非抄袭其纷乱之表面已也（见其所著《无知罪言》（*A Humble Remonstrance*）。惟然，为小说者，必观察古今人生之里面，明其真理之所在，然后抉精汰粗，择尤传述，此则小说表现之人生已经剪裁（selection，或译选择），与实际人生异者。其一也。此释表现人生之真理。

复次，表现人生之真理，哲学与小说同；其不同者，哲学仅凭抽象以立论，小说则附丽于具体之事物。此具体之事物，亦经剪裁而与实际之人生迥异。实际之人生，每限于时间，今日所为，明日或忘；而小说之所表现者，则求超越时间，时无古今，万世常新。实际之人生，每囿于方所，通于此者或睽于彼；而小说之所表现者，则求超越空间，地无中外，有目共赏。虽近世卑劣之写实小说及问题小说或未足以语是，而大小说固必具此条件，此则小说表现之人生，有超时空之性质，与实际人生异者，又其一也。此释表现人生之真理于事物。

复次，实际人生，鲜合名理，或行事而无结果，或动作而无意义。小说之职，既在表现人生之真理，故于因果关系，尤须厘然不紊。因之其所附丽之事物，必求一串赓续。诸凡人物之行为遭际、出处结局，莫不有因有果，无背逻辑，前起后承，毫发不爽。此则小说之所表现者，常归纳人生以就逻辑秩序，与实际人生异者，又其一也。此释表现人生之真理于一串赓续之事物。

复次，表现人生之真理于一串赓续之事物，非仅观察古今人生，明其真理，从而剪裁其间所能奏功也。必将已经选择之实际人生，加以渲染（improvement，通译改良），创造完密之幻境（illusion），以想象之事物表其所欲表之人生真理，使读者游神于此想象之世界，而于不知不觉深印其真理焉，而后始尽小说之能事矣，此幻境固亦根据作者实际之所观察（观察不限于目接耳闻，读历史之记载，诵他人之创作，皆观察也。本文凡言观察，含义如是。）所理解者而造，然其自体并不存在，仅求密契于理想，初不悉合于事实，且在实际世界，实亦未尝能如是发现。惟然，小说中之人事，大都为作者所创造，非实际所本有。第其创造也，悉据人生之真理，出于理势之不得不然，而极合于人性之要求，故虽系创造，于人生仍不失其真（True to human nature），不但不为虚伪，且较实际所有者，尤为真切华美而自然。史蒂文孙尝谓：读其友朋之著作，遇情节有未契于心者，每疑其由实际人生直钞而得，询之良信。即《红搂》之作者，亦谓但求情节之无悖谬矛盾，可谓同符其见矣。此则小说之所表现者，必为改善之人生，与实际人生异者，又其一也。此释表现人生之真理于一串赓续之想象事物。

吾人取右之所论，合之《红楼》，殆无一不觉其吻合。因之《红楼》所表现之人生与实际人生迥不相同者，遂有四事：

一、《红楼》为已经剪裁之人生。例如叙述十数年间事，言饮食者，寥寥可数。言宝黛之会面，亦不过百十次，而其中大都含有至理。实际人生决不若是之单纯与合理也。

二、《红楼》为超时空性之人生。例如吾人与《红楼》相去已二百年，然每一开卷，欣赏即莫可名言。西人之能读之者，如翟理斯（H. A. Giles，氏曾著《中国文学史》，极推崇《红楼》）辈，亦谓其动人之情，难可方拟。其不通中文者，且以闻人之讲说为乐。实际人生又决不若是之具有普遍性也。

三、《红楼》为契合名理之人生。如黛之死，如宝之出家，如熙凤之失败，固因果厘然。即如紫鹃之侍惜春，袭人之归玉函，巧姐之嫁村氓，亦皆起迄不紊。实际人生又决不若是之有契名理也。

四、《红楼》为已经渲染之人生。主角之超凡无论矣，下至二三等之侍婢，如五儿、小红辈，亦尽属人间尤物。即其描叙诗书之精妙，建筑之华美，均令人有观止之叹。实际人生又决不若是之完善无缺也。

是则《红楼》一书之所叙述，殆断不能以实际人生相绳。长安贾府云云，宝黛等云云，悉因小说贵具体不尚抽象之故，不得不有此假托。外观虽似一地一家与数人之十数年间事，实则正著者凭其观察，凭其理解，凭其理想，选择人生之精髓，提炼人生之英华，归纳其永久普遍之特性，组成系统，运用其心思才力，渲染其间，乃克造成此幻境，以表其所欲表现之人生真理于此一串赓续之想象事物者也。其中固不无本诸作者当年之情事与其自身之经历，然既经剪裁与渲染，成此幻境，宗旨又惟在表现人生之真理，其自体要无存在之可言，则充其量“亦不过若即若离而已”。至贾府王家，宝玉黛钗，更若南海为儵，北海为忽；副墨之子，洛诵之孙，随著者之所好名之，丝毫不能求其迹象。《红楼》著者惟知此义，故一则曰“真事隐去”“假语村言”，再则曰旨在梦幻；一则曰书中事实无朝代年纪可考，再则曰“满纸荒唐”；犹恐末学无明，不喻斯旨，于书末更借空空道人一问，谓“但无鲁鱼豕亥以及悖谬矛盾之处”，斯于旨无亏，如必“寻根究底，便是刻舟求剑、胶柱鼓瑟”，岂不彰然明哉！是故居今日而读《红楼》，首当体会其所表现之人生真理，如欢爱繁华之为梦幻，出世解脱之为究竟，如黛为人之卒失败，如钗为人之终成功等。次当欣赏其所创造之幻境（即一串赓续之想象事物），如布局之完密，人物之复绝，设境之奇妙，谈话之精美等。不此之务，而尚考证，舍本逐末，玩物丧志，于己徒劳，于人鲜益。在研究文学者视之，本已卑无足道，然即欲考证，亦只能限于著者与本子二问题。问著者为谁何？生何年？卒何时？家世何若？成此书何日？出版何年？本子有几？优劣何若？审慎其结论，缺其所不知，以备文学史家之采择，而便读此书者得选善本而申感谢此大著者之意。外此，即非考证范围，即不容有所附会。其于书中之情节，惟当认定为作者本其观察理解所假设之幻境，用以表暴其见地者，谓为作者之所创造可也，谓为作者之所理想可也，若必斤斤焉求一时一地一家与数人以实之，是在作者方就一时一地一家与数人之假设，表现其所选择所归纳所改善之人生永久全体之真理，而我乃倒行逆施，人之智力相越，有如此哉！自来读《红楼》者惟不知此，于是或附会为清世祖与董鄂妃等，或附会为胤礽、朱竹垞等，或附会为纳兰成德等，谜学既已弥漫，《红楼》真义，于焉益晦。胡君辞而辟之，谓考证当以著者、本子为范围，是也。顾其著者之结论，贾府曹府、宝玉雪芹、王家李家，附会一如前此之三派。即使其迹果有可按，实际之人生，已与小说之人生迥不相谋。何况其层层矛盾，所言一无当处耶！

亚里士多德有言：“诗歌与历史之分，在史论已然之事实，而诗论理想之境地。诗示普遍，而史示特殊。”余谓小说与历史之分亦然。史家以论已然表特殊为归，故其所能为者，只有属辞比事，整齐故事，绝不容以私意变更事实。（史家亦有变更事实者，如《史记·项羽本纪》之类，其事迹殆多经史公改造。此则《史记》意在行文，不在纪事。（王鸣盛《十七史商榷》语）实为文学的史家，其历史之价值，固不及其文学之价值也。）小说家则志在表理想，示普遍，凡有合于理想、普遍者，可任情创造，否则虽为实事，亦势在必去。然其结果，则方之历史记载，尤为真确而自然。盖其所描叙，悉出于人生之本真故也。吾人试读《三国演义》与《三国志》，当可明知。惟然，虽在演义等历史小说，亦未可竟目为实事之记载。若如《红楼》之理想小说，其不能以实际人生影射，更不待论。余愤自来考证《红楼》者之谬妄，而惜胡君之所以责人者是，而所以自处者非也，故略述所见如此。

曹雪芹家世新考

李玄伯[①]

故宫懋勤殿藏有朱批奏批一小匣，内计曹寅折百十八件、曹颙折十七件、曹頫折四十六件，于曹氏家世颇有足考证者，因合以前年所考诸节，著为此篇。至于各折全文，院中已从《文献丛编》第九辑起，陆续发表，可备阅者参考。

一、曹氏非旗人而是汉人

清入关以前，汉人而从军有功者，多半派入汉军旗内，曹氏即其一也。尤西堂侗与曹寅甚有关系，寅在苏州时常与唱和，集内并有祝寅母之寿序、祝寅之寿诗、寿词、《楝亭赋》、《御书赞》、《曹公虎邱生祠记》，故西堂之言当可信也。《艮斋倦稿》文第十三卷《松茨诗稿序》：

司农曹子荔轩与予为忘年交。其诗苍凉沉郁，自成一家。今致乃兄冲谷薄游吴门，因得读其《松茨诗稿》，则又

---

① 李玄伯：名李宗侗，河北省高阳县人。著有《曹雪芹家世新考》。20 世纪 30 年代初，李玄伯在故宫懋勤殿发现朱批奏折一小匣，内有曹寅折 118 件，曹颙折 17 件，曹頫折 46 件，于考订曹氏家世颇有价值，已陆续发表于当时故宫博物院之《文献丛编》上，李玄伯据此并联系以往研究所得，写成《新考》一文，于研究曹雪芹家世大有裨益。

体气高妙，有异人者，信乎兄弟擅场，皆邺下之后劲也。予既交冲谷，知为丰润人。

观此则知寅与河北丰润之曹冲谷为同族弟兄也。

冲谷名铬，贡生，理藩院知事。其父名鼎望，顺治己亥进士，历任新安、广信、凤翔知府，即西堂序中所称冠五太史者也。曹氏为丰润望族，且多擅诗文者：鼎望有《新安集》、《楚游集》；铬有《雪窗诗集》；长兄钊，字靖远，有《鹤龛集》；仲兄钤，字宾及，有《瘿庵集》、《黄山纪游》、《扈从东巡纪略》、《笔涛养正图》、《图绘宝鉴续纂》。今据光绪《畿辅通志》、乾隆《丰润县志》，而得其世系如下，并附曹寅世系于后，以便比较：

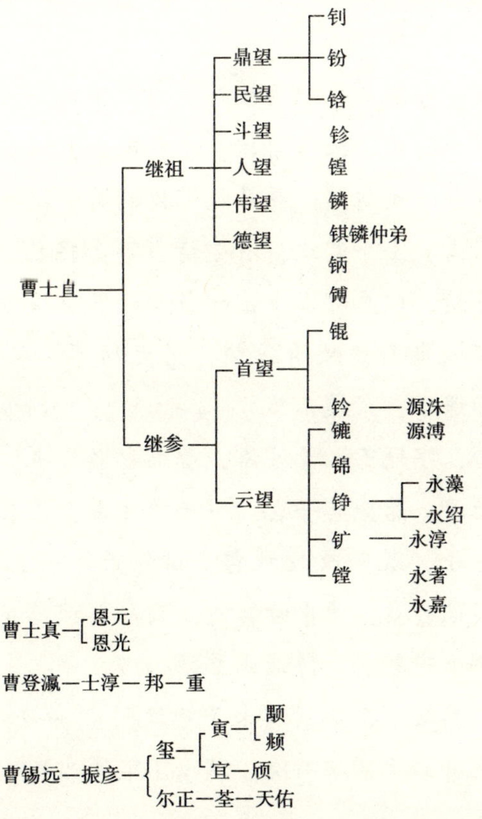

士直、士真、士淳，志内虽未明言是否兄弟行，然《曹继参传》及《曹邦传》皆谓为邑之咸宁里人；而直与真之名既相近，士直字和石，士真字金石，则为弟兄无疑义。

鼎望弟兄七人（县志载吴慎：曹鼎望传），而见于志者只六。

钤、锽、鏻、錤、钠、源溥、永著，虽无从知其支派，然比附得其行辈。志内尚有曹牧、曹潜、曹重辉、曹采、曹维法、曹司弼、曹司敬、曹杲、曹滦、曹涉、曹淑、曹志彬、曹衍裕、曹闾、曹英、英子安、曹远、远子宗礼、曹元、元子秉和，则无从推其行辈。“封赠门”又有曹邦彦以子森贵一条。邦彦或与寅之祖振彦为兄弟行耶？

曹氏于康熙年间任知府者二人：（一）首望，（二）鼎望。

首望，字统六，以恩拔入成均，考授中书舍人，转户部主事，差榷芜关，廉谨自持。康熙丙午，以本部员外典试广西，榜发，士论翕然。寻升礼部仪制司。值廷臣有以改民间妇女妆请者，上下其议，首望请当事奏寝之。再擢工部通惠河，有奇绩，以户部郎中出守苏州。苏赋役繁重，当天下之半，莅任未期月，赋清役简，若无所事。致仕归，足不窥户，延师课子，寒燠不辍。（《丰润县志·艺文》载吴慎：曹继参传）

鼎望，字冠五，号澹斋，曹继参之侄也。父继祖，官别驾，举七子，鼎望其一也。甲午举于乡，己亥成进士，授翰林院庶吉士，既而改授秋曹，请停严冬遣犯豁逃入连坐之冤，决疑狱甚多，曹中称其能。丙午典试三楚，所拔多孤塞士。明年出守新安，协计剿婺源山贼，平之。辛亥大旱，赈粥活饥民甚众。捐资刻《朱子纲目》、《新安文献志》等书，日召诸生讲学于紫阳书院。嗣以不能事当路，夺职家居。旋起为广信守，乃整顿残破，招复流亡，请兵筹饷，剿贼寇江机、杨一豹等；复乞蠲七年逋赋。以忧归。复起为凤翔守，开垦芜地，宽减科条，请停防汉更番兵马，修横渠祠喜雨亭，以风励后学，郡中称治。丙寅，以老乞休。邑令罗景沕嘱修邑乘，采辑多所考核，为一县信史。卒年七十有六。鼎望精究理学，有济世才，未竟其用，人成惜之。(《丰润县志·艺文》载吴慎：曹鼎望传)

鼎望仕新安守，夺职家居，起守广信。书中贾氏族人之贾雨村，或即暗指此欤？

志中载曹氏科举者颇多，且尤有园亭之胜。卷二“古迹门”附载：

冷心亭，在城外西南隅，故苏州太守曹首望别业。……今废。

近林亭，在西关外，故州司马曹云望别业。……今废。

松茨，在东关，故徽州太守曹鼎望别业，有四松，因以为名。今废为菜圃。

小辋川在县西南，亦曹氏别业。

以上园亭至乾隆修志时已荒废，则其盛衰之速，亦不亚于雪芹支矣。

曹寅以外，丰润曹氏仍有入旗籍者。县志卷五人物传：

曹邦，字佺清，成宁里人。明崇祯二年随清兵出口，及定鼎后，占籍正红旗。从征屡建奇勋。顺治十年，授吏部他赤哈哈番，旋擢户部启心郎，左迁湖广慈利令，再迁直隶阜城令，乞养归里。

曹寅实系丰润人而占籍汉军，观此更无疑义矣。

二、曹玺及曹寅之妻

曹玺之妻姓孙氏。《艮斋倦稿》文卷四《曹太夫人六十寿序》：

曹母孙太夫人者，司空完璧先生之令妻，而农部子清、侍卫子猷两君之寿母也。于今辛未腊月朔日，年登六表，敝邑诸大夫共酌大斗为祝。

孙氏于丰润为大姓，志中载有康熙进士孙濯、乾隆进士孙穆、孙钅广，“选举门”又有孙兆麒、孙郁文、孙潢、孙嗣昌、孙因、孙隆英、孙世亿、孙志礼、孙寅、孙寯、孙宓。曹玺妻里系虽不可知，或亦其同乡欤？

又康熙四十五年八月初四曹頫折：

惟是臣母冬期营葬，须臣料理，伏乞圣恩准假，容臣办完水陆二运及各院司差务，捧接敕印，由陆路暂归，少尽下贱乌哺之私。

此虽不足证明孙氏之卒即于是年，但旗人惯例速葬。寅虽汉人，而受旗人化者，恐亦不至久停始葬。则孙氏之卒，前此当不甚远。康熙四十五年上去辛未十五年，孙之寿约亦七十四五矣。

曹寅之妻姓李氏，即李煦之姊妹行。康熙五十四年三月初七曹𫖯折：

> 奴才母在江宁，伏蒙万岁天高地厚洪恩，将奴才承嗣袭职，保全家口，奴才母李氏闻命之下，感激痛哭，率领阖家老幼，望阙叩头。随于二月十六日赴京，恭谢天恩，行至滁州地方，伏闻万岁谕旨“不必来京”，奴才母谨遵旨，仍回江宁。

同折尾又云：

> 本月初二日，奴才母舅李煦前来传宣圣旨。

但李氏非李煦的胞姊妹。李煦父李士桢墓志内只言一女，适周承诏佐领，而无曹寅名。俗例称母之堂弟兄、从堂弟兄，亦曰舅。曹𫖯盖从习惯呼之也。

三、曹寅之子颙及其嗣子𫖯

曹寅只一子曹颙，曹𫖯则其过继之子也。康熙四十八年二月初八曹寅折：

> 臣有一子，今年即令上京当差，送女同往，而臣男女之事毕矣。

康熙五十一年九月初四曹连生折：

奴才年当弱冠，正犬马效力之秋，又蒙皇恩，怜念先臣止生奴才一人，俾携任所教养，岂意父子聚首之余，即有死生永别之惨，乃得送终亲殓者，皆出圣主之赐也。

曹寅尚有子珍儿，早夭，故不数。两折皆云只一人也。连生，曹颙小名，故康熙五十二年正月初三曹颙折内云："复奉特旨，改换奴才曹颙学名。"

康熙五十一年八月二十七日，江西巡抚郎廷极奏报曹寅病故于扬州府书馆，江宁士民并机户等恳请以其子曹颙仍为织造。曹寅病卒，当稍前于此。曹颙继承织造职，并加授主事职衔，遂于康熙五十二年二月初二抵江宁任（见正月初三折。折中谓二月初二日抵江宁莅任，而折尾日期作正月初三，必有一误）。卒于康熙五十四年正二月间（参考上引康熙五十四年曹頫折）。

曹颙既死，其妻怀孕，生男女尚不可知（见下），故以頫为寅嗣，故曹頫一折云："伏蒙万岁天高地厚洪恩，将奴才承嗣袭职。"又一折云："奴才自幼蒙故父曹寅带在江南，抚养长大，今复荷蒙天高地厚洪恩，俾令承嗣父职。"不只曰袭职，且曰承嗣，并曰蒙洪恩，则为奉旨过继，而非寅之生子明矣。语句之间，又似养子，而非寅侄。曹颙任织造时，方弱冠，頫称颙为兄，康熙朱批内并谓为"无知小孩"（见下），则其年亦不过二十余。曹頫于康熙五十四年三月初六接任（三月初七折），至雍正六年正二月罢（见下）。

四、曹颙之妻及其遗腹子

康熙五十四年三月初七曹頫折：

奴才之嫂马氏，现因怀妊孕已及七月，恐长途劳顿，未得北上奔丧，将来倘幸而生男，则奴才之兄嗣有在矣。

观此则曹颙死于北方，而不在江宁。或当时适召入京耶。其妻马氏，怀妊已七月，则其遗腹当生于五六月间。康熙五十四年下去乾隆二十七年，凡四十七年，若其遗腹系男子，证以敦诚诗“四十年华付杳冥”句，或即雪芹耶？且《红楼梦》中人物：贾兰系遗腹子，而宝玉出家，亦有遗腹子，则此种推测，虽近于武断，然不为无理矣。

五、曹寅之女

曹寅一女，嫁于镶红旗王子。康熙四十五年八月初四曹寅折：

今年正月，太监梁九功传旨，著臣妻于八月船上奉女北上。……窃思王子婚礼，已蒙恩命尚之杰备办。……

是其女之嫁王子，乃康熙指婚。同年十二月初五折：

前月二十六日，王子已经迎娶福金过门。上赖皇恩，诸事平顺，并无缺误，随于本日重蒙赐宴，九族普沾。

结婚以后，女并生有世子。康熙四十七年七月初五折：

臣接家信，知镶红旗王子已育世子。过蒙圣恩优渥，皇上覆载生成之德，不知何幸躬逢值此！臣全家闻信，惟有设案焚香，叩首仰祝而已。所有应备金银、缎匹、鞍马、摇车等物，已经照例送讫。

寅又为之置房屋田产。康熙四十八年二月初八折：

臣愚以为皇上左右侍卫，朝夕出入，住家恐其稍远，拟于东华门外置房移居臣婿，并置庄田奴仆，为永久之计。

观此，则贾元春实有其人。曹氏虽无贵妃，然有王子福金矣。

六、曹寅之弟、侄及甥

曹寅之弟侄见于折内者，有其弟宜（康熙四十七年四月初三曹寅折）及其侄颀（康熙五十一年曹连生折）。曹頫称颀为堂兄，则长于頫可知矣。

其甥名昌龄，刑部尚书傅鼐长子，仕至学士。楝亭藏书多归于彼。予去年在南京购得叶焕彬丈所藏《唐类函》，上有“曹氏楝亭藏书”及“长白敷槎堇斋昌龄图书”二章。叶鞠常丈著《藏书记事诗》卷五有诗咏昌龄。李南涧《琉璃厂书肆记》：

延庆堂刘氏，夏间从内城买书数十部，每部有曹楝亭印，又有长白敷槎氏堇斋图书记，盖本曹氏物而归于昌龄。昌龄官至学士，楝亭之甥也。

袁枚《小仓山房文集》卷二《刑部尚书富察公碑》内载子三人，长即昌龄，次科占，次查纳，而未载其夫人姓氏。昌龄为甥之关系，尚待考。

七、曹氏与康熙之密切

曹氏与康熙关系，可谓甚为密切。曹寅在江苏地方，大小事件，苟有所闻，必立奏闻。观熊赐履及科场案两事可知(原折载《文献丛编》第九辑)。康熙五十七年六月初二曹頫奏折尾康熙批：

> 朕安。尔虽无知小孩，但所关非细，念尔父出力年久，故特恩至此。虽不管地方之事，亦可以所闻大小事，照尔父密密奏闻，是与非朕自有洞鉴。就是笑话也罢，叫老主子笑笑也好。

当时曹寅的密折，决不止现在所存者，必甚多也。有时康熙并且问他的家事。康熙五十四年批问："你家中大小事为何不奏闻?"他们的密切，真象家人了。

八、曹寅及曹頫的亏累

曹寅卒后，公项的亏空，共有五十四万九千六百余两。所以康熙令李煦代任盐差一年，以便还清。康熙五十二年十一月十三曹颙折：

> 今李煦代任盐差已满，计所得余银共五十八万六千两

零。所有织造各项钱粮，及代商完欠，李煦与奴才眼同俱已解补清完，共五十四万九千六百余两。

所余之三万六千余两，曹颙曾进呈康熙。同年十二月二十五折尾批：

当日曹寅在日，惟恐亏空银两不能完。近身没之后，得以清了，此母子一家之幸。馀剩之银，尔当留心，况织造费用不少，家中私债想是还有，朕只要六千两养马。

公债以外尚有私债，所以曹頫折内亦云："幸蒙万岁天恩，赏了曹颙三万银子，才将私债还完了。"

曹頫亏累见于隋赫德折：

再查织造衙门钱粮，除在机缎纱外，尚亏空雍正五年上用、官用缎纱，并户部缎匹，及制帛诰敕料工等项银三万一千余两。

亏累原因当然是"差事甚多"、"费用不少"，进贡正项以外，刻书要钱，造瓷造珐琅要钱，康熙左右亦假名要各种物品。所以康熙说：

近来你家差事甚多，如磁器珐琅之类，先还有旨意，件数到京之后，送至御前览完才烧。珐琅今不知骗了多少，磁器朕总不知，已后非上传旨意，尔即当密折内声名奏闻，倘瞒著不奏，后来事发，恐尔当不起，一体得罪，悔之莫及

矣。即有别样差使，亦是如此。(康熙五十九年二月初二曹寅折批)

织造虽然进项不少，如此用钱，安能不亏累!

九、曹氏之产业

曹氏产业之见于折内者有二处。

1. 曹頫折

江宁织造主事奴才曹頫跪奏，恭请万岁圣安。七月十四日，奴才家奴贲捧折子回南，蒙御批："你家中大小事为何不奏闻?"钦此。奴才跪读之下，不胜惶悚恐惧，感激涕零。窃奴才自幼蒙故父曹寅带在江南，抚养长大，今复荷蒙天高地厚洪恩，俾令承嗣父职。奴才到任以来，亦曾细为查检，所有遗存产业，惟京中住房二所，外城鲜鱼口空房一所，通州典地六百亩，张家湾当铺一所，本银七千两，江南含山县田二百余亩，芜湖县田一百余亩，扬州旧房一所，此外并无买卖积蓄。奴才问母亲及家下管事人等，皆云：奴才父亲在日，费用很多，不能顾家。此田产数目，奴才哥哥曹颙曾在主子跟前面奏过的。幸蒙万岁天恩，赏了曹颙三万银子，才将私债还完了等语。奴才到任后，理宜即为奏闻，因事属猥屑，不敢轻率。今蒙天恩垂及，谨据实启奏，奴才若少有欺隐，难逃万岁圣鉴，倘一经察出，奴才虽粉身碎骨，不足以蔽辜矣。奴才不胜惶恐感戴之至!康熙五十四年七月十六日。

此曹𫖯初任时曹氏产业情况。至曹𫖯罢后，其产业则约见隋赫德折。

2. 隋赫德折

> 江宁织造郎中奴才隋赫德跪奏：为感沐天恩，据实奏闻，仰祈圣鉴事。窃奴才荷蒙皇上天高地厚洪恩，特命管理江宁织造。于未到之先，总督范时绎已将曹𫖯家管事数人拿去，夹讯监禁，所有房产什物，一并查清，造册封固。及奴才到后，细查其房屋并家人住房十三处，共计四百八十三间，地八处，共十九顷零六十七亩，家人大小男女共一百十四口，余则桌椅床杌旧衣零星等件，及当票百余张外，并无别项，与总督所查册内仿佛。又家人供出外有所欠曹𫖯银，连本利共计三万二千余两，奴才即将欠户询问明白，皆承应偿还。再曹𫖯所有田产房屋人口等项，奴才荷蒙皇上浩荡天恩，特加赏赉，宠荣已极。……

随园即隋赫德之园，想系所赏曹氏房产之一部。袁枚谓大观园即随园，不为无征矣。

十、曹𫖯之末路

曹𫖯之罢免，系由亏累而抄家，抑系死后而抄家，详情尚不可知。但隋赫德折谓范时绎将曹𫖯家管事数人拿去夹讯监禁，所有房产什物，一并查清，造册封固，则为抄家无疑。但谓讯其家人，而不谓讯𫖯。又折尾云："曹𫖯家属，蒙恩谕少留房屋以资养赡。今其家属不久回京，奴才应将在京房屋人口，酌量拨给。”只云家属而不云頫，頫当系前卒，否则至少亦如贾赦之充军矣。

曹氏抄家只因亏累，抑尚有他因，现尚无从推测。有一奇事，则隋赫德奏曹頫代塞思黑藏金狮是也：

> 江宁织造郎中奴才隋赫德跪奏：为查明藏贮遗迹，奏闻请旨事。窃奴才查得江宁织造衙门左侧万寿庵内，有藏贮镀金狮子一对，本身连座共高五尺六寸。奴才细查原由，系塞思黑于康熙五十五年遣护卫常德到江宁铸就。后因铸得不好，交与曹頫，寄顿庙中。今奴才查出，不知原铸何意，并不敢隐匿，谨具折奏闻。或送京呈览，或当地毁销，均乞圣裁，以便遵行。奴才不胜惶悚仰切之至，谨奏。雍正六年七月初三日。

塞思黑弟兄等案牵连甚众。曹颙而代其藏金狮，曹氏或者为塞思黑党，则受宠四代之织造，忽然抄家，亦不为无因也。

十一、曹氏之亲戚李煦

李煦亦山东人而占旗籍者。《碑传集》卷六载杜臻《广东巡抚李士桢墓志》：

> 公本姜姓，世居东莱之都昌。……壬午从龙辽左，继正白旗佐领西泉李公，即以李为氏。……子六人：长煦，文氏出，前内阁中书，随征，补广东韶州知府，改补浙江宁波府知府，今授督理苏州织造府事；次耀，陈氏出，原任贵州贵

阳府修文县知县；次炘，现任内务府会计司员外郎；次灿，候选知县，俱王夫人出；次炆，白氏出，分理畅春园事；次炜，候选州同。女一，王夫人出，适周承诏佐领。孙男十五人。

煦又曾任畅春园总管（张贞：《朱宏祚行状》）。灿后任两淮盐运道（康熙四十三年十一月二十日曹寅折）。

红楼说丛

萱　慕[1]

小说肇自《虞初》，降至宋元，《水浒》继《宣和遗事》而作，小说体裁，于焉始备。后之作者，如《三国演义》等，大都有所依据，不若《水浒》之纯为创造也。自《红楼》盛行，几夺《水浒》之席而代之，与《金瓶》咸称奇书；然《金瓶》专写龌龊小人，远不如《红楼》之规模阔大，气象堂皇，上自宫闱，下至市井，兼收并蓄，除武功之外，殆无不具焉。其才之大，心之细，刻画之精，见闻之广，可谓前无古人者矣！书中本事，虽自承为“假语村言”，观其描写之详，当以“亲见亲闻”之言为可信，决非陋巷穷酸，仰屋虚构者比。（《野叟曝言》，所写朝廷制度，多如戏剧。）既非虚构，则此中有人，呼之欲出，不特其笔墨优秀，颠倒才人，即此影事迷离，亦堕今人于疑网；由是作索隐者，遂纷纷矣。起清中叶，以迄今兹，考此谜者日多，甚至有“红学”之

---

① 萱慕：红学索隐派代表人物。著有《〈红楼〉说丛》。萱慕自述曾披阅《红楼梦》全书逾十遍，涉猎考索《红楼梦》本事之作不下三十家。故《说丛》能将自清中叶起至民国年间有关《红楼梦》研究所获，搜罗于胸，概述于众，于其中两处则有所发挥：首一处为评价《红缕梦》全书，称其“规模阔大，气象堂皇，上自宫闱，下至市井，兼收并蓄，除武功之外，殆无不具。”赞叹曹雪芹才大心细，“刻画之精，见闻之广，”可谓前无古人。另一处为分析红学索隐派之缘起，颇有见地，萱氏以为，“书中本事，虽自承为‘假语村言’”，其实决非虚构。“既非虚构，则此中有人，呼之欲出，不特其笔墨优秀，颠倒才人，即此影事迷离，亦堕今人于疑网；由是作索隐者，遂纷纷矣”。

语。余幼时，对于此书，深致不满。弱冠后，始稍稍读之，渐叹其文思之妙，有非他书所可及者；近已读至十余次以上，而尤喜读关于考索本事之作，有佳者，辄笔录存之，廿年以来，涉猎之籍，三十余种，所录亦复盈寸，爰于暇日，重加校阅，删其冗琐，撷其菁华，欲广异闻，用遗好事，分门别类，以便检寻，大抵见仁见智，各有发明，而自是称尊，积习难免。近人胡氏，得脂砚斋评本《红楼》，考知原稿未成，雪芹遽逝，则后四十回，为高兰墅所补，殆无可疑。书中年岁日月，往往颠倒，则传写之讹，与夫补缀修饰之迹也。

至于本事，虽言人人殊，试为折衷，下一武断，盖所隐无论国家，必非一端一事；况书经二人之手，时代先后既异，阅历见闻亦不同，歧中有歧，迁就错综，以凑合文法者，尤比比皆是；虽有所指，决不能该括全书，若谓书隐小宛，则一句一言，皆属董氏，区区不才，窃有所不取也。小说原理，不外以见闻之真，托诸理想，真事恒居三四，而粉饰则属六七，见闻不真，则描写近伪，理想不托，则欲望难期，才人之文，莫不如是，而索隐者，以为著书必出于一人之手，所隐必属于一人之事，不特无此例，亦恐无此理也。世多解人，或当谬许。其历年评本，如护花主人，如太平闲人，强引经传，以入稗官，而置作者身世于不问，是皆扪烛叩槃，无一佳语，虽不读可也。窃述管见，敬质高明，胪列原文，愿共探颐，意有不尽，分注各篇。

清　初　事

《红楼梦》为政治小说，全书所记，皆康雍年间满汉之结构，此意近人多能明；按之本书，宝玉所云，“男人是土做的，女人是水做的”，便可见也。盖汉字之旁为水，故知书中之女人，皆指汉人；而明季及国初人，多称满人为“造达”，达之起笔为土，故知书中男人皆指满人。由此分析，全书皆迎刃而解，如土委地矣。（《乘光舍笔记》）

《红楼》一书，……所隐必系清代第一大事，而非徒记私家故实；谓必明珠家事者，此一孔之见耳。观贾政之父名代善，而代善实礼烈亲王之名。……林薛二人之争宝玉，当是康熙末，允禩诸人夺嫡事。宝玉非人，寓言玉玺耳，作者固明言为一块顽石矣。黛玉之名，取黛字上半之黑字，与玉字相合，而去其四点，明明“代理”二字。代理者，代理亲王之名词也（废太子后封理亲王），理亲王，本皇次子，故以双木之林字影之，犹虑观者不解，故又于迎春名字曰二木头，迎春亦行二也。宝钗之影子为袭人，写宝钗不能极情尽致者，则写一袭人以足之，而袭人二字析之，固俨然龙衣人三字。……海外女子明指延平王郑成功之据台湾，焦大盖指洪承畴。承畴晚年，罢柄闲居，极侘傺无聊，……大醉后，自表战功，极与洪承畴事符合。妙玉必系吴梅村，走魔遇劫，即纪其家居被迫，不得已而出仕之事。梅村吴人，妙玉亦吴人，居大观园中，而自称槛外，明寓不臣之意。……王熙凤，当即指宛平相国王文靖熙，康熙一朝，汉大臣之有权者，以文靖为第一，书中固明言王熙凤为一男子也。（《醒吾丛谈》）

蔡孑民先生《石头记索隐》，开卷即云：《石头记》者，康熙朝政治小说也。……书中本事，在吊明之亡，揭清之失，而尤于汉族。名士之仕清者，寓痛惜之意。……故如书中红字，皆影朱字。朱者明也。宝玉者，传国玺之义也。宝玉爱红之癖，言玉玺爱归明有也。名《石头记》者，指明南都金陵石头城而言。……

以南京甄府为真天子，而斥北京之清室为贾府，即伪朝之义也。三月十五，葫芦庙起火，甄氏烧成瓦砾场，指甲申三月十九之变，愍帝殉国，北京失守事。士隐所随道人，跛足麻鞋，即愍帝自缢时状。士隐后随跛足道人而去，言真王正统随愍帝之死而消灭也。癞僧影明太祖，本皇觉寺僧也。贾政为伪吏部，贾敷贾敬为伪教育，贾赦为伪刑部，故其妻邢，邢刑同音也，李纨为伪礼部，李礼同音。贾瑞字天祥，为伪文天祥（文天祥，字宋瑞）。指明臣伪为遗老，而欲作清室官，反受侮辱，……至死而不悟也。姽婳将军，以代表起义而死者。尤三姐，以代表不屈于清而死者。柳湘莲，以代表遗老之隐于二氏者。马道婆，指喇嘛诅咒事。怡红院者，爱明之义，故为宝玉所居。贾代儒，为伪朝之儒。娇杏即侥幸，以代表汉人仕清而安富尊荣者。曹雪芹于悼红轩中增删此书，则吊明之意也。均为至确之论，而后文又采徐柳泉说之一部分，于宝钗影高澹人，妙玉影姜西溟，无稽之说而外，更引伸比拟，谓金陵十二钗，为拟清初江南诸名士，……以实之。（寿鹏飞：《红楼梦本事辨证》）

这些，是蔡先生的根本主张，以后便是阐证本事了！依他的见解，下面这些人是可考的：（一）贾宝玉，伪朝之帝系也。宝玉者，传国玺之义也，即指胤礽（康熙帝的太子，后被废）。（二）《石头记》叙巧姐事，似亦指胤礽，巧字与礽字，形相似也。（三）林黛玉，影朱竹垞（朱彝尊）也。绛珠，影其氏也。居潇湘馆，影其竹垞之号也。（四）薛宝钗，高江村（高士奇）也。薛者雪也，林和靖诗，“雪满山中高士卧，月明林下美人来”，用薛字以隐江村之姓名（高士奇）也。（五）探春，影徐健庵也。健庵名乾学，乾卦作☰，故曰三姑娘，健庵以进士第三人及第，通称探花，故名探春。（六）王熙凤，影余柱国也。王即柱字偏旁之省，國字俗写作国，故熙凤之夫曰琏，言二王字相连也。（七）史湘云，陈其年也。其年又号迦陵，史湘云佩金麒麟，当是“其”字“陵”字之谐音。氏以史者，其年尝以翰林院检讨纂修《明史》也。（八）妙玉，姜西溟（姜宸英）也。姜为少女，以妙代之。《诗》曰，“美如玉”，“美如英”。玉字所以代英字也（从徐柳泉说）。（九）惜春，严荪友也。（十）宝琴，冒辟疆也。（十一）刘姥姥，汤潜庵（汤斌）也。（胡适：《红楼梦考证》）

按蔡说深得作者真意。……当清之隆，虽有明知此书用意者，方且讳莫如深，谁肯表白作者苦心？……有蔡说明而明星曙光，此一闷葫芦殆打破矣。第其采用徐柳泉说之宝钗影澹人一段，则殊未当，……盖蔡氏既不取柳泉宝玉影纳兰成德之说矣，何独取其影西溟、澹人之说乎？夫为西溟、澹人之说者，以二人为纳兰上客，与容若有关连也。今蔡书既认宝玉为传国玺，而非纳兰氏矣，则与西溟、澹人又何关乎？岂非自乱其例乎？况澹人、西溟影事，已觉游移影响，毫无依据，而蔡书又尤而效之，画蛇添足，取……诸名士，牵强凑合，不惜费如许大力，似觉不值。……最无理由者，则为刘姥姥之拟潜庵，盖刘姥姥之入园，不过哺啜主义，……此岂睢州生平清介之比，且即欲以竹垞等凑足十二钗正册影子，又何解于副册，又副册诸子耶？……又蔡书但就吊明讥清大旨，而概指为政治小说，……殊有一部全史，从何处说起之病，故其所指影事，东麟西爪，无归宿处。（寿鹏飞：《红楼梦本事辨证》）

《红楼梦》所以不适用蔡先生的方法，顾颉刚先生曾举出两个重要理由：（一）别种小说的影射人物，只是换了他姓名，男还是男，女还是女，所做的职业，还是本人的职业，何以一到

《红楼梦》，就会男变为女，官僚和文人都变成宅眷？（二）别种小说的影射事情，总是保存他们原来的关系，何以一到《红楼梦》，无关系的，就会发生关系了？例如蔡先生考定，宝玉为允礽，黛玉为朱竹垞，宝钗为高士奇；试问允礽和朱竹垞，有何恋爱的关系？朱竹垞与高士奇，有何吃醋的关系？（胡适：《跋红楼梦考证（二）》）

顺治小宛事

吴梅村《清凉山赞佛诗》五首，为前清诗中一疑案。第一首第四韵云："王母携双成，绿盖云中来。"言董姓也。以下"汉王坐法宫"云云，至"对酒毋伤怀"，言皇帝定情，种种宠爱，以及乐极生悲，念及身后事也。第二首第三韵云："可怜千里草，萎落无颜色。"言董姓者竟死也。以下"孔雀蒲桃锦"云云，至"轻我人王力"，言种种布施，以及大作道场，皇帝亦久久素食也。末韵："戒言秣我马，遨游凌八极"，先逗起皇帝将远游也。第三首首韵云："八极何茫茫，曰往清凉山"，言将往清凉山求之，以应第一首。首六句云："西北有高山，云是文殊台。台上明月池，千叶金莲开。花花相映发，叶叶同根栽。"言生有自来，本从五台来，故亦往五台山去也。自"此山蓄灵异"，至"中坐一天人，吐气如旃檀。寄语汉皇帝，何苦留人间"诸句，言来去明白，与山中见此天人，寄语劝皇帝出家，脱屣万乘也。"房星竟未动，天降白玉棺，惜哉善财洞，未得夸迎銮"四句，言非正大光明，舍身出家，乃托言升遐也。第四首，自"尝闻穆天子"云云，至"残碑泣风雨"，言古天子之远游求仙，及佳人难再得，遂弃天下臣民者，以譬实系出家，而托言升遐之事。……至"天地有此山"以下，则明言皇帝在五台山修行矣，故有"怡神在玉几”，及“羊车稀复幸，牛山窃所鄙，纵洒苍梧泪，莫卖西陵履”各语云云也。于是相传为章皇帝董妃之事；然满洲蒙古无董姓，于是有以董妃行状，与《影梅庵忆语》相连刊印者；有谓《红楼梦》说部，虽写康熙间朝局，其言贾宝玉因林黛玉死而出家即隐寓此事者。《红楼梦》中诸闺秀，结诗社，各起别号，独黛玉以潇湘妃子称。冒辟疆《寒碧孤吟》，为小宛而作，多言生离，……《忆语》则既有与姬决舍之议，又有独不见姬与数人强去之梦，恐其言皆非无因矣。(《石遗室诗话》)

益尝闻之京师故老云，是书全为清世祖与董鄂妃而作，兼及当时诸名王奇女也。……至于董妃……为秦淮名妓董小宛也。……大兵下江南……随（豫）王北行，后经世祖纳之宫中，宠之专房，……封贵妃，……妃不得志，乃怏怏死，世祖痛妃切，至落发为僧，以宝玉演情僧，故时有与世祖关合处。如世祖临宇十八年，宝玉便十九岁出家；世祖自肇祖以来为第七代，宝玉便言一子成佛，七祖升天，又恰中第七名举人；世祖谥章，宝玉便谥文妙，文章两字，可暗射也。……宝玉之伯名赦……配邢大人，父名政，配王夫人，……直言摄行政王四字而已。黛玉之与小宛，其关合处尤多，……如小宛名白，故黛玉名黛，粉白黛绿之意也。小琬书名每去玉旁，专书宛。故黛玉命名，特去黛旁专名玉，平分各半之意。且小宛苏人，黛玉亦苏人，小宛在如皋，黛玉亦在扬州；小宛来自盐官，黛玉来自巡盐御史之署，……小宛入宫年二十有七，黛玉入京，年只十三余，恰得小宛之半。……小宛游金山时，人以为江妃踏波而上，故黛玉号潇湘妃子……实从江妃二字得来。……小宛姓千里草，黛玉姓双木林。……四春姊妹，盖合况陈圆圆一人。……王熙凤指豫王……刘姥姥指黄亮功妻孀妇刘氏，……夏金桂指桂王妃，……鸳鸯……前半写李香君，后半写柳如是。……柳五儿取喻董年，董固小宛妹，后征入宫者，即贞妃也。……小红指洪文襄，……薛蟠指吴三桂，……甄宝玉暗指福王。（王梦阮：《红楼梦索隐提要》）

《宾退随笔》（未详作者姓氏）："吴梅村《清凉山赞佛诗》，盖暗指董妃逝世，清世祖伤感甚，遁五台为僧，语甚明显。……《赞佛诗》：'王母携双成，绿盖云中来。'又：'可怜千里草，萎落无颜色。'屡点董氏。又：'名山初望幸，衔命释道安。预从最高顶，洒扫七佛坛。灵境乃杳绝，扪葛劳跻攀。路尽逢一峰，杰阁围朱栏，中坐一天人，吐气如旃檀，寄语汉皇帝，何苦留人间。烟岚倏灭没，流水空潺湲。回首长安城，缁素惨不欢。房星竟未动，天降白玉棺。惜哉善才洞，未得夸迎銮。'盖世祖幸五台不返，祝发为僧，朝中人人以天丧告，所谓房星未动，言帝未崩也。又'澹泊心无为，怡神在玉几。纵洒苍梧泪，莫卖西陵履。'又'陛下万年寿，妾命如尘埃，长恐乘风去，舍我归蓬莱'等语，自古无悼亡遁世之帝王，必为世祖而作。陈迦陵其年《读史杂感》第二首，亦专指此事，曰董承娇女，明指董妃；曰'玉匣珠襦连岁事，茂陵应长并头花'，盖言董妃卒后，世祖复以大丧告天下也。张公亮明弼《董小宛传》，年仅二十七岁，以劳瘁卒，其致疾之由，与久病之状，并隐微难悉，盖当时被掠，辗转入宫，大被宠眷，用满洲姓称董鄂氏，辟疆以其被掠之日为其亡日也；非甚不得已，何至隐微难悉哉？……辟疆《影梅庵忆语》，追述小宛言动极详，独至疾时作何状，永诀作何语，绝不一及，死后营葬，亦不详书。……梅村《题小宛像诗》：'……欲吊薛涛怜梦断，墓门深更阻侯门'，若小宛病没，则侯门作何解耶？又《题董君画扇诗》：'可怜同望西陵哭，不在分香卖履中。'如非入宫，何来西陵卖履语耶？又'手把定情金合子，九

原相见尚低头’，盖谓姬自伤改节，愧对辟疆也。又‘……掌上珊瑚怜不得，却教移作上阳花’，则意更明显矣！’’

按清世祖出家，及小宛被掠事，征之诸家记载，似已证实；惟董鄂妃是否即为小宛？世祖与董鄂妃事，是否即为《红楼梦》书中影事？尚属疑问。即使截然两事，然如此艳情，出帝王家，亦足使小说家有合并附会之机会……王氏索隐，亦尚有自成一说之价值；惟《红楼》一书，作者既自命为野史，则必依据本事，传信后世，……决非止为言情之作，……其中主要人物，未必即以小宛及秦淮诸妓当之也。况王氏所谓诸王名女，亦毫无佐证，一切比附，多未合榫，不过以意为之而已。（以上寿鹏飞：《红楼梦本事辨证》）

孟莼荪先生的《董小宛考》，……证明董小宛生于明天启四年甲子，故清世祖生时，小宛已十五岁了。顺治元年，世祖方七岁，小宛已二十一了。顺治八年，正月二日，小宛死，年二十八岁，而清世祖那时，还是一个十四岁的小孩子。小宛比清世祖年长一倍，断无入宫邀宠之理。（胡适：《红楼梦考证》）

萱按：尝闻诸父老云，世祖之妃，实为董鄂氏（又译作栋鄂），深得帝宠，妃逝后，帝于邑不乐，因纳妃妹，称为小董妃。大行之岁，帝猎于南宛，小董妃戎装以从。一夕，帝妃及一侍卫，咸未返，秘索不可得，时清初入关，人心思旧，或有壮士效博浪之奋椎，以为朱明复仇尔。不得已，乃以大丧告天下。孝陵实空陵也。当时盛传帝赴五台为僧之说，腾诸人口，播之词章，初不闻有禁止之者。盖故以疑案示人，以掩饰狙击之痕也。此事传者凿凿，似非无因，惜不见记载，姑识之以广异闻。

明珠纳兰事

姜西溟太史，与其同年李修撰蟠，同典康熙己卯顺天乡试获咎，……时盖因士论沸腾，有……谣风闻于上，以致被逮，姜竟卒于清室。……嗣闻先师徐柳泉先生云："小说《红楼梦》一书，即记故相明珠家事。金钗十二，皆纳兰侍御所奉为上客者也。宝钗影高澹人，妙玉即影西溟先生，妙为少女，姜亦妇人之美称，如玉如英，义可通假。妙玉以看经入园，犹先生以借观藏书，就馆相府。以妙玉之孤洁，而横罹盗窟，并被以丧身失节之名；以先生之贞廉，而瘐死圜扉，并加以嗜利受赇之谤；作者盖深痛之也。"（陈康祺：《燕下乡脞录》卷五）

容若，名性德，原名成德，满洲人，十八举乡试，十九成进士，大学士明珠子，生长华阀，勤于学问，……自著有《通志堂集》。……张南山《诗人征略》云："世所传《红楼梦》贾宝玉，盖即容若也。《红楼梦》所云，乃其髫龄时事，其诗善言情，又好言愁，有诗云：'幽谷有美人，无言若有思。'诗中美人即林黛玉耶？……又云：'船山云：《红楼梦》八十回以后，高兰墅所补。兰墅名鹗，与船山同年交好。'"（金武祥：《粟香随笔》卷五）

《红楼梦》一书，脍炙人口，世传为明珠之子而作。……明珠子名成德，字容若，……乾隆五十一年二月二十九日上谕，成德于康熙十一年壬子科中式举人，十二年癸丑科中式进士，年甫十六岁，然则其中举人，止十五岁，于书中所述颇合也。此书末卷，自具作者姓名曰曹雪芹。袁子才《诗话》云："曹楝亭，康熙中为江宁织造，其子雪芹，撰《红楼梦》一书，备极风月繁华之盛。"则曹雪芹固有可考矣。又《船山诗草》，有《赠高兰墅鹗同年》一首云："艳情人自说《红楼》。"注云："传奇《红楼梦》，八十回以后，俱兰墅所补"，然则此书非出一手。按乡会试增五言八韵诗，始乾隆朝，而书中叙科场事，已有诗，则其为高君所补可证矣。（俞樾：《小浮梅闲话》）

礼亲王昭梿《啸亭杂录》云："明太傅……田产丰盈，日进斗金，子孙历世富豪。至成安时，以倨傲和相故，撄法网，籍没其产，有天府所未有者。"世传《红楼梦》小说，为演说明珠家事，今观此，则明珠之子纳兰成德，至成安籍没时，几及百年矣，于事固不合也。（俞樾：《茶香室三钞》卷九）

谒宋于庭丈（翔凤）于葑溪精舍，于翁言："曹雪芹《红楼梦》，高庙末年，和珅以呈上，然不知所指。高庙阅而然之曰：'此盖为明珠家作也。'后遂以此书为珠遗事。曹实楝亭先生子，素放浪，至衣食不给，其父执某，钥空室中三年，遂成此书"云。（《能静居笔记》）

宝玉即成德，……宝玉前身，乃娲皇所炼补天未用之石。容若则以二甲进士，未获馆选，固亦一次未得补天之弃材也。……宝玉出现时，年方七岁，至十九岁而出家，共十三年；证以容若，年十九岁时，应康熙癸丑科会试，中式贡士，至康熙二十四年乙丑，年三十一岁而弃世，亦适为十三年。……宝玉之化身有二，贾蓉贾琏是也。盖成德之字曰容若，官侍卫，而贾蓉则以其妻秦氏之丧，曾纳粟为龙禁尉。……且容若之容，与贾蓉之蓉同音。……成德以避东宫嫌名而改名性德，乃贾琏之名，固端慧太子之讳也。……故著明宝玉行二，而贾琏亦必行二。……贾政即明珠，贾政之名，盖以明珠久居政府而名焉。书中贾政，初为工部员外郎，指明珠为内廷散秩大臣之官位也。工宫同音。……贾政被劾罢职，……明珠亦……以郭琇查参而罢政。又贾政起用，复为工部员外郎，而明珠亦起用为内大臣。……书中之贾政，内用外放，而明珠之位，则以内廷为内尚书，大学士等为外廷官耳。……贾政妻王夫人，即明珠妻觉罗氏，……觉罗一氏，实为王族，……故……为王夫人耳。贾母者，孝庄文皇后也，……为乌拉部女。初，其父母以后许字清太宗，嗣以清太祖叛明，……乌拉遂与绝交，以后改嫁叶赫部主养汲弩第三子金台什，即容若之曾祖母也。……天命四年秋，清伐叶赫，……后被虏，太宗纳焉。……书称……史太君者，盖言顺治太后，多经国变，……与兴亡之历史有关。……宝玉之称史太君，不曰奶奶太太，而竟称之为老祖宗。夫老祖宗者，曾孙称其曾祖父母者也。（蔡锡蕃：《红楼梦新索隐》）

颉刚说："《读红楼梦杂记》，是同治八年，愿为明镜室主人，在杭州刻的；……《愿为明镜室词》，是旌德江顺怡作的；刻的时候与地方，都是一样，可见这杂记，是江顺怡所作无疑了。"……现在把这书有精采的文字，选录下来……"或谓《红楼梦》为明珠相国作，宝玉对明珠而言，即容若也。窃案：……苟以宝玉代明珠，是以子代父矣。……盖《红楼梦》所纪之事，皆作者自道其生平，非有所指，……数十年之阅历，悔过不暇，自怨自艾，自忏自悔，而暇及人乎哉。"（六页）（俞平伯：《红楼梦辨》卷下十四）

自我朝考证之学盛行，而读小说者，亦以考证之眼读之，于是评《红楼梦》者，纷然索此书之主人公为谁，……综观其说，约有两种，一谓述他人之事，一谓作者自写其生平也。第一说中，大抵以贾宝玉即为纳兰性德，……按性德《饮水诗集·别意六首》之三曰："……今宵便有随风梦，知在红楼第几层。"又《饮水词·于中好》一阕云："……因听紫塞三更雨，却忆红楼半夜灯。”又《减字木兰花》一阕咏新月云：“……此夜红楼，天上人间一样愁。”红楼之字凡三见，而云梦红楼者一。又其亡妇忌日，作《金缕曲》一阕，其首三句云：“此恨何时已？滴空阶寒更雨歇，葬花天气。”葬花二字，始出于此。然则《饮水集》与《红楼梦》之间，稍有文字之关系。……然诗人与小说家之用语，其偶合者固不少，苟执此例以求《红楼梦》之主人公，吾恐其可以附会者，断不止容若一人而已。至谓《红楼梦》一书，为作者自道其生平者，其说本于此书第一回“竟不如我亲见亲闻的几个女子”一语。……所谓亲见亲闻者，亦可自旁观者之口言之，未必躬为剧中之人物。（《王静庵文集》）

钱静方氏《红楼梦考》……据纳兰容若所著《饮水词抄》，中有《亡妇忌日有感·金缕曲》词，句云：“此恨何时已，滴空阶寒更雨歇，葬花天气。”谓葬花二字，即从黛玉葬花一段故事脱卸而来，因断定黛玉即为容若德配。其集中他作，亦多宾从间酬赠之什，如南丰，梁汾，及西溟，质夫，荪友，迦陵辈，当皆在金钗之列。又《饮水词》有《满江红》一阕，为曹子清题其先人所构楝亭。子清即雪芹也，为雪芹与容若有文字渊源之证。……按此说虽非书中本事，然实出故家传闻，且可证明为康熙朝事，决非乾隆以后人所为。盖当时作者，欲避免其叙述宫闱阴事，诽谤时政之迹，故特托之贵阀家事，以远时忌。而当时贵阀，首推明相，加以容若公子，风流文采，交游遍天下，乃为此想当然之词。……且钱氏以容若之友荪友迦陵辈，谓与容若夫人同列金钗，尤为拟不于伦，无此情理。（寿鹏飞：《红楼梦本事辨证》）

这一派的主张，……也只是一种很牵强的附会。（一）纳兰成德，生于顺治十一年，死于康熙二十四年，年三十一岁。他死时，他的父亲明珠，正在极盛的时代，（大学士加太子太傅，不久又晋太子太师。）我们如何可说那眼见贾府兴亡的宝玉，是指他呢？（二）俞樾引乾隆五十一年上谕，说成德中举人时，止十五岁，其实连那上谕都是错的。成德生于顺治十一年，康熙壬子，他中举人，时年十八，明年癸丑，他中进士，年十九。徐乾学作的《墓志铭》，与韩菼作的《神道碑》，都如此说。……若宝玉中举的年岁，可以附会成德，我们也可以用成德中进士和殿试的年岁，来证明宝玉不是成德了。（三）……成德原配卢氏，为两广总督兴祖之女，续配官氏，生二子一女。卢氏早死，故《饮水词》中，有几首悼亡的词，钱先生引他的悼亡词来附会黛玉，其实这种悼亡的诗词，在中国旧文学里，何止几千首？……若几首悼亡词，可以附会林黛玉，林黛玉真要成“人尽可夫”了。（胡适：《红楼梦考证》）

见《赁庑剩笔》一则，记《红楼梦》，亦谓叙纳兰故事。……其所引证，则与他人……不相同，因节录其大略于下：……《赁庑剩笔》著者，署一“虎”字，不知为何许人？称此说得之袁爽秋，袁则得之于钟子勤者也。其略云：纳兰眷一女，……有婚姻之约，旋此女入宫，顿成陌路。容若……誓必一见，了此宿因。会遭国丧，喇嘛每日应入宫唪经。容若贿通喇嘛，披袈裟居然入宫，果得一见彼姝，而宫禁森严，……始终无由通一词，怅然而出。故书中林黛玉之称潇湘妃子，乃系事实，否则黛玉未嫁，而诗社遽以妃子题名，以作者才思之周密，不应疏忽乃尔。其卷百十六回，宝玉重游幻境，即指入宫事，故始终亦未与妃子通一语，而宝玉出家作和尚，即指披袈裟冒充喇嘛时也。又云：雪芹初无他种著作，无从参考。嗣阅其父楝亭先生集，知与纳兰氏往还甚密，则容若生平艳史，雪芹以通家无弗知宜也。又云：

《侧帽词·减字木兰花》六阕，与此一一吻合，其第三阕，即指入宫事也云云。原词六阕，均附于后。……此说所引证妃子一节，尤为有力。(张行:《小说闲话》)

雍正夺嫡事

史太君者，康熙帝影子也。其姓史者，明示野史秘史之义。……书中人物，皆托之女子以求隐晦；太君为书中主人，全书线索，亦称贾母者，言伪朝之母也。康熙仁慈，宜称众母。太君……所爱护者，惟此宝玉，所以喻康熙帝之宝爱其帝座宝位。……爱宝玉，而不肯即以黛玉配之者，喻帝之不肯轻立储贰，以宝位畀胤礽也。太君备致五福，宽厚有阅历，非影康熙帝而何?

宝玉者，……乃传国玺之义，……玺为国宝，……故曰宝玉，而实一蠢物，故又称之曰“顽石”。叙其来历，则曰：娲皇以来，补天未用之石，明言历朝相传之重器也。叙其刻文，则曰：“莫失莫忘，仙寿恒昌。”明影传国玺之“受命于天，既寿永昌”也。……惟玺为诸皇子及群雄所争窥，故见宝玉者，人人皆生恋爱关系也。观百二十回，宝玉，即宝玉也句，犹曰：宝玉，即玉玺也。……又同回云：……如今尘缘已满，仍是茫茫大士，渺渺真人，携归本处。这便是宝玉的下落。曰：焉有通灵不复原之理，……皆寓还玺于明之意。……故凡他种小说结尾，必作团圞语，《红楼梦》独结以宝玉之出亡，所以表示清之将亡，玉玺不归所有也。……盖宝玉之亡归原处，在明室视之，始得谓之归结团圆也。

林黛玉者，废太子理亲王胤礽影子也。……林者二木，二木云者，木为十八之合，两个十八为三十六，康熙三十六子，恰合二林之数，而理王为三十六子中之一人也。黛玉者，乃代理二字之分合也，……明云以此代理亲王也。胤礽于康熙十四年立为皇太子，故黛玉到贾氏时，假定为年十四也。……理王母后早薨……（《东华录》，康熙四十八年上谕：胤礽生而克母。）与黛玉之无父母作主，正同。……全书描写黛玉处，直将胤礽一生遭际及心事，曲曲传出。

金陵十二钗，正册，副册，又副册诸女子，皆康熙帝诸皇子之影子也。康熙三十六子，……故书中特分三组。

癞僧者，明太祖影子也，太祖为皇觉寺僧，故云然。跛道人者，崇祯帝影子也。崇祯殉国时，跣一足，短衣，故道人称跛；麻履鹑及，肖其状也。清代得国于明，故宝玉为顽石时，已由癞僧跛道玩之掌上，携之袖中，及系宝玉项下，又时时得由癞僧跛道或取或还，予夺惟命，……极言此玺本为明有，权在明帝也。厥后，宝玉做和尚，仍从癞僧跛道以去，则寓言此玺，……仍随明帝以去也。

南京甄宝玉者，明弘光帝影子也。作者深于故国之思，故特设甄贾二宝玉……俾一望而知为南北两朝对峙之局。又贾雨村历举邪正两赋而来之人物，而以陈后主，唐明皇，宋徽宗等，比喻甄宝玉，皆所以影弘光之荒淫也。

宝钗者，雍正影子也。……影宝钗，而未及其残杀兄弟之事，则此书本事，至雍正即位时而止矣。

袭人者，……亦雍正影子也。……袭人二字，有乘虚掩袭之意，喻雍正……袭取帝位也。

蒋玉函者，……乃藏玺之函椟也，故名曰玉函，且住紫檀堡，明言玺函以紫檀为之。……其袭人所赠之猩红裤带，与宝玉换赠玉函之松花带子，皆明指玺绶也。……至宝玉与玉函，发生暖昧关系者，以喻争储诸皇子外，与传国玺有特别恋爱者，惟此函椟耳。……袭人后嫁玉函，极言清室玉步已移，此袭人所争得者，亦只空函而已。

史湘云者，作者自喻，寓史笔之意也，故姓史。史笔宜直，故湘云一生，心直口快。直道寡偶，故湘云早寡。直笔无虑触时忌，不能畅所欲言，故湘云口吃。又湘云叔名史鼎，寓鼎革之义，著者自言为鼎革后之野史氏也。

北静王者，平西王吴三桂影子也。三桂叛清，……帝制自为者，故书中以外藩而暗昵宝玉，索观衔宝，寓……问鼎之意。他如南安郡王，西宁郡王，东平王等，则耿尚诸王之影子。

他如甄士隐名费，费者，废也。冷子兴者，兴也。明云此书感念兴废而作也。既念兴废，决非仅为一家一人，而为国家之兴废可知；故云甄费者，慨真王之已废也。第二回……论甄宝玉必不能守祖父基业，指斥弘光，甚为明显。……书中惓惓南京，而王熙凤辈皆家本南京，盖阴指当日朝士，其先皆本明臣也。……士隐《好了歌》，不胜黍离麦秀之感。王氏索隐，言《红楼梦》为记事之作，非言情之作，极可信也。（寿鹏飞：《红楼梦本事辨证》）

傅恒事

乾隆五十五六年间，见有抄本《红楼梦》一书。或云指明珠家，或云指傅恒家。书中，内有皇后，外有王妃，则指忠勇公家为近是。（《批本随园诗话》卷二）

和珅事

和珅秉政时，内宠甚多，自妻以下，内嬖如夫人者二十四人，即《红楼梦》所指正副十二金钗是也。有龚姬者，齿最稚，颜色妖冶，性淫荡，宠冠诸妾。……和少子玉宝，别姬所出，最佻㒓。龚素爱之，遂私焉。……玉宝……有婢倩霞，容貌姣好，……手洁白，甲长二寸许，……玉宝嬖之。龚姬嫉其宠，谗于和妻，出倩霞，玉宝私往瞰之，倩霞断甲赠之，誓不更适他人，郁郁而死。……和府故多梨园子弟，……有贴旦名珍儿者，尤姣媚，……玉宝与结断袖之契，辄夜宿其家。龚姬廉知其事，大恨，……亟帅侍婢数十人，联灯列炬，潜出府后门，掩其不备。玉宝大惊，肘行以逆，叩头求免。珍儿伏地战栗，不敢仰视，龚姬叱令举首，烛之美，……竟与偕归，亦留与乱。是夜，龚姬以暴疾死。……按此，见护梅史《有清佚史》。龚姬，盖即袭人，倩霞，即晴雯，字义均有关合；而玉宝之为宝玉，尤为明显。（《谭瀛室笔记》）

按：是说与记明珠家事说，臆想同出一途。不过托之明珠家事者，为康熙时之传言；妄意和珅家事者，为嘉道后之理想。尔时朝士眼光，见如此繁华贵阀，非明和二氏不足当之；然康雍朝之为此说，或含有为是书韬晦之深意，乾嘉时之为此说，则无甚意识矣。当日查抄和珅巨案，惊动全国，而书中适有查抄之事，成其附会也。况和珅查抄，在嘉庆三年，而是书已流播于乾隆中叶，其谬不待辩矣。（寿鹏飞：《红楼梦本事辨证》）

金陵张侯事

海昌黍谷居士周春松霭甫《红楼梦随笔》，第一章《红楼梦记》云："乾隆庚戌（庚戌为乾隆五十五年，在程高两氏序印《红楼梦》之前一年）秋，杨畹耕语余云：'雁隅以重价购抄本两部，一为《石头记》八十回，一为《红楼梦》一百二十回，微有异同。……'壬子冬，知吴门坊间已开雕矣。兹苕贾以新刻本来，方阅其全。相传此书为纳兰太傅而作。余细观之，乃知非纳兰，而叙金陵张侯家事也。……按靖逆襄壮侯勇，长子恪定侯云翼，幼子宁国府知府云翰，此宁国荣国之名所由起也。……其曰代善者，即恪定之子宗仁也。……其曰史太君者，宗仁妻高氏也。……其曰林如海者，即曹雪芹之父楝亭也。……曹则何以廋词曰林？盖曹本作䕺，与林并为双木。作者于张字曰挂弓，显而易见，于林曰双木，隐而难知也。……贾雨村者，张鸣钧也，……官至顺天府尹而罢。……鸣谦（？）先曾褫职，亦复正合。……"其第二章，《红楼梦》评例，第三章，《红楼梦》约评，言黛玉即碧玉之意，取偷嫁汝南之义。又言甄贾为贾氏甄妃之意。……又言李纨为李廷枢之女，江宁人。按周氏此说，……皆穿凿影响，鲜有确证，……其书亦未出版，原写本现藏吴迂氏。（寿鹏飞：《红楼梦本事辨证》）

醇 府 事

地安门外，钟鼓楼西，有绝大之池沼，曰"什刹海"，横断分前海、后海。夏植莲花遍满；冬日结冰，游行其上，又别是一境。后海，清醇王府在焉。前海垂杨夹道，错落有致，或曰，是《石头记》之大观园。然余常登陶然亭，亭东数武，又有黛玉花冢，其去什刹海，盖十里而遥，中间隔皇城，二说不知孰是？（《燕市贞明录》）

萱案：《红楼》一书，所隐各事，虽真假参半，而大观园则决无是园。盖作者欲自写胸中之邱壑也，故园中途径，每多难索，位置亦复棼如，不过以意为之而已。后之指为醇邸者，殆指影其邸中故事，未必邸中园林之胜遂如此也。此则竟妄指什刹海以实之；至陶然亭，本有香冢，不知所由始，此更以点缀大观园之花冢附会之，皆可喷饭。末云，去什刹海十里，中隔皇城，不知孰是，盖亦不能自决矣。腐儒妄谈，如是如是！

《红楼梦》一书，……所指皆雍正以前事。宁国荣国者，皆赫赫有名之六王七王第也。二王于开国有大功，赐第宏敞，本相联属；金陵十二钗，悉二王南下用兵时，所得吴越佳丽，列之宠姬者也。作是书者，乃江南一士子，为二王上宾，才气纵横，不可一世，二王倚之如左右手，时出其爱姬，使执经问难，从学文字，以才投才，如磁引石，久之遂不能自持也。事机不密，终为二王侦悉，遂斥士子，不予深穷。士子落拓京师，穷无聊赖，乃成是书以志感。京师后城之西北，有大观园旧址，树石池水，犹隐约可辨也。或曰：是书实国初文人，抱民族之痛，无可发泄，遂以极哀艳极繁华之笔为之，欲道满人奢侈而覆其国祚者。其说诚非无稽。试读第一回之诗曰：满纸荒唐言，……其言何等凄楚痛绝，则知其中有绝大原因，非游戏笔墨之自道身世者可比也。（徐珂：《清稗类钞》六十七）

作者雪芹自述

胡适氏《红楼梦考证》，始创是说，……谓书端深自忏悔之我，即是雪芹；谓甄贾两宝玉，均雪芹自为写照；贾甄两府，亦均曹家影子。书中贾政，即雪芹之父曹頫；且考得雪芹名霑，其祖名寅，号楝亭，为江宁织造，曾接南巡驾数次，因即指为书中凤姐赵嬷嬷口中所述接驾事，其考证曹霑家世颇详，……原原本本，亦不失尚论作者之心。其攻击他说疵点，亦有可取。……若《石头》一记，止为曹雪芹自述生平而作，则此书真不值一噱矣（寿鹏飞：《红楼梦本事辨证》）

十六回，凤姐谈南巡接驾一大段，我认为即是康熙南巡，曹寅四次接驾的故事。……脂本第十六回，前有总评，其一条云："借省亲事写南巡，出脱胸中多少忆昔感今！"这一条便证实了我的假设。我又曾说：赵嬷嬷说的，贾家接驾一次，甄家接驾四次，都是指曹家的事。脂本于本回"现在江南的甄家……接驾四次"一句之旁，有朱评云："甄家正是大关键，大节目。勿作泛泛口头语看。"这又是证实我的假设了。……我用《八旗世族通谱》的曹家世系，来比较……贾家世次，我当时指出贾政是次子，先不袭职，又是员外郎，与曹頫一一相合，故我认贾政即是曹頫。……脂本第二回，"皇上……赐了这政老爹一个主事之衔，令其入部学习，如今现已升了员外郎"一段之旁，有朱评云："嫡真实事，非妄拟也。"这真是出于我自己意料之外的好证据了。（胡适：《考证红楼梦的新材料》）

鄙意《石头记》原本，必为康熙朝政治小说，……后经曹雪芹增删，或亦许插入曹家故事，要末可以全书属之曹家也。（蔡元培：《石头记索隐自序》）

书中写的是贾氏，而作者却是姓曹。所以易曹为贾，……却有两个意思：（一）贾即假，言非真姓。（二）贾与曹字形极相近故。（俞平伯：《红楼梦辨》下卷十七）

影《易经》《大学》《中庸》

《红楼梦》首，读花主人论赞，短小精悍，余韵不尽，予最爱之，曾欲一考主人为谁，久未得其道，无意中翻旧书，转得评《红楼梦》者太平闲人之身世。闲人姓仝，名卜年，山西平陆人，嘉庆辛未进士，太平其号也。闲人评《红楼》，好引经传为证，腐气逼人，未足称道，然有其批本后，刊本俞多，介绍之功，则又未可没耳（恨水：《小说考微》十九）

萱案：各索隐家，惟影经书、谶纬，影《金瓶梅》三说，最为谬妄，其指隐经书者，皆腐儒所为也。盖腐儒迂拘，食古不化，脑中所有，惟此群经，骤见《经楼》，耳目一新，嗜之或不释手，又恐道学家以嗜小说讥之也，故强作解人曰：书中所影，皆《易经》《大学》也，读之庸何伤？此论一唱，几可齐《红楼》经传而一之，有是理乎？（昔有人喜读《水浒传》、《金瓶梅》，谓其有《史记》笔法，或驳之曰：何不迳读《史记》耶？与此颇同。）盖小说家脑中，决无悬一经书为标准而后落笔者；腐儒以己度之，遂强引经传入之，又不能自圆其说，以致牵强附会，多可解颐。由此妄指周姓，即为《周易》，王姓，即为坤卦，东南西北字，即为八卦，史姓，则野史之义。其实，周姓为谄，与湖州人同；王姓普通，当无所指；四方字样，何书无之？至于史姓，作者殆深恶太君之为人，故斥之为史侯之女。史侯者，故都俗谓粪夫曰屎猴也。而尤可笑者，第四十五回宝玉误社，李纨问凤姐以罚之之法，凤姐拟令罚之扫各人屋子地一节，评云："此段皆演姤卦，盖扫地乃去垢，各人屋子，皆女处也，垢去土加女，非姤字而何?"使作者果为剥蕉抽茧之谜，不几于十重步障乎?使根本即非影《易》，则评者不几于梦呓乎?又第九回闹书房，秦钟和香怜弄眉挤眼一节，评有云："而弄眉挤眼，乃是黛玉。"此等语，皆不知从何设想而来?又每回总评之末，往往有四六一段，如"因色生情，因情成妒，花能解语，无非曲念寄生；玉用屡箴，立见簪成两段，袭即钗，钗即袭，居然两个夫人，云为黛，黛为云，同应一声呆子，究听《西游记》，谁寻疗妒羹，甚勿爱哥哥，早思刘姥姥，世人都有春灯谜，何事空谈耗子精，既缴宝玉，请评黛玉。"（第二十二回末）此类总评，于文于事，皆无所发明，不过拾摭数事，扭合成联，真不知用意安在?故吾尝谓:《红楼》评语，仅十分之一可存，余皆外道天魔，无中生有，颇欲以数月之力，尽删此类腐语而重印行之，为天下一大快事也。

谶　纬

《红楼梦》一书，始于乾隆年间，……相传其书出汉军曹雪芹之手。嘉庆年间，逆犯曹纶，即其孙也。灭族之祸，实基于此。曾闻一旗下友人云：《红楼梦》为谶纬之书，相传有此说，言之凿凿，具有征引。（蔡愚道人：《寄蜗残赘》卷九）

按此说，殊无意义，与太平闲人评本，附会《大学》正心诚意，《中庸》明明德之说，同其腐谬。又《金玉缘》评语，谓明《易》象，说更谬。（寿鹏飞：《红楼梦本事辨证》）

清礼亲王昭裢……《啸亭杂录》卷六，记此事，有一段，说有汉军独石口都司曹纶者，侍郎曹瑛后也，（瑛字一本或作寅）家素贫，尝得林清做助，遂人贼党。……《寄蜗残赘》说，曹纶是曹雪芹之孙，不知是否根据《啸亭杂录》说的？我当初已疑心此曹瑛不是曹寅，况且官书明说曹瑛是正黄旗汉军，与曹寅不同旗。……《靖逆记》（兰簃外史纂，嘉庆庚辰刻）……第六卷，有曹纶传，记他家世系如下："曹纶，汉军正黄旗人，曹祖金铎，官骁骑校，伯祖瑛，历官工部侍郎，祖瑊，云南顺宁府知府，父廷奎，贵州安顺府同知。廷奎三子，长绅，早卒，次维，武备院工匠，次纶，充整仪卫，擢治仪正，兼公中佐领，升独石口都司。"此可证《寄蜗残赘》之说，完全是无稽之谈。（胡适：《红楼梦考证》）

按《八旗通谱》，成于乾隆九年，凡旗籍之曾登仕版者，无论秩之崇卑，悉载其人。曹纶在嘉庆十八年，官独石口都司，且有成人之子，纶之年事，至少亦必在二十五岁左右，为乾隆季年生人，则其曾祖若祖之服官时代，至近亦必在雍正以前，例得纂入《通谱》，乃检阅谱中曹氏各户，悉无金铎及瑛等名；若谓纶以谋逆削籍，则谱成在先，犯事在后，乌能及之？……是曹金铎户族，尚自可疑，又何暇究曹纶是否雪芹后人也？（奉宽：《〈兰墅文存〉与〈石头记〉》）

影《金瓶梅》

近人合肥阚铎霍初，作《红楼梦抉微》，悉以书中情节影《金瓶梅》，以宝黛二人为影西门庆与潘金莲，馀亦多事附合。按此盖以淫书视《红楼梦》，而忘其卷首自居野史之意，故为此不经之评论。（寿鹏飞：《红楼梦本事辨证》）

杂记上——作者

一、曹霑（雪芹）

康熙间，曹楝亭为江宁织造，……其子雪芹，撰《红楼梦》一书，备记风月繁华之盛，中有所谓大观园者，即余之随园也，明我斋读而羡之。当时红楼中，有某校书尤艳。我斋题云……（袁枚：《随园诗话》卷二）

萱案：此又误认大观园为真有，故更以“余之随园”附会之，其末，明我斋题红楼校书数语，皆不可解。然记作者为曹雪芹，当以此书为最早也。

《红楼梦》一书，……乾隆五十年以后，其书始传。相传为演说故相明珠家事，以宝玉隐明珠之名，以甄（真）宝玉，贾（假）宝玉乱其绪，以开卷之秦氏为入情之始，以卷终之小青为点睛之笔，……曹雪芹实有其人，然以老贡生槁死牖下，徒抱伯道之嗟，身后萧条，更无人稍为矜恤，则未必非编造淫书之显报矣。（梁恭辰：《池上草堂笔记四录》卷四）

萱案：卷终小青，亦今本所无。

雪芹既为曹楝亭之孙，楝亭名寅，号雪樵，而孙号雪芹。……或云，雪芹一字芹圃，似为避讳所改，则此疑可释。楝亭为工部尚书曹玺子，雪芹为楝亭孙，则曹玺乃其曾祖，为未尽之亲。吾乡故老常谈：……大司空玺，原名尔玉，弟名尔正，以诏旨笔误更名。雪芹作《石头记》，虚构宝黛诸名，是以曾祖之名，为狎亵笔墨，……岂既已更名，便不讳乎？此疑不能释也。

英浩《长白艺文志初稿》：《红楼梦》，曹霑，曹字雪亭，内务府汉军正白旗人，官堂主事。（以上奉宽：《〈兰墅文存〉与〈石头记〉》）

《四松堂集》……有两首未刻的诗：（一）赠曹芹圃（注：即雪芹），……这诗使我们知道曹雪芹又号芹圃。……（二）挽曹雪芹（注：甲申）："四十年华付杳冥，哀旌一片阿谁铭？孤儿渺漠魂应逐，（注：前数月伊子殇，因感伤成疾。）新妇飘零目岂瞑。牛鬼遗文悲李贺，鹿车荷锸葬刘伶。故人惟有青山泪，絮酒生刍上旧坰。"这首诗给我们四个重要之点。……（三）曹雪芹的儿子先死了，雪芹感伤成病，不久也死了。据此，雪芹死后，似乎没有后人。（四）曹雪芹死后，还有一个飘零的新妇。（胡适：《跋红楼梦考证》）

敬亭王孙……尝为《琵琶行传奇》一折，曹雪芹（霑）题句有云："白傅诗灵应喜甚，定教蛮素鬼排场。"雪芹为楝亭通政孙，平生为诗，大概如此，竟坎坷以终。敬亭挽雪芹诗有"牛鬼遗文悲李贺，鹿车荷锸葬刘伶"之句。（杨钟羲：《雪桥诗话续集》卷六）

二、曹一士（谔廷）

同学马水臣（绸章）驾部，为余言：增删《红楼梦》之曹雪芹，本名一士。……今考曹一士，字谔廷，号济寰，亦号沔浦生，上海人，雍正进士，官兵科给事中，……工诗文，有《四焉斋集》，惟未考得其有雪芹别号。……又考得一士于康熙季年未通籍时，入京假馆某府者十余年，所居与海宁陈相国比邻，然则与《樗散轩丛谈》所云，某府西席某孝廉所作者适合，意即其人乎？且《樗散轩丛谈》亦云：雪芹为无锡人，且云雪芹为补后四十回之人，然则此书作者，必非……旗籍满臣，世代通显，感恩清室者所为；当必为明代孤忠，遗逸幽忧志士之所作。

马水臣氏既称雪芹为曹一士，因遍访厂肆，求一士所著《四焉斋集》，竟得一部，则乾隆十五年出版者，读之，知一士生于康熙十五年，年十五，补博士弟子，为名诸生者三十余年，雍正四年，领乡荐，八年庚戌，成进士，入翰林，乙卯，擢御史，……居谏垣一年卒，年五十九。中间年四十时，北游京师，假馆自给，正康熙五十五年，……诸皇子夺嫡剧烈时也。又十年，始举贤书，又四年，通籍，仍假旧馆，所云披阅《红楼》，盖在此十四年中。……马氏又言：闻之故老，某府西席，作《红楼梦》既成，秘甚，后为居停所知，强索阅，孝廉惧获祸，尽旬日力，悉改原书，掩其事实，而后与之，若非指斥宫闱，何必如此？（以上寿鹏飞：《红楼梦本事辨证》）

萱案：此说仅可聊备一格，语多恍惚，殆不可信。

三、高鹗（兰墅）

《赠高兰墅鹗同年》：“无花无酒耐深秋，洒扫云房且唱酬。侠气君能空紫塞，艳情人自说红楼。逶迟把臂如今雨，得失关心此旧游。弹指十三年已去，朱衣帘外亦回头。”注：“传奇《红楼梦》，八十回以后，俱兰墅所补。”（张问陶：《船山诗草》卷十六辛癸集）

《汉严卯斋书录》：“高鹗，字兰墅，一字兰史，籍内务府汉军镶黄旗，乾隆六十年乙卯，三甲第一名进士，授内阁中书，累仕至刑科给事中。”宽尝读其所为……《石头记序》，心识之。……是册……前集，题曰《兰墅文存》，封面题曰“月小山房”，后集题曰《兰墅十艺》，最后一页有章曰“红楼外史”。“月小山房”，殆兰墅所居之名，“红楼外史”，则其别号也。山言月小，隐高字，史而红楼，实寄意于《石头记》。……卷首有无锡薛玉堂……五言诗二首……诗云：“才士粲花舌，高僧明镜心。如何言外意，偏向此中深。不数《石头记》，能收焦尾琴。携将皖江去，山水和清音。”薛诗作于嘉庆丁卯腊月将之庐州司马任时也。……焦尾琴句，注谓汪小竹。（奉宽：《兰墅文存》与《石头记》）

张船山有妹，嫁汉军高兰墅（鹗），以抑郁而卒，见《船山诗集》。按兰墅乾隆乙卯，玉殿传胪，亦有诗才，世行小说《红楼梦》一书，即兰墅所为。余尝见其书，诗册有印曰“红楼外史”，则其人必放宕之士矣。（震钧：《天咫偶闻》卷三）

高兰墅，名鹗，乾隆乙卯进士。世所传曹雪芹小说，兰墅实卒成之，与雪芹皆隶汉军籍。（杨钟羲：《雪桥诗话》卷九）

后四十回是高鹗补的，这话自无可疑。我们可约举几层证据如下：……第三，程序说，先得二十余卷，后又在鼓担上得十余卷。此话便是作伪的铁证，因为世间没有这样奇巧的事。第四，高鹗自己的序，说的很含糊，字里行间，都使人生疑，大概他不愿完全埋没他补作的苦心，……因为高鹗不讳他补作的事，故张船山赠诗，直说他补作后四十回的事，……俞平伯先生曾举出三个理由来，证明后四十回的回目，也是高鹗补作的，他的三个理由是：（一）和第一回自叙的话都不合。（二）史湘云的丢开。（三）不合作文时的程序。这三层之中，第三层姑且不论，第一层是很明显的，《红楼梦》的开端，明说“一技无成，半生潦倒”，明说“蓬牖茅椽，绳床瓦灶”，岂有到了末尾说宝玉出家成仙之理？第二层也很可注意。第三十一回的回目“因麒麟伏白首双星”，确是可怪。依此句看来，史湘云后来，似乎应该与宝玉做夫妇，不应该此话全无照应。……其实何止史湘云一个人，即如小红，曹雪芹在前八十回里，极力描写，……这样一个重要人才，岂可没有下场？况且小红同贾芸的感情，前面既经曹雪芹那样郑重描写，岂有完全没有结果之理？又如香菱的结果，也决不是曹雪芹的本意，第五回的十二钗副册上，写香菱结局道：“……自从两地生孤木，致使芳魂返故乡。”两地生孤木，合成桂字，此明说香菱死于夏金桂之手。故第八十回说，香菱血分中有病，……可见八十回的作者，明明的要香菱被金桂折磨死。后四十回里，却是金桂死了，香菱扶正，这岂是作者的本意吗？此外又如第五回，十二钗册上，说凤姐的结局道：“一从二令三人木，哭向金陵事更哀。”这个谜竟无人猜得出。……所以后四十回里，写凤姐的下场，竟完全与这“二令三人木”无关。……高鹗补《红楼梦》时，正当他中举人之后，还没有中进士，如果他补《红楼梦》，在乾隆六十年之后，贾宝玉大概非中进士不可了。（胡适，《红楼梦考证》）

四、杂存

《樗散轩丛谈》云：《红楼梦》，实才子书也。或言是康熙间，京师某府西席孝廉某所作，巨家故间有之，然皆抄本。乾隆时，苏大司寇家，因此书被鼠伤，遂付琉璃厂书坊装订，坊贾借以抄出付梓，世上始有刊本。惟止八十回，……其四十回，不知何人所续，或谓高兰墅鹗所补，又谓无锡曹雪芹添补，皆无确据。洞庭王雪香先生，取此书加以评语，亦无出色。最可笑者，龙潭庵云友批本，共数百条，泛论迂谈，无理取闹，谓欲表作者

之苦心，吾不信也。（邹弢：《三借庐笔谈》卷十一）

以言时代，则《樗散轩丛谈》谓，康熙间某府西席某孝廉所作，最为合理，证以兰墅乾隆五十六年序云，是书脍炙人口，已二十余年，由是岁上溯二十余年，已在乾隆三十年左右，加以雪芹十载之披阅，且脱稿后止有抄本，必不能立时流传，所云脍炙人口，必距其成书需若干岁月，而所影事实，又非即为作书之日之事，必又有相当距离年月，至迟亦必为康雍间时事而作，况书中有贾琏之名，琏为乾隆子端慧太子讳，当时应避，若成书在乾隆时，早应避琏字而不用。

吾意《红楼梦》一书，原本既不分章回，必专写宫闱秘事，或尚信笔直书，近于野史，未必尽合小说体裁。后值文字之狱迭兴，虑遭时忌，讳莫如深，于是托之闺阃，故为颠倒事实，以乱人目，……改窜愈多，去事实愈远，……至雪芹而五次增删，体裁尽变，章回显分，惟情文之是取，致本事之愈漓，加以辗转传抄，后先异本，故于……影事，不甚完全真切，令读者难以揣测。……迄今二百余载，代远年湮，益难考求真相。……王梦阮《索隐提要》云："意者此书，但经雪芹修改，当初创造，另自有人。"又曰："揣其成书，当在康熙中叶，……至乾隆朝，事多忌讳，档案类多修改，《红楼》一书，内廷索阅，将为禁本，雪芹先生势不得已，乃为一再修订，俾愈隐而愈不失其真。"钱静方《红楼梦考》结语云："要之《红楼》一书，空中楼阁，作者由其兴之所至，随笔拈来，初无成见。即或有心影射，亦不过若即若离，轻描淡写。"皆为确切不磨之论。（寿鹏飞：《红楼梦本事辨证》）

萱案：寿鹏飞断定书为影射雍正夺嫡，故动言为康熙间时事，又最不信为曹霑雪芹所作，故强引曹一士以实之，皆一偏之见，尚不如钱静方“兴之所至”数语，为能道出小说家心事也。

杂记下——版本

一、程伟元本

《红楼梦》最初只有钞本，没有刻本，钞本只有八十回，但不久就有人续作八十回以后的《红楼梦》了。俞平伯先生从戚本八十回的评注里，看出当时有一部后三十回的《红楼梦》（《红楼梦辨》下卷），这便是续书的一种。高鹗续作的四十回，也不过是续书的一种，但到了乾隆五十六年至五十七年之间，高鹗和程伟元串通起来，把高鹗续作的四十回，同曹雪芹的原本八十回，合并起来，用活字排成一部，……从此以后，这部百二十回的《红楼梦》遂成了定本。……程伟元的活字本有两种：程甲本，是乾隆五十六年排印，次年发行的。程乙本，是乾隆五十七年改订的本子。程甲本最先出世，一出世来，就风行一时。……但这个本子发行之后，高鹗就感觉不满意，故不久就有改订本出来。……这个改本，有许多改订修正之处，胜于程甲本。但这个本子，发行在后，程甲本已有人翻刻了，初本的一些矛盾错误，仍旧留在现行各本里，虽经各家批注里指出，终没有人敢改正。（胡适：《重印乾隆壬子本红楼梦序》）

二、戚蓼生本

上海有正书局石印的一部八十回本的《红楼梦》，前面有一篇德清戚蓼生的序，我们可以叫他作戚本，……这部书的封面上题著“国初钞本《红楼梦》”，又在首页题著“原本《红楼梦》”。……这本已有总评，有夹评，有韵文的评赞，又往往有题诗，有时又将评语钞入正文（如第二回），可见已是很晚的钞本，决不是原本了。但……八十回本已不可多见，戚本大概是乾隆时，无数辗转传钞本之中，幸而保存的一种，可以用来参校程本，……《红楼梦》最初只有八十回，直至乾隆五十六年以后，始有百二十回的《红楼梦》，这是无可疑的。（胡适：《红楼梦考证》）

八十回的《红楼梦》，在未刊行以前，经辗转传钞，本子极多，现在存的，只有戚本。戚蓼生是浙江人（《红楼梦》序上作德清，《进士题名录》亦作德清，《戚氏家谱》作余姚），清乾隆三十四年己丑进士，比高鹗底科名，早了二十六年，距高本告成，早了二十三年，……看序上说，“乃或者以未窥全豹为恨，……”可见当时百二十回本，决还没有通行，……戚本底评和注，不知是谁作的？（第四十一回末诗评，署立松轩）……注中引有一句，……“伏甄宝玉送玉”（第十八回，《仙缘》戏目下注），……这很奇怪，……第二十一回，……总评上说，“此回‘娇嗔箴宝玉’，……后回‘薛宝钗借词含讽谏’，……今只从二婢说起，后文乃直指其主。”……他既前后对提，可见宝钗所讽谏的，亦是宝玉。……叙凤姐事，可考见的，有这几条，……“后回……‘王熙凤知命强英雄’。……但此日阿凤英气何如是也！”……（第二十一回眉评），……第二十二回，……惜春谜下注（高本没有这谜），“公府千金，至缁衣乞食”，……写麝月始终随着宝玉，直到他出家。……“闲闲一段儿女口舌，却写麝月一人。袭人出嫁之后，宝玉宝钗身边，还有一人，虽不及袭人周到，亦可免微嫌小弊等患，……”（第二十回注）……袭人是嫁蒋玉函的，……在宝玉……出家之前，……为宝玉所及见。……“故袭人出嫁后云，‘好歹留着麝月’，宝玉便依从此话。”（第二十回注），……在第一回，“温柔富贵之乡”下注云：“伏紫芝轩。”……戚本……高本，都没有这个轩名，想……紫芝轩，总是宝玉所居。（俞平伯：《红楼梦辨》下卷十二）

三、雁隅本

若论版本，则雪芹增删，既经五次，是于程本外，应当尚有未定稿四本。黍谷居士所云，两抄本，八十回者，名《石头记》，百二十回者，名《红楼梦》。雁隅购得时间，在乾隆庚戌以前，是较程高辛亥作序尚早数年，其时已有百二十回全本矣。此两本……外，如苏大司寇家藏抄本……为时当更早，即此已得四本，而近年有正书局出版之八十回本，……未知与上列四本有同者否。高鹗序中所云无定本者，已可知其所见不止一本矣，……况百二十回之……本，发见在兰墅辛亥作序之前数年，则可知兰墅断无补著后四十回之理矣。（寿鹏飞：《红楼梦本事辨证》）

四、脂砚斋本

《脂砚斋重评石头记》，……这部脂砚斋重评本，（以下称脂本），只剩十六回了，其目如下：第一回至第八回，第十三回至第十六回，第二十五回至第二十八回，……第二十八回之后幅，有跋五条，……又一条云：“脂砚与雪芹同时人，目击种种事，故批笔不从臆度。”

红楼梦新考

方　豪

一、引　　言

民国三十年秋，余来浙江大学授十七八世纪中外文化交通史，因略及《红楼梦》中之外国物品。不意兴趣所至，半年间，积稿盈帙，同事与学生，多有索阅者，并应文学研究会及史地学会之约，公开演讲二次。余读《红楼梦》不及三遍，且走马看花，草草翻阅，殊不敢高谈“红学”也。三十二年《东方杂志》复刊，驰函索稿，以当时该刊每文仅限二千字，乃此摘要应之，读者以未窥全豹为憾，来函质疑者几数起，会说文社为吴稚晖先生八十寿庆祝特刊征文，爰付全稿发表焉。

自来为《红楼梦》考证者，主要者有下列三说：一以贾宝玉为清世祖，以林黛玉为董鄂妃（王梦阮、沈瓶庵《红楼梦索隐》）；一以宝玉为纳兰性德，黛玉乃性德之妻（陈康祺、俞樾）；一以宝玉为曹雪芹（胡适《红楼梦考证》）。曹雪芹为宝玉一说，最为时人所信服，顾予未草此文之先，即认为雪芹不过凭其先人之笔记及家中之传说，为之剪裁穿插而已。原书第一回记此甚明，曰：“后因曹雪芹于悼红轩中，披阅十载，增删五次，纂成目录，分出章回；又题曰：《金陵十二钗》，并题一绝，即此便是《石头记》的缘起。”

又历史考古之原则，凡属传说，非确证其出于伪造或误传，必时间上发生愈早者亦愈可信。董小宛为董妃之说固不足信，然黛玉为董妃，宝玉为顺治之说，产生既早，吾人在未证实其为后人傅会以前，至少亦当姑以其说为可靠也。自来驳宝玉为顺治之说者，咸以顺治帝并未出家为惟一理由。然据陈援庵先生近年研究之结果（见所著《汤若望与木陈忞》，载《辅仁学志》第七卷第一第二合期；又《语录与顺治宫廷》，载《辅仁学志》第八卷第一期），知顺治确因对董鄂妃热恋而结合，又以董妃之早卒而哀伤逾恒，因而由茆溪森和尚为之削发。虽其后又因玉林和尚之劝而重复蓄发，但顺治出家之念，削发前后，固无时不萦萦于怀也。陈先生曰：“谓顺治为出家未遂则可，谓其无出家之意，无出家之事则不可。”顺治与董妃是否即宝玉与黛玉，陈先生不言，而余则确信其有一部分真实性也。

以上为余未草此文前，对《红楼梦》本事之看法。

虽然，《红楼梦》大手笔也；凡伟大之文艺作品，其情节往往风诡云谲，无从捉摸，然仍必有二点可资探索：一为世界之小说杰作，必含有一部分之自传性质；一为任何天才之作家，决不能完全脱离环境之影响与限制；故吾人欲求知某小说之背景，虽不应刻舟求剑，牵强附会，但亦非绝对不可知也。求索之道，莫如注意其书中之细微情节，以其易于为作者所忽略，而于不知不觉间透露消息也。故欲寻《红楼梦》之线索，若能在书中之外国物品上着眼，追求其何时传入？自何地传入？由何人传入？应为何等人家所能享有？亦不失为研究之一法，而书中之本事，亦可水落石出也。

以余研究《红楼梦》外国物品之结果，乃益信余第一种看法为不误。

曹雪芹有删润之功，惟书中资料则应为其先人所遗。盖据胡适之先生考证，雪芹卒于乾隆二十七年除夕，即公历一七六三年二月十二日，假定其死时为四十五岁，则雪芹当生于康熙五十六年（一七一七）。如此，则雪芹之修改《红楼梦》必在乾隆后。清宗室永忠《戊子初稿》，乾隆三十三年有吊曹雪芹诗三首，曰："因墨香得观《红楼梦》小说，吊雪芹，成七截三首。"瑶华评云："此三章诗极妙；第《红楼梦》非传世小说，余闻之久矣，终不欲一见，恐其"中有碍语也！"而永忠丁亥悼亡诗，有云："……墨翁爱读情诗者……情岂有过此者耶！因出奉阅。……"丁亥为乾隆三十二年，即雪芹卒后五年，是时《红楼梦》尚只有传本，但瑶华所谓"余闻之久矣"，可见在曹雪芹生前，《红楼梦》已负大名。惟乾隆时，无论在朝廷或民间，外国物品已司空见惯，至少有若干物品，不应如书中所描写之为罕见。若在顺治时，则宫中之外国物品，亦不能如《红楼梦》所记之多。故以外国物品论，则《红楼梦》最适宜之时代，应为康熙朝，亦即曹玺、曹寅任江宁、苏州织造时也（后详）。据赵嬷嬷与凤姐所云（第十六回），则贾王二府之富，与接驾及管理外国进贡二事，极有关系；《红楼梦》中必有一部分外国物品系得自彼时者，然彼时赵嬷嬷尚在童年，则其非宝玉（曹雪芹）所能亲见也可知矣。或曰器物为布景演新剧之穿插。余曰：此固非不可能者，但旧布景与新剧，究有不调和处，或非曹雪芹所愿导演也，况在地点上，在人物上，雪芹自能故弄玄虚，张冠李戴，惟日用品方面，恐不易面面顾到也。

至于顺治董妃之说，虽无实据，然在出家一点上，宝玉与顺治确相类似，而以外国物品言，《红楼梦》中之洋货，虽臣民亦不难获得（或取得于进贡之先，或自宫中流出），要不能与宫廷无关，余故以为《红楼梦》所记者，乃顺康雍三朝之朝野恋爱逸事，而曹雪芹之个人生活史，自亦占一重要位置也。

本文主意既明，请进而为《红楼梦》中之外国物品作一统计，然后再究其来历，及书中人物与外国人之关系。

二、《红楼梦》中之外国地名

《红楼梦》中所有外国地名，除西洋一名外，惟暹罗(第二十五回等)，俄罗斯(第五十二回)，波斯(第六十二回)等三国为确有其地者。其他如爪洼国(第十回)虽非出于虚构，但观书中口气，可知作者亦如当时其他小说家无异，以爪洼为一渺茫荒远之地而已。原文曰："金氏听了这番话，把方才在他嫂子家的那一团要向秦氏理论的盛气早吓的丢在'爪洼国'去了。"至于女儿国（第十七回），茜香国（第二十八回），真真国（第五十二回），西天大树国（第一百一回），则俱抄袭陈说，非必真有其地者。宝玉曾考证女儿国之出于文人捏造（第十七回），可知作者所见西洋物品虽不在少，然对于域外地理知识，则浅薄异常，此固显而易见者。

三、《红楼梦》中之外国物品统计

1. 外国呢布类

西洋物品之最经见者，为各种衣料，包括毛织物，丝织物及棉织物。如凤姐有翡翠撒花洋绉裙（第三回），大红洋绉银鼠皮裙（第六回），及大红洋绉袄（第九十回）等，不易悉数。宝琴自谓八岁时曾在西海沿上见一真真国女，身穿洋锦袄袖（第五十二回）。此事虽出宝琴谎造，但作者知有洋锦一物，则为实情。李纨有哆罗呢对襟褂子，宝玉有哆罗呢狐狸皮袄（皆见第四十九回）及荔枝色哆罗呢箭袖（第五十二回）。凤姐并以哆罗呢为包袱（第五十一回）。洋巾在书中亦颇多见（第五十三回等），凤姐用以包裹银箸（第四十回），黛玉则包匙箸（第五十九回），颇似西餐格式。宝钗更有一件莲青斗纹锦上添花洋线番羓丝鹤氅（第四十九回）。贾母赐与宝玉之孔雀毛氅衣名“雀金呢”者，则系俄罗斯国出品（第五十二回），赐与宝琴之凫靥裘，则为野鸭毛制成，或亦俄国货（第四十九回）。荣府荣禧堂王夫人房内大炕上，铺有猩红洋毯（第三回）。至所谓茜香国汗巾（第二十八回），乃琪官欺哄宝玉者，究为何国货，则不得而知矣。宁国府被抄时，得洋呢三十度，哔叽三十三度，姑绒四十度（第一百五回）。

2. 钟表类

《红楼梦》中所有外国用具，钟表实占最多数。凤姐受命管理宁国府之始，对执事人等训话，谓“素日跟我的人，随身俱有钟表，不论大小事，皆有一定的时刻”（第十四回）。友人某君语余曰：凤姐随从人员亦尽有钟表，则贾府钟表之多，可想而知矣。余笑曰：凤姐之言不可信也。凤姐欲以此恐吓宁国府之婆婆妈妈，使各遵守时间，不致偷懒耳。否则，何以一部《红楼梦》中，只见凤姐屋内有钟，不见其身上有表，亦不见凤姐如宝玉之时时命人取表而看。作者描写凤姐之刁诈，可谓至矣。凤姐亦自知夸张过甚，恐露马脚，故接云：“横竖你们上房里也有时辰钟，卯正二刻，我来点卯，巳正吃早饭……。”如此则凤姐来宁国府时，虽随身无表，亦能知时刻，施赏罚也。荣国府凤姐屋内之钟，乃一挂钟，刘姥姥初次候见凤姐时，曾略受虚惊：“听见咯当咯当的响声，狠似打罗筛面的一般，不免东瞧西望的，忽见堂屋中柱子上挂着一个匣子，底下又坠着一个秤砣似的，却不住的乱晃。刘姥姥心中想着：‘这是甚么东西？……有煞用处呢？’正发呆时，陡听得当的一声，又若金钟声一般，倒吓得不住的展眼儿，接着一连又是八九下。”（第六回）此外，则惟宝玉怡红院内有自鸣钟（第五十一回，五十二回，六十三回，八十八回），乃在宝玉卧室外间房里槅上的，似为座钟。此钟不时损坏，常需修理，晴雯曾说：“这劳什子又不知怎么了，又得去收拾。”（第五十八回）惟贾府中有一最宝贵之自鸣钟，则为凤姐所变卖，值银五百六十两（第七十二回）。其同时售出之四五箱大铜锡家伙，仅得银三百两。可知此钟在当时所值之价，几等于八九箱之铜锡器具，凤姐性又贪婪，银钱出入，恒有克扣，则此钟变卖所得，或不止五百六十两银。盖其时自鸣钟为人所宝，必不仅因其为金制也。

宝玉究有若干表，为一疑问。原书第十九回及六十三回，宝玉皆命人取表观看，可知此表不在身畔。晴雯卒后，宝玉曾秘向二小婢探询晴雯临终时情形。一小婢曰：“我听了这话，竟不大信，及进来到屋里，留神看时辰表，果然是未正二刻，他咽了气，正三刻上，就有人来叫我们，说你来了。”（第七十七回）可知当时之表，必注有子丑寅卯等字样。而宝玉此表之不在身畔，更得一证。或曰，当时“钟表”二字系一个名词，故屡有连用或互称者。如凤姐所谓“素日跟我的人，随身俱有钟表”，此处“钟表”二字，必指今日吾人通称之“表”，而宝玉小婢口中之时辰表，或即时辰钟。盖小表上不易附注子丑寅卯等字，小婢能辨其为“未正二刻”及“三刻”，其为大钟可知。宝玉怀内曾有“核桃大的金表”一具（第四十五回）。八十八回亦记宝玉看表。可见钟表二字在当时虽时或连用，时或互称，惟本义上必有区别，第不若今人谈说时习于分辨耳。又锦衣军查抄宁国府时，共得钟表十八件。

3. 其他工艺品

西洋工艺品中有洋漆茶盘（第五十三回，六十二回），洋漆几（第三回，五十三回），洋漆架（第四十回），乌银洋錾自斟壶（第四十回），西洋珐琅天使像鼻烟盒（第五十二回）。原文描写此盒颇为精致，曰："麝月果真去取了一个金镶双金星玻璃小扁盒儿来，递给宝玉，宝玉便揭开盒盖，里面是个西洋珐琅的黄发赤身女子，两肋又有肉翅，里面盛着些真正上等洋烟。"又有十锦珐琅杯（第四十回），及荷叶形反射镜，镜上有"洋錾珐琅活信，可以扭转向外，将灯影逼住，照着看戏，分外真切"（第五十三回）。此今日舞台上习见之物，不意《红楼梦》中竟先二百年用之。惟彼时无电灯，仅用以反射烛光耳。荣禧堂有一玻璃盒为陈设品（第三回）。大观园有一舟，"两石栏上，皆系水晶玻璃"（第十八回）。宝玉则以水晶缸盛水果（第三十一回）。

宝玉房内有大穿衣镜一具，镜有镜套，热天即少放下（第十七回，二十六回，五十六回），嵌在门上，有西洋开关，原书称"西洋机括"，刘姥姥曾误触机关，门遂自启，门后即宝玉卧床所在（第四十一回）。余颇疑此门装有弹簧，故刘姥姥能一触即开。贾母八旬大庆，粤海将军邬家送一架玻璃围屏，在礼物中列为第二（第七十一回）。晴雯曾谓宝玉不知弄坏了多少玻璃缸（第三十一回）。又第四十五回，宝玉顾视黛玉病后，因天雨不便夜行，黛玉即命以玻璃灯燃烛送去。宝玉自谓"亦有这么一个"。最奇巧者，乃一（或作一双）金质西洋自行船，为宝玉寝室陈设品之一（第五十七回）。某年宝玉宝琴生日，凤姐所送礼物中，有一件波斯玩器（第六十二回)，不详其名。

4. 外国饮食品

宝玉被父亲责打后，王夫人曾以“木樨香露”及“玫瑰清露”各一小瓶，交宝玉自饮，每一碗水，只须用清露一茶匙。此二瓶皆有鹅黄笺，系进上所用。余断其为西洋物品。原文曰“两个玻璃小瓶，却有三寸大小，上面螺丝银盖”(第三十四回)。螺丝银盖，非当时中国所能制造。玫瑰露又一见于第六十回，芳官欲得玫瑰露送柳五儿，宝玉即命袭人取出，已只半瓶，宝玉自云“不大吃”，是此露即得自王夫人，而为宝玉所用馀者。惟此处乃一“五寸来高的小玻璃瓶”，与三十四回所云“三寸大小”不合，余疑“五”字为“三”字之误，缘五寸之瓶，已不小矣，当为“三寸来高的小玻璃瓶”。柳五儿与伊母见“里面有半瓶胭脂一般的汁子，还当是宝玉吃的西洋葡萄酒”。宝玉平时饮西洋葡萄酒即由此透露，此酒之带胭脂色，亦可以此见之。黛玉病中，宝钗曾送一包洁粉梅片雪花洋糖(第四十五回)。凤姐亦曾以暹罗贡茶两瓶赠黛玉，黛玉颇为欣赏，宝钗亦然，宝玉虽亦有此茶，惟觉其尚不及寻常之茶(第二十五回)。又暹罗猪及鱼，详后第六节。

5. 外国药

鼻烟在当时亦视同药品，上文第四节所引第五十二回之鼻烟瓶，即系宝玉为晴雯疗头疼者，酸辣异常，惟用后，太阳穴仍未止疼，宝玉乃主张“越发尽用西洋药治一治”，遂命麝月往凤姐处取贴头疼膏子药名“衣弗哪”者。“衣弗哪”原名不详。其形状与用法尚略有所记，据谓“拿了半节来，便去找了一块红缎子角儿，铰了两块指顶大的圆式，将那药烤和了，用簪挺摊上”。叙述过简，无法窥知其底细也。

6. 外国动物

宝玉院内有一“西洋花点子哈巴儿”狗。晴雯等曾借以讥嘲袭人（第三十七回）。黑山村庄头乌进孝，某年年终，送呈贾珍之账单内，有暹猪十二个，孝敬哥儿顽意之“西洋鸭”两对（第五十三回）。薛蟠五月初三日生日，请宝玉参加宴会，有胡斯来及程日兴二人所备暹罗进贡之猪鱼（第五十六回）。

7. 西洋美术

《红楼梦》中之建筑，纯为中国式，惟怡红院进门即有一大幅西洋油画，作女童来迎像，栩栩欲生。刘姥姥曾误以为真女童。原文亦刻画入微，异常生动，曰：“于是进了房门，便见迎面一个女孩儿，满面含笑的迎出来，刘姥姥忙笑道：‘姑娘们把我丢下了，叫我碰头碰到这里来了。’说了，只觉女孩儿不答，刘姥姥便赶来拉他的手，咕咚一声，却撞到板壁上，把头蹦的生疼，细瞧了一瞧，原来是一幅画儿，刘姥姥自忖道：‘怎么画儿有这样凸出来的？……’一面想，一面看，一面又用手摸去，却是一色平的，点头叹了两声。”（第四十一回）此外则有鼻烟盒上珐琅制成之黄发带翼天使像（见前）。晴雯并知西洋织补法，在当时名曰：“界线法”，曾为宝玉修补孔雀氅，宝玉叹为“真真一样”；并预先即说“那里又找俄罗斯国的裁缝去？”怡红院所有女郎，亦惟有晴雯独擅此法（第五十二回）。

8. 其他洋货

《红楼梦》中又有若干物品，不能确定其为舶来品者，或系仿制，亦未可知。第二十八回记荣国府东边二门前有小厮在甬路尽处踢球，为焙茗所遇。不知是否皮球。又袭人送与芳官之花露油及鸡蛋香皂，亦不能必其为外国所制也。至于贾母等所戴眼镜，在当时已甚普遍，不复以外国货目之，但玻片必来自欧西也。第十九回贾妃曾以牛奶赐宝玉，宝玉乃留与袭人，但竟为李嬷嬷所饮。牛奶又名糖蒸酥酪，在当时视为珍品，贾妃未赐前，宝玉已曾有之，亦送与袭人。故曰："宝玉想上次袭人喜吃此物，便命留与袭人了。"一部《红楼梦》中得饮牛乳者，宝玉一人而已，袭人与李妈皆受宝玉之惠而得分尝者。袭人说："他吃了倒好，搁在这里白糟塌了。"珍惜之意溢于言表。此牛乳似为外国货，或仿西式而制者。

上述诸件而外，亦有混称"洋货"而无详细说明者。第六十七回记薛蟠自江南带来"两个夹板夹的大棕箱……一箱都是绸缎绫锦洋货等家常应用之物"。第二箱有自虎丘带来之自行人，此自行人必系西洋玩具，购自苏州者。

四、《红楼梦》外国物品之来历

《红楼梦》中之外国物品，有为外国进贡用者，如暹罗茶，暹罗猪；有为臣民进上用者，如木樨香露，玫瑰清露；（广州十三行为洋货一大来源。《皇朝文献通考·市籴考》曰："乾隆四十九年（一七八四）尚书福康安，两广总督舒常奏议：洋行商人潘文严等情愿将洋货内如钟表等类可以呈进者，每年备办，吁恳监督代为呈进。朱批‘无庸议’。”）有购自江南者，如薛蟠带之洋货及自行人。亦有庄头送来者，如两对西洋鸭。至于其他洋货，究系何处而来？凤姐曾说：“我们王府里也预备过一次（按指接驾），那时我爷爷专管各国进贡朝贺的事，凡有外国人来，都是我们家养活，粤闽滇浙所有的洋船货物都是我们家的。”（第六十回）可知当时各国进呈之品，能到达宫中者实不甚多，进贡者必先贿赂海口及沿路各关卡之员司，读肖若瑟著《天主教传行中国考》，知利玛窦之进万历帝方物，途中亦尝为太监马堂留难苛求。又如嘉庆和珅档案（钱鲈香先生手抄本，白蕉补辑，见《人文》七卷二至五期），载和珅被籍没之家产中，所有洋货物，亦多为贡品，且与《红楼梦》中记载，大致相同，兹先为摘述如下，计有：

大自鸣钟十九座	小自鸣钟十九座
洋表一百余个	洋钱五万八千圆
玛瑙烟壶一百余个	五色大呢八百板
鸳鸯一百十板	五色羽缎六百余板
五色哔叽二百余板	

根据上述情形，余已敢断定《红楼梦》中之洋货，十九为贡品，故为宫廷用品。今试择主要物品，为之一一考求。

1. 钟表

自鸣钟由利玛窦带来我国，为最早传入之西洋物品之一。但《红楼梦》中之钟表，俱极平常。沈初《西清笔记》卷三，谓“内府一自鸣钟，下一格，有铜人长四五寸许，屈一足跪，前承一沙盘，钟鸣时，铜人手执管于盘中，划沙作‘天下太平’四字，钟响寂，则书竟矣。”《红楼梦》无此类钟，可奇也。清汲修主人著《啸亭续录》卷三曰：“近日泰西氏所造自鸣钟表，制造奇邪，来自粤东，士大夫争购，家置一座，以为玩具。纯皇帝恶其淫巧，尝禁其入贡，然至今未能尽绝也。”乾隆时，自鸣钟已普及士大夫家，且和珅家中乃有大小自鸣钟三十八座，洋表一百余个，远在荣宁二府之上，余故断定《红楼梦》之作必在乾隆前也。

今人读《红楼梦》于其自鸣钟计时之法，往往不解。若一阅南怀仁康熙十二年（一六七三）刊印之《仪象志》（亦曰《灵台仪象志》）及仪象图，即不难了然也。据《仪象志》六三图，可知当时之钟为长方形，上半部（大半部）为一大圆圈，周刻子丑寅卯等十二时，中仅一针；下半部（小半部）左右分列二小圆圈，右计分，左计秒。计分者注有一刻、二刻、三刻、四刻，每刻十五分，与现在通行之钟同，故一刻与二刻，二刻与三刻，三刻与四刻之间，各有五分，十分，十五分等字样，观钟者必先视其为何时，然后再观其为何刻何分。

胡适《跋乾隆庚辰本脂砚斋重评石头记钞本》（《胡适论学近著》第一集三卷）曰：“此本有一处注语最可证明曹雪芹是无疑的《红楼梦》作者。第五十二回末页写晴雯补裘完时，‘只听自鸣钟已敲了四下’，下有双行小注云：‘按四下乃寅正初刻。寅此样〔写〕法，避讳也。’雪芹是曹寅的孙子，所以避讳‘寅’字。”胡适以此证明《红楼梦》作者确为曹寅的孙子，而吾人亦正可以此而知当时称钟点之方法。

斐化行（H. Bernard）著《天主教十六世纪在华传教志》二〇五，二〇〇，二〇七，二一〇，二一八，二七六，二七七等页，均述及初期教士携钟表来华之情形，词长不录。其二〇八记一五八三年一月四日星期六（万历十年十二月初九日）义教士罗明坚（Ruggieri）在肇庆府“大自鸣钟整理得甚是准确，但是为应和中国人的习惯，要把欧洲的二十四小时改为十二时辰，把亚剌伯字改成中国的名字，每天又分成一百段。每段分成一百分”。按此分法，极不合数学原理，余疑译者有误，惜手头无原著可查。读沈景倩《万历野获编》（卷二十）“华夷百刻之异”，即可知改西洋一日二十四时为十二时，实利玛窦创之也。《灵台仪象志》固仍以六十分为一时者。邵太纬《薄海番域录·古蕃二》，谓澳门有“定时台，巨钟覆其上，立飞仙台隅，为击撞形，亦以机转之，按时发响，起子末一声，至午初十二声，复起午末一声，至子初十二声。昼夜循环无少爽。前揭圆盘，书十二辰，俟某时钟动，则蟾蜍移筹指某位。”盖其时各地自鸣钟无不标子丑寅卯者。所谓击钟之飞仙，则天使 Angel 也。天使通常皆画翼，故邵太纬名之曰“飞仙”。乾隆五十八年王大海所著《海岛逸志》，卷五《闻见录》记定时钟，曰：“一日十二时，分为二十四点，子时为一点，巳时末为十二点，午时为又一点，至亥时末又为十二点，合一日为二十四候，是亦一道也。其钟大小不一，小者盈寸，大者高数尺。”盖其时十二时与二十四点已并用矣。

《正教奉褒》第二册（一一四页）载“康熙三十三年（一六九四）六月二十八日上传徐日昇（Pereira，葡人）至黼座前，赐牙金扇一柄，内绘自鸣钟，楼台花树，御题七言诗曰：‘昼夜循环胜刻漏，绸缪宛转报时全，阴阳不改衷肠性，万里遥来二百年。’”可见康熙帝爱好自鸣钟之一斑。二百年当为一百年之误，盖利玛窦之进呈自鸣钟在万历二十八年十二月二十四日，即一六〇一年一月二十七日，距康熙三十三年才九十三年也。王氏《东华录》记康熙三十九年冬十月，上以皇太后六秩圣寿，命皇四子准备进献礼物，内有进贡一千四百四十分自鸣钟一架。按一千四百四十分即二十四小时也。

2. 自行船与自行人

自行船为宝玉房内所有，西洋货也。《故宫画刊》三二六期，有乾隆五十年（一七八五）进贡之首饰箱表摄影，其表每上弦可走八日，其上有活动船，殆即与《红楼梦》自行船同一构造也。惟与《红楼梦》撰著之年代相较，似稍后耳。自行人则为薛蟠自虎丘带来，以理度之，亦当为洋货。

自行船与自行人之制造，或系利用自鸣钟之发条而成也。《西清笔记》所载内府自鸣钟，有铜人能执笔作字，即自行人之类也。《西清笔记》又载“昔在闽见一钟，上一格，两扉常阖，至交初正时，内有铜人两手启扉，转身于架上取槌，击钟如数毕，置槌于架，两手阖扉。又有铜人高数尺，如十三四丫头，面粉衣绘，前置洋琴，启铜人钥，则两手起执棰击琴，左右高下，其声抑扬顿挫合节，头容目光，皆能运转，助其姿致。鼓毕，则置棰于琴，两手下垂矣。又制飞雀，呼噪逼真，西洋工匠之巧如此。”按《故宫画刊》三二六期有乐钟，每小时奏乐，背面小鸟跳跃，并搧其翅，又有“人打琴”，与上述飞雀及铜人鼓琴同。至道光间，则此等巧制，已不罕见，且有出售者。《道光外交史料》卷三，页六，《福建道监察御史章沅请禁夷商以违例货物私易官银出洋折》云：“夷商每岁必务为新奇可喜之物，藉相炫惑，如多宝笛，自鸣雀，风琴，不可枚举。”

然此种以发条转动之机器人实早已传入我国。费赖之《入华耶稣会士列传》，（Pfister：Notices Biog. et Bibliog. ……）法文原本第一册一一三页记比教士金尼阁（Trigault）于一六一七年春

（万历四十五年）由法国皇室（Cosimo de Medicis）赠以一无比之自鸣钟，钟上雕一人首羊身之怪物（Satyre），持弓发矢，每时发一矢以报时。又原书第一册二五三及二五四页记葡教士安文思（G. de Magalhaens）某日以一自行人献于康熙帝，其人不能言语，内装发条，能自行十五分钟，右手执一出鞘之剑，左臂悬一盾，某日，文思又献一钟，每小时报时后，即奏乐一曲，各时不同，最后，则如万炮齐鸣，声亦渐降，若向远处退却，终于不闻。盖渠在宫中，时为康熙帝创制新奇工艺品，与一普通工人无异，欲以此博康熙之欢心，俾教会得稳固而广传耳。康熙十六年（一六七七）四月初五日，文思卒，初六日帝降谕曰："今闻安文思病故，念彼当日在世祖章皇帝时，营造器具，有孚上意。其后管理所造之物，无不竭力。况彼从海外而来，历来甚久。其人质朴夙著，虽负病在身，本期疗治痊可，不意长逝，朕心伤悯。特赐银二百两，大缎十疋，以示朕不忘远臣之意。特谕。"（《正教奉褒》第二册七十三页）可见安文思之供职清廷，实始于顺治时。后康熙帝又派侍卫袭萨等三员送葬。可谓荣矣！

安文思能制自行人，但在其后，又有瑞士籍修士林济（Stadlin）者，以康熙四十六年（一七〇七）冬抵北京，入宫尽职，所制奇器，为数尤多。盖康熙四十一年（一七〇二）德教士庞嘉宾（Castnar）回欧洲，为清廷罗致善制机件之修士，林济各即应征而来也。乾隆五年（一七四〇）卒，帝亦赐银二百两，大缎十匹（见费赖之原书第二册六二〇页）

乾隆时，宫中已有钟房，专以招待西洋教士之管理钟表者。罗马教廷传信部档案处所藏《乾隆十八年葡使来华纪实》（见前）原文曰："又因他（按指西洋教士华名为西澄元者，文中亦称西老爷，西名 Adeodat，为传信部司铎，见后）在朝里在花园里作钟表玩意，天天见万岁，万岁很喜欢他，很夸他巧，常望他说话。如意馆内有三位西洋人画画，两位作钟，共五位。万岁常向他们两个说话，就是画画的郎老爷，官名士宁，圣名若瑟，很有德的。万岁很爱他的，他有河道雪亮蓝顶戴，王公大人面前，有体面，西老爷也是如此。……西老爷在如意馆内钟房，常见万岁，万岁同他说话，看他作的，很夸奖他的法子很巧。钦差未来之先，万岁对西老爷说过好几次，你们快盖完西洋房子，你们西洋大人来了，我叫他看我的西洋房子里的陈设，都是大西洋来的很好的东西，又有好些都是西老爷作的。很巧很妙的玩意摆设。"西澄元住钟房，又专制钟及玩意，亦值得注意者。盖宝玉之钟，时有损坏，常须修理（晴雯曾有此言，见前），余尝谓宝玉觅修理之人，以为必系当时在宫中之西洋教士也。

乾隆间又有法籍修士杨自新（Thibault）者，以乾隆三年（一七三八）至中国，亦居于宫中钟房，尝制一自行狮，能走一百步，与活兽无异。发条则藏于狮胸。其后又作一狮一虎，能行三十步至四十步，极为乾隆所喜。自新卒于一七六六年一月十八日，即乾隆三十年十二月初八日。（费赖之原书第二册七九页）

杨自新卒后三年，即一七六九年九月十五日，法籍司铎汪达洪（J. M. de Ventavon）记曰："余来华后一年（按即一七六七年）即以钟表师资格被召入宫，然余实可称为机械师，盖皇上所需者乃奇巧之机器，而非钟表也。在余抵此前不久逝世之杨自新修士，曾制一狮一虎，能自行三四十步，余近正制二人，能手持花瓶而行，余已工作八月，惟尚须一年，始克完成。余以是能屡见皇上。……余因常须入宫，故不能与其他同事同居城内，余因职务关系，常居海甸。国内之大吏与王公，时时请西人为彼等修理钟表，钟表在中国为数颇多，而吾辈修理者仅二人，一为传信部司铎，一即余也。”（见费赖之原书第二册九一四页）所云传信部司铎，即《乾隆十八年葡使来华纪实》文内之西澄元。晁俊秀（Bourgeos）亦记曰：“帝见汪达洪为渠所制之二器，极为满意，乃温语嘉勉。所用言词，为中国皇帝所不轻发者。”（见同上）

乾隆三十五年（一七七〇）英使 Williamson 贡一机器人，能书“八方向化，九土来王”八字。乾隆五十年汪达洪为之改造，俾能书满蒙字（见通报一九一三年二三页）。

康熙十年（一六七一）后，教士闵明我（Grimalai）恩理格（Herdtricht）亦均被召至宫中任钦天监及关于机械之任务。法籍修士陆伯嘉（Brocard），以康熙四十年（一七〇一）抵中国，五十七年（一七一八）卒，在华十七年，皆在宫中制造钟表及物理器具，与皇帝及大臣所爱好之杂器。又有波希米教士严嘉禄（Slavicnek，亦作颜家乐、燕嘉乐）抵京，彼为数学，音乐及机械专家，在宫中以弹六弦琴为帝及近侍大臣所嘉赏，并精于制造或修理钟表、风琴。雍正十三年（一七三五）卒于京。又乾隆三十九年（一七七四）卒于北京之法籍司铎李俊贤(H. de Mér icourt）曾与汪达洪同在宫中担任钟表及机械工作，不及一年即去世。（见费赖之原书三七二，五九二，六五五，九七四等页）又法国味增爵会修士巴嘉禄（G. Paris）乾隆五十八年（一七九三）来华，嘉庆九年（一八〇四）卒于北京，墓碑称其“在内廷修理钟表，效力有年”。民国二十七年法文《公教月刊》十二期有巴嘉禄传，谓一七八七年乾隆帝自英国得一自动写字人，置于行宫，帝愿在宫中亦有一具，巴修士奉命与传信部教士西澄元同作，逾一年余始告成功。计高四五尺，能作汉满蒙藏字，以歌颂皇帝。〔据一七八九年十月十七日罗尼阁（Poux）函，见通报一九一二年二四四，二五二页〕

3. 洋漆器物

洋漆器物，在清朝初不特为国人所宝，清帝且以之赐外国使者。梵蒂冈图书馆 Borg. Cin. 516 有雍正帝五年（一七二七）赐葡萄牙使臣麦德乐（Metello）回国时之礼单，共七箱，在第四箱内有洋漆柿子盒一对及洋漆盖碗四件，第五箱则全箱为洋漆奁妆一对。洋漆在当时既如此可贵，则《红楼梦》所记殆非清室莫属矣。

洋漆器皿之作为钦赐西人礼物，至乾隆而犹然。罗马传信部档案处，在一七五五年至一七五六年卷宗内（第二百二十页），有《乾隆十八年（一七五三）葡王若瑟第一遣巴石喀（Don Fr. Xav. As Pachecoy）使华纪实》一文，述是年端午节“万岁送了伯尔亚王几箱香袋，扇子，荷包，纱葛布绢，顶好洋漆的家伙，各样顶细磁器家伙”。

4. 鼻烟壶

鼻烟在清代，颇为盛行，然其始亦惟宫中及大臣可得享用，故鼻烟壶之制造，异常精致，而质料亦俱极名贵。雍正四年（一七二六）葡使麦德乐所进方物三十箱，第一号箱内即有金珐琅鼻烟盒一个，金镶蜜蜡珈石玱玛瑙蓝石云母鼻烟盒六个，奇样银镀金镀云母玳瑁鼻烟盒四个。又第九及第十号箱内，亦各有鼻烟六瓶。可见雍正时，西人尚以鼻烟及鼻烟盒为贡品，其非平民或寻常士大夫所能享用，不难想知。而金珐琅鼻烟盒尤可与《红楼梦》所记相印证。葡使进物文献现藏梵蒂冈图书馆 Borg.Cin.516。

洪亮吉《七招》自注云：“烟草一种，百年来盛行，近复尚鼻烟，皆刳玉为瓶，精者至穴大珠为之。”杭世骏嶰谷马君传：

“君迎驾江堧，迭蒙恩赉，赐御书、石刻、貂缎、荷包、鼻烟壶等物。”可觇乾隆初年之风气。

乾隆十八年来华之葡使，于四月初九日在圆明园“进了万岁他本国王带来的礼物，共有四十八抬，礼物是这些金丝缎，银丝缎，银器，自来火，大鸟枪，小鸟枪，各样香料，各样葡萄酒，各样葡萄烧的蒸的香露，各样药料油，宝剑，宝石，各样鼻烟盒，玻璃器皿等物。大概共值二十万上下价值。”（见上）是乾隆时，鼻烟盒犹为贡品，而吾人亦可知和珅家中所有一百余玛瑙鼻烟盒之由来矣。

5. 西洋衣镜

《红楼梦》记宝玉房内有大衣镜一具，此物在彼时亦惟皇室有之。康熙二十五年（一六八六）荷兰贡物中有照身大镜二面。（见《池北偶谈》）三十九年（一七〇〇）冬十月，帝献祝皇太后六秩圣寿礼物，有千秋洋镜及百花洋镜各一架。（见王氏《东华录》康熙六十六）高士奇《蓬山密记》记康熙癸未（四十二年，一七〇三）三月二十六曰“上入宫，经筵毕，召臣士奇至养心殿。……上命近榻前观新造玻璃器具，精莹端好，臣云：‘此虽陶器，其成否有关政治。今中国所造远胜西洋矣。’上赐各器二十件，又自西洋来镜屏一架，高可五尺余。”其时能得康熙帝如此厚赐者，不可多得。

6. 玻璃器物

据上引《蓬山密记》，知康熙时中国已能自制精良玻璃用具，顾以其成本太高，不能普及民间。故清初外国与清帝送赠之礼物中往往双方皆有玻璃器物。《池北偶谈》卷上记康熙丁未夏（六年，一六六七）荷兰国甲娄吧王油烦吗绥极，遣陪臣卑独攀呵闰等八员入贡，除西洋小白牛，荷兰牛及哆啰尼绒等以外，又有玻璃箱，大约即荣禧堂玻璃盒之类也。甲娄吧亦作噶罗巴，噶喇巴。噶喇巴，即爪哇也。

《朔方备乘卷二十九》《北徼方物考》，“玻璃镜”条记：“臣秋涛谨案张玉书《外国纪》曰：俄罗斯康熙十五年来贡玻璃镜。”康熙五十九年除夕（一七二一年一月二十七日）帝在中和殿宴教皇使节嘉乐（carolus Tournon），嘉禄所进礼物中即有“玻璃器皿”。至次年正月十八日（一七二一年二月十四日）帝赐“教化王灯三对，卜你拖噶尔国灯三对，还有磁器二箱，珐琅二箱，日本漆器二箱，玻璃器二箱。”（见梵蒂冈图书馆 Borg. Cin. 439，511 藏标下千总陈良铦抚标千总袁良栋禀帖）而乾隆十八年来华之葡使，所进物品中，亦有“玻璃器皿”一项。（见前）具见玻璃品在清初非常人所能有也。宝玉与黛玉皆有玻璃毬灯，而《正教奉褒》第二册，记康熙二十八年（一六八九）二月十一日帝南巡至杭州，“侍卫赵伍（按为两人）来堂叩拜天主圣像，礼毕，传旨钦赐银两，与赐济南天主堂一样的。铎泽［按即当时在杭州之义教士殷铎泽（Intorcetta）］赍方物八种，随侍卫趋往上献。上阅毕，传谕云：不收他献，老人家心里不安，收玻璃彩毬，馀着带回。”不知此玻璃毬是否与宝玉黛玉之玻璃毬灯相类也。又康熙二十五年荷兰贡物内有大琉璃灯一圆，聚耀烛台一悬，琉璃盏异式五百八十一块（见前）。《澳门记略》卷上《官守篇》谓外舶“其来以哔叽，哆啰哇，玻璃，诸异香珍宝”。可知玻璃器物实当时之主要舶来品也。

7. 西药

清初在华教士，不乏以医药为传教入手之门者。惟平民对西医疑忌特甚，鲜敢身试。然康熙帝则尝服西药求西医，乾隆帝亦尝为第五子访西医也。

《正教奉褒》第二册（一一三页）载“康熙三十二年五月，圣躬偶感疟疾，张诚（Gerbillon）白进（Bouvet）洪若翰（J. de Fortaney）进金鸡纳（按即今译奎宁）。上派四大臣试验，给疟者服之即愈，四大臣又自服，亦无恙。奏闻，上遂进用，不日即康愈。上欲旌张诚等忠爱，因于六月初九日赐皇城西安门内广厦一所，并派内大臣饬工修整，以便修士居住”。

Lettres Edifiantes et Curieuses，T. XXVIII，P. 52 记：允礽废立后，康熙沉入深痛中，心脏衰弱，心跳极速，卧病几死。罗德先（Rhodes）修士进药痊愈，遂荣任内廷御医。德先为法国都罗斯（Toulouse）人。康熙三十八年（一六九九）入中国，先居厦门，旋奉召入京。帝尝以不治之症验之，无不立愈，廷臣俱惊服。尝自制药品，求者甚众，曾为康熙帝治疾二次，一为心悸症，一为上唇生瘤。帝尝作十次旅行，历时各在半年以上，修士均随侍左右。帝颇感激，乃赐耶稣会士价值二十万佛朗之金锭云。（费赖之原著五五五至五五七页）以上两项材料所记心脏衰弱及心悸症，必同为一病。

康熙时京中有一著名西洋外科医师，即法籍修士樊继训（Frapperie），康熙三十九年（一七〇〇）入中国，曾为康熙一幼孙在病危时付洗，年约三四岁。四十二年（一七〇三）十一月二日修士卒，年仅三十九岁。（费赖之原书五六三页）《正教奉褒》谓继训奉派内廷行走。四十二年阴历十月十五曰“上谕赫世亨：‘据大阿哥所奏，樊继训病故，似此外科，委实难得，且人品亦优，深为可悯，朕甚悼之，尔齐集西洋人等，传此旨意，将大阿哥所付赏赍之物以赐之，特谕。’十六日，赫世亨随广储司员外郎安泰，及茶膳房人员，将帑金二百两，大缎十四，赍至西安门内天主

堂。”安泰亦修士，精医。（见后）

又有罗怀忠修士（Fr. da Costa）曾从名师习制药及手术，康熙五十五年（一七一七）入中国，在京中为教内外人治病达三十年，地方人士及大小官员均重其术。立施诊所一处，义务治疗。又不时奉召入宫，但尤乐与贫者亲。病者或艰于行，则躬往顾视。卒于乾隆十二年（一七四〇）。（费赖之原书六三九至六四〇页）据《正教奉褒》（第二期一二八及一三六页）怀忠系康熙五十四年以精明外科医理，奉召进京，内廷行走。卒后，帝赐葬银二百两。

安泰修士（Rousset）康熙五十七年（一七一九）入中国。康熙帝最后数次巡行，修士皆扈从。精医，蔼然可亲，清晨与午后，往往户限为穿。乾隆二十三年（一七五八）卒。（费赖之原书六六二页）

以上四修士，罗德先尝为康熙治疾，樊继训以医术在内廷行走，卒后得旨褒扬，可谓优异。罗怀忠亦因擅医，奉召进京，又不时奉召入宫，安泰与罗德先后皆从帝出巡，其为御医也无疑。此外乾隆间在京中行医者尚有二人，一为修士罗启明（Fr. de Mattos），十六年（一七五一）入中国，二十九年（一七六四）去世。一为巴新修士（Bazin），三十年（一七六五）入中国，三十八年（一七七三）去世，巴修士乃乾隆帝专聘为第五子医病者，后即在宫内供职。（费赖之原书八六八，九六二至九六四页）

8. 木樨香露与玫瑰清露

从植物中取露之法，我国古本有之，惟《红楼梦》所记者则为外洋货，或为仿西洋而制者。明末西洋教士庞迪我（Pantoja）曾以制露之法传徐光启。万历四十一年（一六一三）光启家书中有云：“庞先生教我西国用药法，俱不用渣滓，采收诸药鲜者，如作蔷薇露法，收取露，服之神效。此法甚有理，所服者皆药之精英，能透入脏腑肌肤间也。”万历四十六年（一六一八）熊三拔（S. de Ursis）著有《药露说》一卷，民国二十四年友人向觉明先生发现，乃一钞本。附邓玉函（Terrenz）所著《泰西人身概说》后。关于蒸溜及制药炉等器，均有图说。玉函本人亦精医，《帝京景物略》称其“尝中国草根，测知叶形花色，茎实香味，将遍尝而露取之，以验成书，未成也。”南怀仁（Verbiest）《西方要纪》述药露尤详，曰：“……其名玫瑰者最贵，取炼为露，可当香，亦可当药。”是即《红楼梦》所称“玫瑰清露”也。又曰：“医有内外二科，内外科分为二，有专以草木为药者，又有兼用金石煅炼之药者。……有制药一家，专炼药草之露，如蔷薇露之类，特取其精华，而弃其渣滓，则用药寡而得效速。不害脾胃而渐渍消除。中国尝有用此法者，如生紫苏炼为露，置酒中少许，饮下，则寒气顿除，而身生快，比用本草更便且验矣。”当时称露犹今人称水，故药露即今人所谓药水。尤侗《外国竹枝词》，咏欧罗巴，曰：“天主堂开天籁齐，钟鸣琴声自高低，阜城门外玫瑰发，杯酒还浇利泰西。”注曰：“国中玫瑰花最贵，取蒸为露，可当香药。”《澳门纪略》（下卷《澳蕃篇》）谓：“药露有苏合油，丁香油，檀香油，桂花油，皆以瓶计，永片油以瓢计。”西洋药露，在当时亦为贡品，康熙二十五年之荷兰贡品，即有丁香油，蔷薇花油，檀香油，桂花油各一罐。（见前）雍正四年（一七二六）葡使麦德乐进贡方物之第二号箱“内装水晶箱一个，内装各品药露五十四个小玻璃瓶。”（见前）第二箱所装者即为此五十四个小药瓶，别无他物，且箱内有箱，而内箱又为水晶所制，可见其珍贵也。乾隆十八年葡使礼物中亦有“各样葡萄烧的蒸的香露，各样药料油。”（见前）可见嘉庆以前，药露在中国，原亦惟宫中有之。《正教奉褒》第二册记康熙二十八年（一六八九）

三月十一日帝巡幸至山东济宁，西班牙教士利安宁（Em. de S. J. Baptista）"赍西洋土物四种，趋往献呈，上收取水晶箱一对，奉温谕，收一件犹如全收了。"录此以为葡使进呈之水晶箱作参证也。

9. 葡萄酒

以葡萄为酒，我国汉时已有之。"葡萄美酒夜光杯"最为国人所乐诵。惟当时之葡萄来自甘肃西部及新疆一带，远则产于今之苏联南部，而宝玉所饮葡萄酒，则《红楼梦》固说明其为西洋物也。西洋葡萄酒在清初惟教堂中有之，西洋教士时以之进呈御用，而皇上亦偶或赐与大臣同饮，大臣以得尝葡萄酒为荣，视为异数也。关于葡萄酒之史料最多，今兹不过摘录一二耳。

康熙二十五年荷兰贡品中有"葡萄酒两桶"。（见前）故宫博物馆出版《文献从编》第十二辑，有康熙四十八年（一七〇九）三月江西巡抚郎廷极奏报西洋人殷宏绪进酒折，及同年三月二十六日马若瑟进酒折，《史料旬刊》第三期第七十三页有两广总督赵弘灿奏西洋人进洋酒等物折。奏文过长，兹将当时各西上进物之种类及瓶数，列表如后：

饶州殷弘绪	西洋葡萄酒六十六瓶
	哈尔谷斯默一瓶
	珠谷腊八锡瓶
建昌马若瑟	格尔默斯一瓶
	洋酒一瓶
临江傅想泽	洋酒八瓶
抚州沙守信	洋酒六瓶

九江马秉正	洋酒六瓶
赣州毕安	洋酒二瓶
	德利亚尔噶一盒
南昌穆泰来	洋酒二瓶
广州穆德我等	酒一箱
	洋烟一箱
又　毕登庸	酒一箱
又　景明亮	酒一箱
	药一瓶

殷弘绪（Fr. Xav. d'Entrecolles），马若瑟（J. de Prémare），傅想泽（为傅圣泽之误，Foucquet），沙守信（E. de Chavagnac），马秉正（J. de Mailla），上皆法人。毕安，不详。穆泰来当为A. de Simoens，见费赖之（见上）原书第一册三九七页记彼于一七一〇年至一七一一年（康熙四十九年至五十年）在南昌，与《文献丛编》发表之奏折亦合，而其外国名字中之mo字译为穆姓，尤为可能，亦葡人也。穆德我，不详；毕登庸（A. da Costa），葡人；景明亮，不详。

次年，两广总督赵弘灿，广东巡抚范时崇，又奏有西洋人李国震交到进皇上葡萄酒十五瓶，云系西洋人何大经所进，外书一封，与京中天主堂纪姓者。按李国震，亦作国正，葡人，原名Ozorio，费赖之《入华耶稣会士列传》，谓一七〇六年后，即不详其事迹，据此，则彼在一七一〇年（康熙四十九年）固尚在人间也。何大经亦葡人，原名Pinto；在京之纪姓，应为纪理安，德人，原名Stumpf，其人颇为康熙信任，亦常扈驾出巡。（以上见费氏原书四六四，四六五，四七二等页）

康熙四十八年，四十九年，何以有如许洋人进如许洋酒？《正教奉褒》第二册记康熙四十八年正月二十五日（一七〇九年三月六日）上谕：“西洋人自南怀仁，安文思，徐日昇，利类思等在廷效力，俱勉力公事，未尝有错，中国人多有不信。朕向深知，真诚可信。即历年以来，朕细访伊等之行实，凡非礼之事，断不去做，岂有过犯可指？前者朕体违和，伊等跪奏，西洋上品葡萄酒，乃大补之物，高年饮此，如婴儿服人乳之力。谆谆泣陈，求朕进此，必然有益。朕鉴其诚，即准其奏，每日进葡萄酒几次，甚觉有益，食膳亦加。今每日竟进数次，朕体已经大安。念伊等爱君之心，不可不晓谕朕意。今传众西洋人，都在养心殿，叫他们知道。钦此。”梵蒂冈图书馆 Borg. Cin. 3 亦有同样之文献，惟词句略有不同。其主要之语句如下：“前者朕体违和，尔等跪奏西洋上好葡萄酒，乃高年人大补之物，即如童子食乳之力，谆谆泣奏，求皇上进葡萄酒，朕即准其所奏，每日进葡萄酒几次，甚觉有益，食膳亦好，今每日竟进数次，朕体已经大安，念尔等为朕之诚心，不可不晓谕。”因此一谕，而各省西人即纷纷进酒，想见当时国势之盛。且上谕下于正月二十五日，而三月间郎廷极即奏报殷弘绪进酒，在时间上亦云速矣。

据赵弘灿奏折，是年正月二十八日赵昌传旨与广东总督弟男子侄：“以后凡各处西洋人所进皇上所用物件，并启奏的书字，即速着妥当家人雇包程骡子星夜送来，不可误了时刻！钦此！”

康熙下谕与西教士之进葡萄酒正曹寅卒前三年，时寅任江宁织造。又《文献丛编》第十二辑并有康熙五十一年八月二十七日《奏请曹寅之子曹颙仍为织造折》，亦可证寅死于是年，且可知顾颉刚在《江南通志》中所得曹寅任江宁织造至康熙五十二年之说，为不可靠也。附记于此。

上海徐家汇藏书楼吴渔山《三馀集》钞本，有《代远西先生谢恩赐饮葡萄浆并青缎白金》，有句："丹陛胪呼二远臣，葡萄满赐一杯春。"陈援庵先生撰《吴渔山先生年谱》列于康熙二十八年。所谓葡萄酒者必非西洋葡萄酒也，否则，又何必以西洋之物转赐西洋人？且若二十八年康熙已获尝葡萄酒，何能待至二十年后始广事征求也？

惟当时帝王对外人所献之物，颇具戒心，观康熙上谕，彼对葡萄酒，必待为泣陈久之而后进，可知也。故外人亦不敢冒昧送呈。实则，清初士大夫凡与西士有交往者，欲尝葡萄酒，非难事也。战前，陈援庵先生曾得清初名画家王觉斯（铎）之立轴，上书赠汤若望诗一首，述及在若望处饮葡萄酒事。陈先生曾印送友好，余亦得一轴，战后遗失，词句亦不复记忆。康熙七年（一六六八）彭孙贻撰《客舍偶闻》记甬东范吏部潞公在汤若望处饮葡萄酒而大醉事，盖皆在顺治间。其词极有趣，亦为录出："汤若望……取西洋蒲桃酒相酌，启一匣锦囊，又一匣出玻璃瓶，高可半尺，大于碗，取小玉杯二，莹白无瑕，工巧无匹。谓吏部范公曰：'闻公大量，可半杯。'若望斟少许相对，吏部以为少。若望笑曰：'此不可遽饮，以舌徐濡之。'潞公如言，才一沾舌，毛骨森然若惊，非香非味，沁入五脏，融畅不可言喻。数舐酒尽，茫茫若睡乡，生平所未经。若望亦如寐，良久始醒。仆从分饮半杯，仆不能起。若望命取粥各举一碗，身柔缓，须扶乃登车。仆从皆踉跄欹侧归。"

顺治帝曾饮西洋葡萄酒与否，不可考。惟雍正四年葡使麦德乐之入贡方物，其第十七，十八，十九，二十诸箱所装者乃"红黄白露葡萄酒四十八瓶"（见前），而乾隆十八年葡使亦进有"各样葡萄酒"（见前），其为珍贵可知。

10. 暹罗茶

《掌故丛编》第二辑载圣祖谕旨一首，略曰："尔等同会暹罗国话西洋人问暹罗进贡使臣，尔国所进孩儿茶皮有甚用处？孩儿茶如何做成？其性同否？还有鼠角香是何物？做甚么？再有闲话当问者，一并细细写讫，报上来奏。"凤姐以暹罗贡茶送黛玉，必此物也。宝玉谓平时所饮者有女儿茶，但第十七回宝玉考证"女儿茶"之来历曰："大约骚人咏士，以此花红若施脂，弱如扶病，近乎闺阁风度，故以女儿命名，世人以讹传讹，都未免认真了。"则女儿茶亦虚有其名矣！

康熙时，西洋人经暹罗而来中国，或由中国而往暹罗者，颇不在少，然精暹文者，则遍查不得。

11. 孔雀氅与鹤氅

《红楼梦》中之外国衣料，若洋绉，若洋锦，若哆啰呢等，胥为当时豪富所可染指，非极难得者。惟宝钗之鹤氅与宝玉之孔雀毛氅，即在其他同时代之书中，亦无同名之物品。《天主教十六世纪在华传教志》（二〇九页）记一五八三年一月六日（万历十年十二月十一日）肇庆府广东总督陈瑞"以二位司铎远道来临，觉得是中国的最大荣幸，并且因为他们有求必应，又求他们差人从澳门给送十件最美丽的羽翎来，以为送入北京之礼品。"殆即孔雀氅或鹤氅之类也。二司铎者罗明坚与巴范济（Pasio）也。王士祯《香祖笔记》亦有一条曰："羽纱羽缎，出海外荷兰、暹罗诸国；康熙初入贡止一二匹，今闽广多有之，盖缉百鸟氄毛织成。"或曰：羽纱羽缎，皆毛织物，今称哔叽是也。但康熙二十五年荷兰贡品分列"鸟羽缎四匹，新机哔叽缎八匹，中哔叽十二匹"。康熙三十九年帝献祝皇太后六十圣寿之礼物中，亦分列“羽缎一九，哆啰呢一九，壁机缎一九”，可知非一物矣。壁机今作哔叽。

12. 西洋画

西洋画在清初颇为习见。《魏叔子集（魏禧）·答曾君有书》曰：“王生来，承赐泰西宫室图，益奇妙。禧悬勺庭中，日视之，常若欲入而居者。”其他记都中天主堂西画者尤多。如注启淑《水曹清暇录》卷四，谓阜城门天主堂“堂中佛像，用油所绘，远望如生”。而乾隆十八年徐昆撰《逐斋偶笔》卷下则述天主堂壁画曰：“上层俱绘人物，或三五岁稚子，神态俱活，皆有肉翅能飞。”又曰：“盈尺孩童，圆浑活跳，洵称绝笔。”叹赏之情，与刘姥姥在大观园中见洋画时，诚无二致。其他如姜绍书之《无声诗史》，邹一桂之《小山画谱》，王士祯之《池北偶谈》，赵翼之《詹曝杂记》，袁栋之《书隐曲说》，顾起元之《客座赘语》，吴长元之《宸垣识略》，张庚之《国朝画徵录》等，不能备述。但西洋画之大者佳者，皆为宫中所得。乾隆时且征西士如郎世宁（Castiglione）艾启蒙（Sichelbarth）等，居如意馆，专司绘画。高士奇《蓬山密记》述康熙四十二年（一七〇三）三月二十一日至畅春苑观剧处，“高台宏丽，四周皆楼，设玻璃窗。上指示壁间西洋画。”四月十八日帝又对士奇言：“西洋人写像得顾虎头神妙。因云有二贵嫔像，写得逼真，尔年老久在供奉，看亦无妨。先出一幅，云此汉人也；次出一幅，云此满人也。”十九日，赐士奇西洋画三幅。可见康熙时已有西士为宫中嫔妃画像，其西洋画传入宫中者，为数亦必不少。

五、《红楼梦》撰人与外国人之关系

一部《红楼梦》中，所有人物不为不少，品类至繁，外国货物亦充斥书中，独外国人则未出现，如有，则亦惟宝玉口中之俄罗斯裁缝，宝琴口中之真真国女孩而已。但俄罗斯之裁缝，宝玉明言无处可求，而真真国则又因真无其国，故强名之曰真真。是以彻底言之，《红楼梦》中实无外国人也。惟第十六回，凤姐明说："我们王府里也预备过一次（指接驾），那时我爷爷专管各国进贡朝贺的事，凡有外国人来，都是我们家养活。粤闽滇浙所有的洋船货物，都是我们家的。"可知王氏祖先必有及见外国人者。以上四省，惟滇省为暹罗及安南进贡路线，余三省皆为西洋人朝贡必经口岸。吾人读上节外国物品之来历，知当时外国货之来源不外二途：一为外国使臣进贡，一为外国教士送呈；以理度之，《红楼梦》撰人应与外国人有接触，但《红楼梦》之外国地理知识既异常肤浅，而书中亦并无外国角色。胡适之先生考曹雪芹家世，以为与《红楼梦》最有关系者乃雪芹之祖曹寅。寅字子清，号楝亭，正白旗汉军，能诗，藏书甚富，又尝刻古本二十余种，曾任苏州织造四年，江宁织造二十一年，同时并兼任四次两淮巡盐御史。寅任江宁织造时，适值康熙帝最后四次（第三次至第六次）南巡，即三十八年（一六九九），四十二年（一七〇三），四十四年（一七〇五），及四十六年（一七〇七），皆以织造署为行宫，寅遂有四次接驾之机会，《红楼梦》第十六回曾由凤姐与赵嬷嬷提及此事。按康熙南巡，凡有外国教士之处，教士皆趋谒圣驾，献呈物品，但此四次则不见外国教士在南京接驾之记载。南京教士之接驾，可考而知者，仅康熙二十三年（一六八四）及二十八年

(一六八九)两次。二十三年接驾者为法教士汪儒望(Valat)与义教士毕嘉(Gabiani)。帝并索阅耶稣像，毕嘉乃进呈十字架，上有耶稣被钉像。帝注视良久，仍还毕嘉。(见费赖之原书二八二及三一七页)《正教奉褒》第二册八十二页记述尤详。二十八年阴历二月二十五日毕嘉与洪若翰(de Fortaney)在上方桥冒雨跪迎；二十六日晨二人赴行宫(即织造局)请安；二十七日晨帝赐白金，亭午，二人赴行宫谢恩，并进方物十二种，蒙收半数，帝又要求气温表二具，并询问晚间可见老人星否。二十八日晨二人再趋诣行宫，以前晚测验所得之老人星出入地平度数，缮县黄册，进呈御览。三月一日，帝临行赐二教士蒙古珍馔三盘，并传旨不必往行宫谢恩，即在天主台前谢恩可也。初五日，二人赶抵扬州湾头送驾，帝命毕嘉船傍御舰而行，并赐馔四色。(摘录《正教奉褒》第二册九五至九八页)《耶稣会士通讯集》(*Lettres Edifiantes et Curieuses*)，T. X，P. 429 亦记曰："康熙帝入通济门，毕嘉与洪若翰跪迎于秦淮河上方桥上(在高桥门与夹冈门之间)。帝骑马，侍卫骑队凡二三千，仪仗甚盛，所费不赀。以织造局为行宫。"洪若翰记曰："帝居南京时，吾辈日往行宫，帝亦日遣一二侍臣来堂，并派人问南京可见老人星否。答以入晚即现，帝乃于某晚特至观星台测望。"按康熙问老人星事，王氏《东华录》亦有记述，而康熙以织造局为行宫一事，乃得外文材料为参证，亦至可喜也。

然曹寅四次接驾时，南京虽无西教士躬与其盛，但修士罗德先既随康熙作十次巡行，而修士安泰亦在最后数次巡行时同行，曹寅至少当能与此二西人晤见也。

又按道光前，宫中修理钟表者，概由欧洲司铎或修士任之。最早者可推及明末之汤若望，最后者或即嘉庆九年(一八〇四)去世之法国巴嘉禄；汪达洪又谓国内之王公巨卿，时时请西人为彼等修理钟表（皆见第四节），然则荣宁二府钟表之修理，亦不能不借手于当时之西洋教士矣。曹雪芹生时，家道已中落，或不能及见西人，况康熙最后南巡时，雪芹（宝玉）未生；故凤姐亦自悔不早生二三十年，目睹盛典也。但自曹频（贾政）以上，固应与西士有往还也。

六、结　论

《红楼梦》为名小说，凡伟大之文艺作品，虽时或风诡云谲，其情节无从捉摸，然有二点可资探索：一为世界之小说杰作，必含有一部分之自传性质，一为任何天才作家，决不能完全脱离环境之限制；故吾人欲求知某一小说之背景，虽不能刻舟求剑，牵强附会，但亦非绝对不可知者。求索之道，莫如注意于细微情节。准此，则吾人由《红楼梦》中之外国物品，已可知：

一、此书一部分内容虽为曹雪芹自传，然其间实杂有清初宫廷及达官贵人之男女情史。此说早有人言及，但观书中外国物品之记载，乃益可征信。

二、宝玉虽为雪芹之写照，但亦不以雪芹一人为限，自陈援庵先生证明顺治确有出家之念及落发之事后，可知宝玉为顺治化身之说，亦非无因。而宝玉对于信用西药之态度，则复与康熙极相仿佛。宝玉房内之西画，房内之自行船，似亦非康熙帝不能有。

三、书中一部分老年人物必曾与西人有交往，但曹雪芹既不及见西人，书中亦无外国角色，对外国地理知识，又极模糊，然其祖曹寅，曾祖曹玺则俱有晤见西人之机会，故其书必为雪芹先人所草，由雪芹删改而成，而雪芹在书首，对此点亦言之甚确。

四、书中之西洋物品，皆非出于虚构者；物品之来源虽非一途，但来自西洋教士者必占多数，盖贡使寥寥可数，而又稍留即返，不若教士之常居中国，并有在“内廷行走”者；且教士络绎而来，故西洋物品之传入宫中及显宦之手，亦源源不绝也。

五、与书中历史事实有关者，曹玺亦为主要人物，不应仅重曹寅也。

附识　关于外国贡物之史料，不能尽述，本文所引，仅以与《红楼梦》中之外国物品有关，及近年在国外新发现之一部分罕见史料为限。

补　记

据顾颉刚先生在《江南通志》中所查得，康熙六次南巡，除第一次驻跸将军署，余五次均以织造局为行宫；又第一次帝在南京时任江宁织造者为曹玺，第二次南巡时为桑格，第三次以下则为曹寅，如欲知当时南京西教士能否与曹府发生关系，可列表如下：

南巡年	南京行宫	江宁织造	在南京觐帝之西教士
康熙二十三年	将军署	曹玺	毕嘉与汪儒望
康熙二十八年	织造局	桑格	毕嘉与洪若翰
康熙三十八年	织造局	曹寅	无记载
康熙四十二年	织造局	曹寅	无记载
康熙四十四年	织造局	曹寅	无记载
康熙四十六年	织造局	曹寅	无记载

观上表，可知康熙第一次南巡时，任江宁织造者为曹玺，南京亦有西教士接驾，当时南京之达官贵人，必罗致珍奇，上献于帝，西洋物品为当时人所目为最名贵者，彼等向西教士求索西洋物品，自极可能；虽第一次康熙南巡之行宫非织造局，但明末清初之西教士，平时已常与士大夫晋接往来，有此接驾之机缘，自必更有酬酢，则是年西教士已与曹府（曹玺）发生关系，殆可断言。

至于第二次康熙南巡，其行宫固为织造局，且有西文史料证实西教士入织造局觐帝，惟任织造者乃为桑格而非曹府中人，则此次西教士当无与曹府往来之迹矣。乃据最近获得之史料，知《江南通志》之记载实不可靠：

（一）道光刻本张穆编《阎潜丘先生年谱》八十五页附注称康熙十七年，曹玺以工部侍郎典江宁织造，越二十余年而子清继之。子清为曹寅字，可知继曹玺职者乃曹寅，此职由曹氏世袭，并无桑格杂于其中也。

（二）友人严敦杰告余故宫博物院民国十七年刊行康熙朱批谕旨中，有康熙五十一年九月初四日曹寅了连生奏曹寅故后情形折之谓："奴才故父一生叨沐圣主浩荡洪恩，出管江宁织造二十余年。"以康熙五十一年上推二十余年，则当在康熙三十一年之前，《江南通志》乃谓康熙二十三年至三十一年任江宁织造者系桑格；以史料价值言之，奏折之可靠性实在《通志》以上，故吾人可信康熙二十八年第二次南巡时，任织造者，非为曹玺，即为曹寅，是年南京接驾之西教士，既屡入织造局，则与曹府发生关系，不足奇矣！

编后记

著名红学家刘梦溪先生曾撰文指出，中国现代学术是以《红楼梦》研究开其端的。由研究此书的思想文化、作者原意等，而形成了“红学”。红学一词最早见于清代李放的《八旗画录》。其中记载：“光绪初，京师士大夫尤喜读之（指《红楼梦》），自相矜为红学云。”

“红学”一词，在最早出现的时候，带有半开玩笑的性质，但它的出现几乎与《红楼梦》的出现是同步的。从脂砚斋的“脂批”开始，对《红楼梦》的研究就从未停止过，这期间涌现了许多的名家、大家，他们都在不同程度上推动了红学研究的前进。

纵观中国近代史，优秀的文学家和思想家如蔡元培、鲁迅、王国维、胡适等人均以师儒身份评点《红楼梦》，使可观之小说遂登大雅之堂，开启了红学研究之盛放争鸣的局面。本书所选的这四位大家都为红学史上的代表人物，他们中有从小说的情节和人物中考索出“所隐之事，所隐之人”；也有根据小说本身以及同时代或稍后的清人笔记、年谱、传记、诗文等材料，考证出“自传说”的理论；还有既不考据，也不索隐，而是从哲学与美学的观点来分析《红楼梦》之艺术价值的红学大师。这四位大家的红学专著既包含了“旧红学”的精华，也涵盖了“新红学”的宗旨。

此次收录的这四位大家的经典红学专著均以当年的初版为底本，稍作修订，又从同时期相关的红学论著中挑选了数篇短文作为附录，将其结集在一起，以期对那些喜爱《红楼梦》的读者提供更加丰富的参考。

图书在版编目（CIP）数据

红楼四大家／蔡元培等　著．—北京：东方出版社，2013.12
ISBN 978-7-5060-6959-5

Ⅰ.①红…　Ⅱ.①蔡…　Ⅲ.①《红楼梦》研究　Ⅳ.①I207.411

中国版本图书馆 CIP 数据核字（2013）第 248833 号

红楼四大家
（HONGLOU SIDAJIA）

作　　者：蔡元培　王国维　鲁　迅　胡　适
责任编辑：冯文丹　杨　灿
出　　版：东方出版社
发　　行：人民东方出版传媒有限公司
地　　址：北京市东城区东四十条 113 号
邮政编码：100007
印　　刷：北京楠萍印刷有限公司
版　　次：2014 年 1 月第 1 版
印　　次：2019 年 2 月北京第 2 次印刷
开　　本：640 毫米×950 毫米　1/16
印　　张：21
字　　数：200 千字
书　　号：ISBN 978-7-5060-6959-5
定　　价：72.00 元
发行电话：（010）85924663　85924664　85924641

如有印装质量问题，请拨打电话：（010）85924602